本书由解放军国际关系学院资助出版

翻译文学对中国先锋小说的叙事影响

杨淑华　著

知识产权出版社
全国百佳图书出版单位

图书在版编目（CIP）数据

翻译文学对中国先锋小说的叙事影响/杨淑华著．—北京：知识产权出版社，2016.7
ISBN 978-7-5130-4226-0

Ⅰ.①翻… Ⅱ.①杨… Ⅲ.①文学翻译—影响—小说研究—中国 Ⅳ.①I046②I207.4

中国版本图书馆 CIP 数据核字（2016）第 128910 号

责任编辑：李燕芬　　　　　　　　　　责任出版：刘译文
特约编辑：张　萌　　　　　　　　　　封面设计：乔智炜

翻译文学对中国先锋小说的叙事影响

杨淑华　著

出版发行	知识产权出版社 有限责任公司	网　　址	http://www.ipph.cn
社　　址	北京市海淀区西外太平庄 55 号	邮　　编	100081
责编电话	010-82000860 转 8173	责编邮箱	nancylee688@163.com
发行电话	010-82000860 转 8101/8102	发行传真	010-82000893/82005070/82000270
印　　刷	北京科信印刷有限公司	经　　销	各大网上书店、新华书店及相关专业书店
开　　本	787mm×1092mm 1/16	印　　张	17
版　　次	2016 年 7 月第 1 版	印　　次	2016 年 7 月第 1 次印刷
字　　数	256 千字	定　　价	48.00 元

ISBN 978-7-5130-4226-0

出版权专有　侵权必究

如有印装质量问题，本社负责调换。

序 一

　　中国先锋派作家是中国文学发展史上一个独特的文学现象，这个生发于20世纪80年代中后期的文学流派，打破公认的规范和传统，创新艺术形式和风格，拓展了文学的功能和表现力。他们的开拓与创新对中国文学而言具有划时代的意义。正如专门从事中国现当代文学和后现代文学理论批评的陈晓明教授所言："先锋派文学创造了新的小说观念、叙述方法和语言经验，并且毫不夸张地说，它们改写了当代中国小说的一系列基本命题和小说本身的定义。"可以说，先锋派小说为中国未来小说的发展方向提出了新的理论命题。中国先锋派作家的影响力早已跨越了国界，很多作家在莫言获诺贝尔文学奖之前都是与莫言齐名并有可能和莫言一样获诺贝尔文学奖的候选作家，而莫言的早期创作也具有先锋性。在本课题的研究过程中，杨淑华博士细读了许多西方现代和后现代翻译小说，并在阅读中国当代先锋派小说的过程中发现了先锋派作家的众多作品里深受这些西方叙事影响的痕迹。杨博士选择先锋派小说作为研究对象，说明她捕捉到了其中的研究价值。纵观全书也可看到，杨博士对先锋小说的叙事特征、先锋小说和先锋作家在中国文学史上乃至世界文学史上的重要地位都有较为深刻的领悟和准确的把握。

　　这批作家在成长过程中有一个鲜明的特点，即他们都是通过阅读翻译文学长大的。"文革"时期译本有限，但改革开放后翻译浪潮带来的众多翻译文学作品带给他们丰富的营养。而如此重要的文学现象却往往被文学研究者和读者们所忽视，后现代西方翻译文学的作用及影响在文学研究中不是被一带而过就是被视而不见。杨淑华博士在本书中对翻译文学作出了明确的定位，认为翻译文学是区别于外国文学和民族文学的第三种文学，翻译文学应具有独立的地位。杨博士将翻译文学作为独立的一类文学从以往所依附的外国文学和后来又有人提出的民族文学中独立出来，我认为，杨博士的这样一种认识是对翻译学科的一种自觉，这对于推进译学研究具有非常重要的意义。因为，作为译学研究重要组成部分的翻译文学如果不能独立出来作为译学研究的对象，那么我们又何必奢谈翻译学科的独立性呢？如果我们的翻译研究者对这样客观存在的研究对象认识不清，观点相左，那么翻译学科的存在遭到学者的质疑则在所难免了。

对于翻译文学的最本质特质——文化间性特质，杨淑华博士首先从理论上展开论述。她采取接受美学的视角，从翻译的第一阶段译者对原文的阅读（视野融合、空白产生、否定之否定等）和译者的接受（意义的不确定性、汉语的异质性、翻译策略的选择等）展开论述，然后再论述翻译的第二阶段译本读者对翻译文学的接受性等，从而从理论上圆满完成了翻译的文化间性的阐述，揭示翻译的文化间性是"文本间性和主体间性互动而生成的复合间性"。实证部分的研究她首先向我们展示了先锋派小说整体上在真实性、叙事时间、叙事视角等受到的影响；接下来又专门列举马原，这位先锋派中的先锋，在他创作中受博尔赫斯的具体影响。论述有理有据，令人信服。但实证研究总体上还是谈影响较多，谈翻译的文化间性尚少。要谈翻译的文化间性，通常需要回到原著。而众多的原著，不同语言的原著，对于研究者来说，又何尝不是一次艰难之旅，也许过于高要求了。

葛校琴

2016年3月于南京

序　二

这本书终于要出版了，真为作者高兴。其实也为相关学科的研究进展高兴。博士论文通过，一般都是想出版的。这篇论文当时就得到了评审专家和答辩委员们的一致好评，出版更是有了个挺好的基础。但是作者并没有急于做这件事，而是把它放了几年，继续深入思考，然后再全面修改，让它更为完整通透。这个过程显然进一步提高了本书的质量。我很欣赏作者对自己作品的这种冷处理，这是慎重，是踏实，是对思考的尊重，是对学术的负责，更是对自己学术声誉的负责。

这个选题属于文学翻译的影响研究。20世纪后期以来，翻译文化批评异军突起，其背景是国际社会不同文化间交流的急速扩大，其成就之一是显著提高了人文学科对翻译宏观意义的认识，同时提高了文学翻译批评的理论含量。翻译界认识到，翻译文学不同于本土文学，也不同于源语文学，它独特的表现形式反映了它独特的本质，即间性，也就是它跨文化、跨语言、跨文本、跨文学传统的性质，这种性质直接影响了中国现代文学的形成。以往的研究不是没有注意到文学翻译对早期中国现代文学的影响，到现在这种文章和著作还很多，但多半还只是史料的发掘和跟着史料走的零散评论，缺乏系统深入的理论探索和理论支撑，而翻译文化批评中的间性理论正是解释这一现象的理论武器。作者将这两者结合起来，充分利用间性理论的解释力，辅以叙事学分析方法，将焦点从中国现代文学早期转移到当代文学，并且以当代文学中的先锋文学作品为切入点，这既是创新，也是理所当然，更是势所必然。

与业已成为经典传统研究领域的文学翻译研究有所不同，翻译文学研究仍处于开拓阶段，很多人对这个名称本身都还在适应过程中。已经进入这一领域的研究者角度各异，视野不一，所以同类的研究成果仍然不多，特别是有相当理论厚度同时又对具体的中国现当代文学问题有较高解释力的博士论文更是稀少，现有的几项成果主要是史料特征明显的专著和略有一些理论分析的期刊论文，前者仍然缺乏理论深度，后者由于篇幅所限，选材又过于狭窄。与之对应的现实状况却是，莫言获得诺奖之后，国内文化界、文学界及政府相关部门都更加关注中国文学与世界的关系，这不仅关乎中国文化走出去，同样也关乎中国文学本身的发展，而对于后者，国内文学界和文学理论界自然负有更为重大的责任。本书的出版，除了可以为中国文学研究、翻译学研究、文学史研究和文化研究提供参考，相信还可以为文学创作实践提供一些启示，如果作家们也想开阔一点视野的话。

为此，在祝贺作者、感谢出版社的同时，也祝福中国文学。

杨晓荣

2016 年初春　于南京茶亭

目录 Contents

绪论 / 001
 第一节 选题定位 / 001
 第二节 文献综述 / 003
  一、比较文学的"影响研究" / 003
  二、翻译文学的影响与接受研究 / 010
 第三节 研究方法 / 012

上编 理论部分

第一章 翻译文学的文化间性特质 / 017
 第一节 文化间性的基本含义 / 017
 第二节 翻译文学的文化间性与其独立的地位 / 020
  一、关于翻译文学归属问题的争论 / 020
  二、翻译文学应具有其独立的地位 / 028

第二章 翻译文学文化间性的潜在性
   ——接受美学视角下的译者阅读研究 / 033
 第一节 姚斯的接受美学思想 / 033
 第二节 伊瑟尔的接受美学思想 / 037
  一、伊瑟尔的文学文本观 / 037

二、阅读现象学：读者阅读文本的运作程序 / 039
三、交流与传达：文本与读者的双向交互作用 / 041
四、接受美学理论视角下的译者阅读 / 043

第三章 翻译文学作品文化间性的形成
   ——译者表达研究 / 054

第一节 对翻译的认识过程 / 054
  一、对翻译的简单化认识 / 054
  二、认识走向另一个极端 / 056
  三、认识提升到新的阶段 / 057
第二节 经过语言转换之后意义并不完全对等的原因 / 058
  一、语言转换中意义变化的客观原因 / 058
  二、语言转换中意义改变的主观原因 / 068
第三节 文学作品的存在形式及其在翻译中的表达 / 077

第四章 翻译文学的文化间性与接受性的关系 / 083

第一节 翻译文学的接受条件 / 083
  一、翻译文学必须向目标语文化传输新的东西 / 083
  二、翻译文学必然要经受本土化改造 / 086
第二节 文化间性与影响的发生 / 087
  一、词语对等的建构本身即是文化的碰撞与交融 / 088
  二、翻译中的挪用现象即是一种文化侵入 / 092
  三、译文中存在的文化互补性 / 095
  四、翻译体所起的作用 / 096

下编 实证部分

第一章 中国先锋小说产生的历史背景 / 105
第一节 社会转型期的现代性焦虑 / 105

目 录

  第二节 中国先锋小说的特定所指 / 110

第二章 （后）现代派翻译文学的昌盛与中国先锋小说的兴起 / 117
  第一节 （后）现代派翻译文学的昌盛 / 117
  第二节 （后）现代派翻译文学对中国先锋小说的启示 / 124

第三章 现代派翻译文学对中国先锋小说的叙事影响 / 131
  第一节 （后）现代主义小说叙事特征及其在翻译文本中的间性存在 / 131
  第二节 真实观的影响 / 138
  第三节 叙事时间的影响 / 146
    一、现代主义小说的话语突显和故事削弱及情节的极端化 / 147
    二、中国先锋小说的瞬间性叙事及故事情节的淡化 / 151
  第四节 叙事视角的影响 / 157
    一、现代主义和后现代主义小说的限制性叙事视角和纯客观性叙事视角 / 157
    二、中国先锋小说的限制性叙事角度 / 159
  第五节 元小说结构形式的影响 / 167
    一、元小说结构 / 167
    二、中国先锋小说的元小说结构 / 171
  第六节 西方批评话语的译介和中国形式主义批评话语的构建 / 175

第四章 翻译文学的影响个案研究
    ——博尔赫斯小说对马原小说的叙事影响 / 184
  第一节 博尔赫斯与中国当代先锋写作 / 184
    一、博尔赫斯——一位喜欢中国文化的世界性作家 / 184
    二、博尔赫斯对中国先锋作家的影响 / 191
  第二节 马原的现代叙事与博尔赫斯的影响 / 194
    一、马原——中国先锋作家们的作家 / 194

二、从博尔赫斯的影响中看马原小说的文化间性 / 197

　第三节　影响发生的心理原因探索 / 230

第五章　结论 / 236

参考文献 / 245

　　一、中文著作 / 245

　　二、中文译著 / 249

　　三、期刊论文及文集中析出的文章 / 251

　　四、英文著作和文章 / 256

后记 / 260

绪　论

第一节　选题定位

中国的先锋小说由于其鲜明的后现代小说的叙事特征，如元小说、拼贴式结构等而被一些评论者界定为中国的后现代主义小说，但是，它们与西方反现代性的后现代主义小说有着本质上的区别。20世纪80年代中期是中国社会的现代转型期，中国的知识分子在现代性焦虑这个内驱力的作用下开始向几乎同时译介过来的西方现代派和后现代派文学学习和借鉴，先锋小说就是这种主动学习和借鉴的结果。换句话说，中国先锋小说是在内驱力和外来影响力两者合力作用下的中国文学的一个创造性转变或者说一个超越中国历史条件的文化创造。因此，虽然在形式上兼具西方现代派和后现代派小说的特征，但是，从本质上说，中国的先锋小说是中国社会从前现代社会向现代社会转型时中国作家对文学现代性诉求的产物。

对于中外文学关系，学界历来都有关注和研究。在比较文学研究领域，"影响研究"作为这门学科的一个重要的研究方式，对中外文学之间基于事实联系之上的相互渗透与互动的影响史做了较为详尽和全面的研究。但是这类研究多数只是关注了影响一方和被影响一方之间事实上的联系，考证了中外文学关系的渊源，轻视了对接受的研究，尤其忽略了影响过程中翻译文学的作用。在相当长的一段时间里，从事"影响研究"的研究者们似乎只知道外国文学的存在,却不关注翻译文学的存在,忽略了翻译文学的中介作用。这一忽略是"影响研究"的欠缺,也是译学研究一个亟待补充的空白。因此,影响发生过程中,翻译文学的中介作用研究就被提上了重要的研究日程。

就这一研究途径或模式而言,首先,强调对接受的研究,要研究译者的阅读和译作的阅读的一般规律,研究译者和译作读者们的期待视野及其过滤作用以及发生误读的情况。作为两种文学、两种文化之间的中介者,译者的劳动就译者的本意来说,当然是为两个民族、两个国家架设相互理解的桥梁,消除因民族文化差异而产生的隔阂。但是翻译家在消除隔阂的同时,又制造了新的隔阂——误解,这大概是许多翻译家始料未及的。法国比较文学家布吕奈尔因此说:"翻译者在跨越鸿沟的时候,无形中又开掘鸿沟,他既清醒,同时又糊涂,既是在做自己的本分,又在做任务之外的事情。"① 再依据美国著名文学批评家哈罗德·布鲁姆在其《影响的焦虑》和《误读图示》两本著作中提出的"影响即误读"的观点,笔者认为,任何影响都伴随着"误读",对译者阅读的研究是接受研究的重要方式和途径。

其次,就影响研究而言,以文化间性②为视角的"影响研究"强调的是影响产生时影响源与接受方的相互作用,因为任何影响都不是单纯的模仿而是在自身语境中的重新整合和归化,"翻译作品是文学之间相互影响的最直观的表现之一"③,也是体现文化间性效果较为直观的表现之一。文学翻译作品在进入译入语文化之后要经历一个较长的接受过程,在这一过程中,有的翻译文学作品或某一类翻译文学作品会对译入语文化产生影响,那么这个影响是怎样发

---

① [法]布吕奈尔:《什么是比较文学》,葛雷、张连奎译,北京大学出版社1989年版,第216—217页。
② "间性"这一概念与"互文性"这一概念密切相关。后者由法国后结构主义批评家克里斯蒂娃在其符号学理论中创立,她把这一概念定义为符号系统的互换,强调的是文本意义的交叉性和互指性。本书中的"文化间性"概念与克氏的"互文性"的内核基本相同,笔者用它来指涉翻译中两种文化的对话关系以及由于这种对话而落实在文本中的两种文化的融合或误读。本书将专辟一节对此进行阐述。
③ 胡谷明:《比较文学体系中的翻译评述》,载《外语研究》2002年第2期。

生的？翻译文学的文化间性特质起着何种作用？笔者的理论假设是翻译作品的文化间性，是翻译作品进入译入语文化系统并产生影响的基础，在翻译文本中，来自原文的知识、概念与译文中的语言代码在表意实践中所构成的潜力无限的意义网络给译入语文化带来了新的形式和内涵，继而激发某些作家创作出新型的文学作品。从这个意义上说，文化间性是影响的温床，是文化传播的一种方式。

鉴于上述思考，对翻译文学的文化间性以及这种文化间性在文化传播中所发挥的中介作用的研究就构成了本研究的初衷。本研究的基本思路是，首先在理论上阐述并论证翻译文学的文化间性品质的形成以及这种间性品质在文化传播中的中介作用，其次通过对（后）现代派翻译文学对中国先锋小说的叙事影响的实证考察探讨影响与翻译文学文化间性品质之间的关系。笔者认为，抓住翻译文学的文化间性，研究（后）现代派翻译文学对中国现代主义文学的影响无疑是一个新的尝试，对翻译学科的发展将是一个十分有意义的研究。

第二节　文献综述

一、比较文学的"影响研究"

"影响研究"起源于法国学派，是比较文学最早的研究模式。所谓"影响"，就词源本义而言，它是指某种力量的运动对另一方所发生的作用。具体到比较文学领域，"影响"则是一个有特定内涵的重要概念。比较文学中所说的"影响"，并不是指一国文学的单向输出和对输入国文学产生的某种作用，即不是一方的单项施与和另一方的被动接受，而是指双方的彼此渗透。它的基本定义是：指对超越国家、语言和文化界域的不同文学之间基于事实联系之上的相互渗透与互动的影响史进行的一项专门研究。它的理论依据在于世界各国的文学演进和发展都不是在相互隔绝的状态下孤立完成的，而往往是在相互影响、相互促进的情形下得以实现的。"影响研究"在其发展过程中，以实证主义研究为基本方法和形态特征。它最基本的研究方法就是以"事实联系"为基础的实证法。它的理论渊源来自19世纪中后期以孔德为代表的实证哲学和泰纳的实证主义文学理论。因此，在实证研究和"事实联系论"理论背景下，影响学派在具体研究中非常注重史料的搜集整理、书目勘定、资料汇编和不同文学之间影响事实的探微发幽及缜密考证。

中国比较文学界的"影响研究"主要集中在中外文学的相互关系上，在这方面已经取得了以下主要研究成果：乐黛云、钱林森从20世纪90年代初到本世纪初主编的一套大型丛书《中国文学在国外》（花城出版社，全套十本），规模宏大、视角新颖，以丰富翔实的材料展示了中国文学在国外的传播、接受、变形和汇流。乐黛云主编的中学西渐丛书，（首都师范大学出版社2006年版）已出五种：《布莱尼兹与中国文化》、《白璧德与中国文化》、《卡夫卡与中国文化》、《史耐德与中国文化》、《庞德与中国文化》。丛书对中国文化进入世界文化主流的历史现象进行比较全面、系统的梳理，"对这个充满着误读、盲点和过度诠释，同时又闪耀着创意、灵性和发展的非常复杂的过程进行饶有兴味的探索"（乐黛云总序）。严绍的《日本中国文学史》（江西人民出版社1991年版）和《汉籍在日本的流布研究》（江苏古籍出版社1992年版），在取材上不限于文学。智量等合作撰写的《俄国文学与中国》（华东师范大学出版社1991年版）选择了九位俄国著名的文学家与批评家，如屠格涅夫、托尔斯泰等，通过剖析他们的作品与文艺思想在中国的流传，揭示了中国文学所接受的俄国文学的影响。乐黛云、王宁主编的论文集《西方文艺思潮与二十世纪中国文学》（中国社会科学出版社1990年版）。本书以在世界格局中重审中国文学的宏观眼光，运用比较文学的方法，就西方的现实主义、浪漫主义、现代主义、弗洛伊德主义、人道主义等思潮对中国文学观念的影响及西方意象派的诗歌、表现主义戏剧、现代主义小说对中国创作模式的冲击等问题进行了系统的梳理与扎实的论证。陈平原在《二十世纪中国小说史》中设专章阐述了域外小说对中国文学的刺激和启迪,而在其另一部专著《中国小说叙事模式的转变》中对这一问题有了更为详尽的阐述。全书分上下两编,上编就是"西方小说的启迪与中国小说叙事模式的转变"。他认为:"中国小说叙事模式的转变基于两种位移的合力:其一,西洋小说输入,中国小说受其影响而产生变化;其二,中国文学结构中小说由边缘向中心移动,在移动过程中汲取整个中国文学的养分因而发生变化。后一个位移是前一个位移引起的,但这并不减弱其重要性。没有这后一个位移,20世纪中国小说不可能在短短的几十年时间内获得自己独立的品格,并取得突出成就。"①

此外,还有贾植芳的《中国留日学生与中国现代文学》(《中国比较文学》1991年第1期),陈建华主编的《论中苏文学发展进程》(华东师范大学出版社1991年版),黎舟、关国虬的《矛盾与外国文学》(厦门大学出版社1991年版)等。

拉美文学与中国文学的关系也一直受到关注。相关的研究集中在拉美魔幻现实主义文学对中国文学的影响以及博尔赫斯和马尔克斯两位重量级拉美作家在中国的译介和接受情况。例如,《拉美魔幻现实主义与中国20世纪末小说》(陈黎明,苏州大学2005年博士学位论文),《拉美魔幻现实主义与中国新时期文学》(严慧,苏州大学2003年硕士学位论文),《后现代主义的回响:〈百年孤独〉与1985寻根小说》(于鲸,南京师范大学2002年硕士学位论文)。张汉行的《博尔赫斯在中国》(《当代外国文学》1999年第1期),《博尔赫斯研究资料(1979—1998)索引》(《当代外国文学》1999年第1期),《博尔赫斯与中国》(《外国文学评论》1999年第4期)对博尔赫斯在中国的译介情况做了全面的追踪和梳理。赵稀方的《博尔赫斯·马原·先锋小说》(《小说评论》2000年第6期),王璞的《中国先锋派小说家的博尔赫斯情结:重读先锋派》(《中国比较文学》1999年第1期),张学军的《博尔赫斯与中国当代先锋写作》(《文学评论》2004年第6期),穆昕的《游走在现实与幻想之间——从博尔赫斯看中国先锋小说的形式探索》(《小说评论》2003年第4

---

① 陈平原:《中国小说叙事模式的转变》,北京大学出版社2003年版,第14页。

期)均分析讨论了博尔赫斯对中国文学的影响。

以上这些成果代表了中国比较文学界在影响研究方面近20年内所取得的成绩,也是中国比较文学学科发展的证明。但是我们在看到成绩的同时也应该了解问题之所在。由于"影响研究"传统的实证主义研究方法,使得这方面的研究多数只注重事实的联系,缺乏对原因的深入探索,而且一些研究者往往重视方法,轻视材料,使得比较文学的研究成为一种"为比较而比较"的研究。谢天振在"中国比较文学的最新走向"(《中国比较文学》1993年总18期)一文中曾经批评了"影响研究"中"X+Y模式"流于肤浅的倾向,以及这一倾向可能导致的危机:

> 对中国大陆(其实外国也有)比较文学研究中存在的牵强附会的X与Y的比附模式,无论是圈内还是圈外人士,早就表示了不满,"危机"芸芸,就是针对此种情况所发出的警告。已故中国比较文学会会长杨周翰的话尽管说得婉转,实际颇中肯,打中要害。他在《比较文学:界限、"中国学派"、危机和前途》(载《镜子和七巧板》,中国社会科学院出版社,1990)一文中说:"国内的比较文学虽然'复兴'不久,但有识之士也看到了隐伏的危机。这种危机指的是热心比较文学并积极实践的作者群虽然做了大量的工作,而且也有成绩,但大多数停留在浅层次上,有待更上一层楼。"

查明建在"'影响研究'如何深入"一文中也指出了"影响研究"的不足:

> 自中国比较文学全面复兴以来,中外文学关系研究这块领地开垦得最早,用力最勤,虽结出了一些果实,但与付出的努力不相称,收获不能算非常丰硕。大多数研究还只是搜罗中国现代作家受过西方文学影响这种事实联系的证据,然后千方百计从作品中找印证,最后得出稍加改动即可套用在其他作家身上的几句"深刻的结论。"与二元对立模式一样,这种为人诟病的"X+Y模式"研究,也是"主要停留在以主观态度评论主观态度的层次上,"结论是预设好的,所要做

的只是按需引证,忽视了具体的接受主体——作家在具体的文化环境,根据其特有的文学文化目的所做的选择,因此也就不能考察其如何创造性地接受的过程。①

在"从互文性角度重新审视20世纪中外文学关系——兼论'影响研究'"一文中,他更深刻地指出了"影响研究"的缺陷所在:

> 法国学派研究方法上存在的最大缺陷就是过分拘泥于实证,表现出渊源于影响的机械主义观念,只注重出源、媒介、途径的研究,没有从接受的角度研究受影响的一方"保存下来的是什么?去掉的是什么?原始材料为什么和怎样被吸收和同化?结果如何?"等问题,忽视了作品的文学价值和美学分析,忽视了"文学性"问题。另外,对"影响"概念也存在机械、僵化的认识,把文学中的"影响"看成"如影随形,如响应声"这样机械、简单、直接的模仿与被模仿的关系。将复杂的文学关系和文学现象狭隘化、简单化。就我国20年来中外文学关系研究来说,不少论者在很大程度上还是延续了法国学派的思维方式和研究方法。不少中外关系研究文章完全采用"影响研究"方法来处理复杂的文学现象,从中国作家的作品中的主题、创作手法、情节、意象与外国作品相似点着手,寻找影响的证据,以证明外国文学对中国某个作家的影响为目的。②

由此可见,两位学者都强调了"影响研究"的深化有赖于加强接受研究,谢天振在1993年对比较文学的发展做了如下预期:"未来的中外文学关系研究将不再仅仅停留在对事实关系的表面梳理与论证上,而将深入接受者本身的接受基因,本身的世界性因素,以及产生相互影响的客观条件等的探索与揭示

---

① 查明建:《"影响研究"如何深入——王富仁对中国现代文学模式的置疑所引起的思考》,载《中国比较文学》1997年第1期。
② 查明建:《从互文性角度重新审视20世纪中外文学关系——兼论"影响研究"》,载《中国比较文学》2000年第2期。

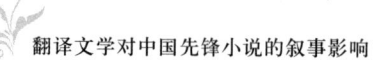

上。"① 查明建认为："影响研究需要实证，但实证不是研究的目的。更重要的是借助这些实证，探讨某一作家为什么接受了某种外国文化，其文化心理原因、美学追求是什么，以及如何将这种经过接受主体文化'期待视野'过滤后的影响，创造性地融化在创作活动之中。"②

因此，如果不对接受的一方进行研究，就无法对影响的发生作出有力的解释。因为20世纪中外文学关系存在的形态十分复杂，有明显的模仿、借鉴的直接影响关系，也有因刺激文化语境、文学风气和氛围所导致的整体感动等间接关系，也有创造性转化后无法查证、无迹可寻的模糊关系，还有面对共同的现实问题产生的契合关系。要面对错综复杂的20世纪中外文学关系这个大课题，就必须有一个视角的制高点，这个制高点就是互文性视角。③

高玉在"翻译文学：西方文学对中国文学影响关系中的中介性"一文中提出"影响研究"的深化和拓展有赖于对影响媒介的研究，即对翻译中介性的研究，他所认为的翻译文学的中介性与本书将要论证的文化间性有着相似的含义：

> 翻译文学作为中介既体现为一种形态，又体现为一种精神的方式。前者指具体的作品，即外国文学进入中文语境之后表现为翻译文学的形态，"中介"的意思是指，西方文学对中国文学的影响不是通过原语外国文学直接实现的，而是通过翻译文学间接实现的。后者指意识，即内在的心理过程，就是说，西方文学进入中国语境后，不仅在形态上发生了变异，而且在精神上也发生了变异，即西方文学精神中国化了，伴随着西方文学中文化过程，中文的精神也被赋予在西方文学中。中国现代文学就是在翻译文学这种外在形态与内在精神的双

---

① 谢天振：《比较文学的最新走向》，载《中国比较文学》1993年总18期。
② 查明建：《影响研究如何深入——王富仁对中国现代文学模式的置疑所引起的思考》，载《中国比较文学》1997年第1期。
③ 参见查明建：《从互文性角度重新审视20世纪中外文学关系——兼论影响研究》，载《中国比较文学》2000年第2期。

重影响下发生现代转型的。①

周宁在《叙事与对话——比较视野下的中国现代文学》一书的总序中提出了比较文学的"间性研究"模式：

> 当今时代比较文学研究的真正问题是，如何回应全球化时代文明与文明之间、民族与民族之间、国家与国家之间、人与人之间的对话与和谐的问题。后殖民主义文化批评关注的是不同文化间关系中的陷害与屈辱、冲突与危险的一面却没有提供一种交往理性、对话精神的可见性前景和可能性方向。因为不超越主体立场的比较研究，就无法开展立足"文化间性"的跨文化研究。全球化时代的文化问题，不是不同文化体系的接触与影响、对峙与冲突，而是文化的互渗与融合。每一种文化都应该具有一个充满活力的开放的空间，它时刻准备跨越本文化的实在论与本质主义藩篱，向他种文化开放，进入深层的、内在的对话，文化间性的合理秩序是一种"我与你"的"对话"秩序，我中有你，你中有我，"当'他者'在我之中不会感到被视为异己，我在'他者'之中也不会感到被视为异己"。
>
> 间性哲学构成跨文化研究的理论基石。如果说比较文学已经经历了"影响研究"、"平行研究"两种模式，呼之即来的第三种模式是"间性研究"。准确地说，"后殖民主义批评"模式只是从"平行研究"到"间性研究"转型的过渡形式，因为研究的理论前提没有改变。跨文化研究进行的"间性研究"是人类通往间性智慧的理性途径。……以文学为路径，思考文化间性的语言基础，是文学的跨文化研究的最富挑战性的使命。②

---

① 高玉：《翻译文学：西方文学对中国现代文学影响关系中的中介性》，载《中国现代文学研究丛刊》2002年第4期。
② 周宁：《总序》，载朱水涌主编：《叙事与对话——比较视野下的中国现代文学》，南京大学出版社2007年版。

二、翻译文学的影响与接受研究

比较文学与翻译研究有着天然的渊源关系。比较文学的主要研究对象是不同民族、不同国家之间的文学交流和文学关系。而不同民族、不同国家之间的文学要发生关系——接受并产生影响，就必须打破相互之间的语言壁垒，其中翻译毫无疑问起着首屈一指的作用。自20世纪80年代中期比较文学在中国崛起以来，比较文学学者（也包括其他学者）在翻译文学以及翻译文学的影响研究方面取得了一些有代表性的成果。钱钟书对林纾的翻译的研究[①]可以说是中国最早的对翻译传播过程中的"误译"进行了研究，钱钟书在论述林纾的翻译之所以至今还能对读者有吸引力时指出，恰恰是林纾翻译中的"讹"起了抗腐作用。遗憾的是，钱钟书的文章在当时却未能引起翻译界对误译的广泛重视。老一辈学者卞之琳发表了"'五四'以来翻译对于中国新诗的功过"（《译林》1989年第4期），他除了像以前一样肯定翻译对于开创中国的白话诗时代的意义外，还特别提出了翻译对于中国新诗的负面影响，即片面强调"译诗像诗"而导致的庸俗化、空泛化倾向；施蛰存写出了"文化过渡的桥梁——翻译文学对中国近代文学的影响"的长篇序言（载《中国近代翻译文学大系》第26卷，上海书店，1990），全面论述了1890—1919年这30年间的文学翻译情况。中青年学者孙乃修、杨武能推出了两部厚实专著《屠格涅夫与中国》（学林出版社1988年版）和《歌德与中国》（读书·生活·新知三联书店1991年版），前者是在中外文化汇合的背景之下，把中国现代文学置于世界文学的框架内来认识，以"屠格涅夫与中国现代文学的影响关系"为专题，研究中外文学汇合的专著；后者运用实证的方法，描述了德国对中国的印象和中国对歌德的译介和接受。

谢天振是系统地从比较文学入手进行翻译研究的学者。他的译介学不仅丰富发展了比较文学学科，对翻译学的发展同样起着十分重要的作用。译介学理

[①] 钱钟书：《林纾的翻译》，载《翻译研究论文集》（1949—1983），外语教学与研究出版社1984年版。

论主要阐释了两个问题：第一个问题是关于文学翻译中的"创造性叛逆"问题。"创造性叛逆"这一命题的由来，据谢天振教授在"译介学与比较文学理论建设"（《在北大听讲座》，北京大学出版社 2005 年版）一文中介绍，并非出自他的首创，而是借用自法国社会学家埃斯皮卡的专著《文学社会学》中的一段话："如果大家愿意接受翻译总是一种创造性叛逆这一说法的话，那么，翻译这个带刺激性的问题也许能获得解决。说翻译是叛逆，那是因为它把作品置于一个完全没有预料到的参照体系里（指语言）；说翻译是创造性的，那是因为它赋予作品一个崭新的面貌，使之能与更广泛的读者进行一次崭新的文学交流；还因为它不仅延长了作品生命，而且赋予它第二次生命。"他接受了"创造性叛逆"的说法，认为它道出了翻译，尤其是文学翻译的本质，并且对创造性叛逆做了进一步阐发，认为创造性叛逆仅仅解释为语言的变化是不够的，还应该包括文化语境，指出翻译的创造性叛逆现象特别具有研究价值，因为它集中地反映了不同文化在交流过程中所受到的阻滞、碰撞、误解、扭曲等问题。第二个问题是关于翻译文学的归属问题。译介学研究从翻译文学和外国文学的区别出发，从理论上对翻译文学的归属做了明确的界定，从而拓展了国别文学的领域。他认为文学翻译是文学创作的一种形式，也是文学作品的一种存在形式。文学翻译和翻译文学正是从这个意义上获得了它相对独立的艺术价值。所以，他站在为翻译文学寻找一席之地的立场上，支持"重写文学史"，曾撰文《为弃儿寻找归宿——论翻译在中国现代文学史上的地位》和《翻译文学史——挑战与前景》，提出翻译文学应在中国文学史上有其相对独立的位置。

从比较文学出发研究翻译文学的还有查明建。他撰写和主编了两部翻译文学史，如《中国 20 世纪外国文学翻译史（1898—2000）》（湖北教育出版社 2006 年版）；《中国现代翻译文学史（1898—1949）》（上海外语教育出版社 2004 年版）。他的研究当代中国（后）现代主义文学翻译的专著《意识形态、诗学与文学翻译选择规范——当代中国的现代主义、后现代主义文学翻译研究（1949—2000）》（清华大学出版社 2006 年版）采用史论结合的方式，分析意识形态、诗学、文学体制与文学翻译选择规范的形成和嬗变的关系，由此阐释

（后）现代主义文学在中国20世纪50—70年代被边缘化，在80年代被中心化的意识形态和诗学的原因。该书还从翻译文学经典形成的角度，考察（后）现代主义文学翻译经典对80年代中国文学创作以及意识形态和诗学的影响。通过分析译者对（后）现代主义文学的阐释策略和翻译策略，阐明翻译文学对主流意识形态和诗学的"边缘干预"作用。

宋学智2006年出版的《翻译文学经典的影响与接受》（上海译文出版社）对傅雷所译的《约翰·克利斯朵夫》在中国的译介、研究与接受做了全面、系统的考察和分析。通过对这部文学翻译经典译著的接受研究，进一步探讨了文学翻译问题如"神似论"的意义，探讨了翻译文学的地位和归属等重要问题。

通过对上述学者针对影响研究所提问题的反复思考，结合比较文学与翻译研究的历史渊源，笔者认为，无论是接受研究、互文性视角的比较文学研究还是翻译文学的中介作用研究，都可以在对翻译文学的文化间性研究中得到实现。因此，以文化间性这一翻译文学的特质为出发点进行翻译文学的影响和接受研究也许是影响研究的新途径。

第三节　研究方法

为了研究的可行性，本书将影响研究的范围限定在西方（后）现代派翻译文学对中国先锋小说的叙事影响方面。选择叙事这个角度，是因为叙事是现代主义小说区分于现实主义小说的重要标志，也是中国先锋小说区分于中国传统的现实主义小说的标志。就"影响研究"而言，本书在继承其基于发掘影响事实的实证研究的同时，把研究重点转向翻译文学，论述翻译文学的文化间性及其跨文化的影响作用。笔者认为，中外文学的影响关系只能从翻译文学的文化间性特质以及这种特质在翻译文学接受过程的作用这个方面才能说得更加清楚、更加深刻。本书要进一步论证的是，翻译文学的文化间性在影响过程中发挥了接受和影响的双向调节作用，形成了影响的机制。

本书研究的内在线索是翻译文学的文化间性与接受和影响的关系这根主线。全书分绪论、理论部分和实证分析三大部分。在理论部分中，笔者运用接受美学中的读者反应理论并结合一些翻译理论，探讨翻译文学文化间性品质的形成。第一章概述了学术界关于翻译文学的地位之争，对翻译文学和外国文学这两个概念进行了廓清，通过引证和论证，确立了翻译文学因其独特的文化间性品质而具有在目标语文学系统中的独立地位这样一个观点。第二章以姚斯和伊瑟尔的接受美学和读者反应论为依据探讨了译者的阅读如何构成了翻译文学文化间性特质的潜在条件。第三章论证了译者的表达，即语言转换本质上是一种语际书写，而翻译文学的文化间性也就在语际书写中具体形成。考察翻译文学的文化间性特征其目的是要揭示接受和影响的内在机制。可以说，文化间性是翻译文学的区别性特征，由于这种特质，翻译文学既不等同于外国文学也不等同于本土原创文学。翻译文学的文化间性特质一方面使它能够在目标语文化系统中扎下根来，如翻译文学中由于译者采取的归化式翻译策略所获得的本土化效果；另一方面还可以让它在目标语文化系统中产生影响，如翻译文学中来自其他文化系统中的文学形式可以填补目标语文学系统的缺失环节。在实证部分中，研究的主线是探讨中国先锋派文学和（后）现代派翻译文学的关系，通过文本分析证明翻译文学对中国先锋派文学的影响关系。第一章介绍了中国先锋文学发生的历史背景与翻译文学的渊源。第二章和第三章是对"影响的结果"和"接受的事实"的一个由面（第二章）到点（第三章）的实证研究。在这两章里，笔者分析了中国先锋小说所受到的翻译文学的影响及影响在叙事上的具体表现，由于现代派翻译文学的叙事方式在时值转型期的中国文学系统中具有填补缺失的作用，于是它的影响也就成为一种必然。在第四章的个案研究中，以博尔赫斯的汉译小说对中国作家马原的小说叙事影响为例，详细分析了影响和接受形态的复杂性并从心理层面进一步探讨了影响与文化间性的关系。

THIS

上 编

理论部分

015-102

01 Chapter

第一章
翻译文学的文化间性特质

第一节 文化间性的基本含义

间性这一概念有学者考证源于生物学的"雌雄同体性"（hermaphrodism），间性概念进入社会和人文学科领域后，除了一种"共在"的关系之外其含义与生物学再无瓜葛。间性理论主要涉及"主体间性"、"文本间性"（又称"互文性"）和"文化间性"，而文本间性和文化间性是以主体间性为理论基础并从中派生出的间性关系。主体间性问题由来已久，康德、费希特、黑格尔和马克思都有论及，但作为哲学概念是由胡塞尔（G. A. Husserl）提出的，其意义的突显也是在20世纪。从主体性到主体间性是哲学上的深刻转变，反映了以主客二分的认识论思维模式陷入深刻危机后，人与人、人与世界的关系的重新定位。从广义上来讲，主体间性指人作为主体在对象化的活动中与他者的相关性和关联性，具体内涵是人作为认知主体、生存主体、伦理主体、实践主体超越自身界限，涉及同样作为认知主体、生存主体、伦理主体、实践主体的他者的方面和维度。① 其本质是主体与主体之间开放的、平等的、对话的关系。

---

① 王晓东：《西方哲学主体间性理论批判——一种形态学视野》，中国社会科学出版社2004年版，第22页。

主体间性物化到文本中便是文本间性。① 文本间性又称互文性，这一概念最早由法国符号学家克里斯蒂娃提出，用来表明一个文本与其他文本之间存在的各种关系，包括引用、改编、翻译、戏仿、模仿及其他形式的转换。其基本内涵是"……任何文本都是由引证的镶嵌品构成的，任何文本都是对其他文本的吸收与转化"②。意义的传达是经由符号来完成的，而这些符号又是由其他文本给予作者和读者的，克里斯蒂娃认为认识到这一点就意味着"文本间性观点取代了主体间性观点"③。当主体间性思维模式应用于文化学领域便派生出文化间性问题，从某种意义上讲，文化间性就是主体间性问题在文化领域的具体体现。④ 要了解文化间性概念，首先要将其与多元文化区分开。法国比较文学专家达尼埃尔-亨利·巴柔教授2006年在复旦大学作了题为《多元文化与文化间性》的演讲。他认为，多元文化最初是美国、加拿大等国在20世纪80年代为了避免移民与当地人的冲突以及消除种族矛盾而采取的一种政治策略，其目的是使少数文化在社会中得到承认。而文学研究中的多元文化概念是对从形象研究到后殖民写作的种种研究路径的一种统称，否认任何形式的正统文化，主张不同文化群体的共存。⑤ 而这一概念的缺陷是它忽视了文化与文化之间存在力量和等级的差异，文化间的相遇和对话常常被解释为文化的杂糅混合现象，巴柔指出这些词用起来很方便，却很容易使人认为相遇是平等的，而文化间的相遇和接触是不能与"文化并列"等同的。而使用文化间性这个概念则可以克服这一缺陷，因为间性这个词其含义的重点在于二者之间的交互作用

---

① 冯全功：《从实体到关系——翻译研究的"间性"探析》，载《当代外语研究》2012年第1期。
② Julia Kristeva, *Desire in Language: A Semiotic Approach to Literature and Art*, New York: Columbia University Press, 1980, p. 69.
③ Ibid.
④ 王才勇：《文化间性问题论要》，http://www.docin.com/p-216876836.html，2011年6月7日。
⑤ 转引自乔莹莹：《多元文化与文化间性》，http://www.gmw.cn/01ds/2006-11/22/content_511773.htm，中华读书报，光明网，2006年11月22日。

和意义重组。对于文化间性的把握,王才勇也有如下论述:

> 本来,跨文化(intercultural)一词在西语中所指的并不是单纯地相遇在一起的不同的文化,而是不同文化相遇时发生的那种交互作用,它指向的显然不是这些文化的自为存在本身,也不是单纯地参与到该交互作用中取得各自文化部分,而是这些部分相遇时发生意义重组的交互作用过程。于此,我们对与他者处于交互作用之文化论说,就不能偏离目标仅仅看向参与其中的要素本身,而应紧紧抓住这些要素于其中发生的意义重组过程,也就是说,不能孤立地将这些要素作为自在的静态个体去看,而是要将它们放到与他者发生联系而出现意义重组的动态过程中去看。这样一来,每一种文化都有一种间性特质的问题,即在与他者相遇或在与他者交互作用中显出的特质。①

因此,文化间性是指一种文化与另一种文化相遇时交互作用、交互影响、交互借鉴的内在关联。文化间性、主体间性和文本间性三者之间的关系是:首先,文化间性离不开主体间性,因为文化间性本身就是不同主体之间的相互对话、相互理解、相互沟通。其次,文化间性离不开文本间性,因为文本间性包括了社会、历史、文化的相互指涉、相互映射,它可以聚焦于互文本置身其中的那个文化空间。而广义的互文性几乎可以看作"文化间性"。因此,文化间性是文本间性和主体间性互动而生成的复合间性,它兼具文本间性和主体间性的双重特质。②

---

① 王才勇:《文化间性问题论要》,http://www.docin.com/p-216876836.html,2011年6月7日。
② 蔡熙:《关于文化间性的理论思考》,载《大连大学学报》2009年第1期,第80—84页。

第二节　翻译文学的文化间性与其独立的地位

一、关于翻译文学归属问题的争论

　　文化间性是在文化互动中形成的，翻译活动是一种跨文化的语言转换，语言与文化的密切关系使得翻译成为一种典型的文化互动。因此可以推论文化间性是翻译作品的特质。但是，人们对于翻译作品尤其是对文学翻译作品特性的认识是经历了一个过程的。最初，由于翻译文学的跨文化性质，人们对于"什么是翻译文学"，它的属性是什么，翻译文学应该如何定性、定位，翻译文学是否等于"外国文学"，它是否具有独立的文学形态，中国的翻译文学是否属于中国民族文学的一部分，这一系列问题自20世纪90年代以来在中国学术界进行着争议和讨论。通过学术讨论和争议，现在对这个问题有了更加清楚的认识。本节将在整理不同观点的基础上，试图对翻译文学的特质及地位问题作出回答。

　　很长一段时间以来，在中国，翻译文学与外国文学这两个概念是不加区分的。我们可以从下列现象中看出人们对这两个概念的混淆。一些出版机构和期刊，虽然它们主要是系统地翻译出版或刊载现当代外国名著（中译本），以及相关的文学史、理论批评、人物传记和学术研究著作等，但是它们的名称却都冠以"外国文学"（或其他国别文学）而非"翻译文学"或"译文"的字样，如从人民文学出版社分出的"外国文学出版社"，上海译文出版社主办的《外国文艺》，北京外语教学与研究出版社主办的《外国文学》，南京大学外国文学研究所主办的《当代外国文学》，哈尔滨文艺杂志社主办的《外国小说》，北京师范大学出版社主办的《俄罗斯文艺》，吉林人民出版社主办的《日本文学》等。由于外国文学出版社及上述期刊出版和刊载的都是中文译作而非外文作品，由此可见，翻译作品在这里都被视作外国文学作品。同样，在不少图书馆的图书分类目录中，翻译文学也往往被编入"外国文学"之列。

另一个现象就是自20世纪40年代以来，由于种种原因，翻译文学在文学史中变得无法归类，而在此之前翻译文学会在一些中国文学史著作中涉及。20世纪40年代以后中国文学史的著作中不再有翻译文学的内容。在90年代以前也没有学者对此有过追问，道理很简单，因为在许多学者的思想中翻译文学当然不是中国文学，中国文学史著作自然不会涉及翻译文学。既然翻译文学不属于中国文学，那么它就应该属于外国文学。但是，我们很难想象英美法俄等国的文学史家会让中国的翻译家及其译作在他们的国别文学史上占有一席之地。这样一来翻译文学就被剥夺了它在文学史上应有的地位。

在翻译界和文学界，存在着对翻译文学的国别属性的争论。争论围绕着以谢天振为代表的学者将翻译文学归属为中国文学的一部分，主张写进中国文学史的观点展开。其中反对这一观点并极力宣扬翻译文学就是外国文学的学者不乏其人。他们认为，外国文学作品即使被翻译成了汉语，也依然还是"外国文学"，而不可能摇身一变就成了中国文学。例如，王树荣在《书城》（1995）上发表的《汉译外国作品是"中国文学"吗？》一文中，提出这样的质问："翻译文学怎么也是中国文学的'作家作品'呢？难道英国的戏剧、法国的小说、希腊的拟曲、日本的俳句，一经中国人（或外国人）之手译成汉文，就加入了中国国籍，成了'中国文学'？"又说："的确，外国文学对中国现代文学有过很大的影响。但影响不论怎样大，外国文学还是外国文学，怎么可能就成了'中国文学'的组成部分？"[①]

几乎同时，施志元也在《书城》上发表了《汉译外国作品与中国文学——不敢苟同谢天振先生的高见》一文。文章中，他对谢天振提出的翻译文学的创造性以及翻译文学应该属于国别文学的观点进行了反驳。他认为，文学作品的"翻译"虽有创造的一面，但毕竟不能等同于"创作"。"谢先生把创作说成翻译，又把翻译说成创作……为什么要把创作说成翻译、翻译说成创作呢？

[①] 王树荣：《汉译外国作品是"中国文学"吗？》，载《书城》1995年第2期。

历史上乃至当今，确有人重创作、轻翻译。但这没有必要因此把翻译和创作说得一样啊！鲁迅当年是反对轻视翻译的，他主张：'翻译和创作，应该一同提倡，绝不可压抑了一面。'他还认为：'注意翻译，以做借鉴，其实也就是催进和鼓励着创作。'可见，创作是创作，翻译是翻译，各有自己的位置都很重要。"鉴于此，他不同意把翻译文学看成中国文学，他说："谢先生举了不少国别文学史都有翻译文学的章节。我认为国别文学史中应该有翻译文学的章节，用来说明外国文学对本国文学的影响。但没有一部文学史会把翻译的外国文学作品说成本国文学作品。"针对谢天振所举的例子，"英国翻译家菲兹杰拉德翻译的波斯诗人的诗集《鲁拜集》也被视作英国文学上的杰作。"施志元认为，"菲兹杰拉德英译《鲁拜集》实际上是根据波斯原诗诗意的重新创作。这就和一般的翻译大为不同。否则，英国每年都有大量外国文学的译本，何以单单把菲氏的《鲁拜集》视为'英国文学'呢？以《鲁拜集》为例，恐怕难以证明英译《红楼梦》是英国文学作品，日译《三国演义》就是日本文学作品吧？"[①]

与上述观点相对立的观点是将翻译文学看作中国文学的一部分。翻译文学在历史和当今对中国文学产生过巨大影响，而在相当长的一段时间里它在国别文学史著作中消失了踪影，人们习惯性地将它归属于外国文学而拒之于中国文学史门槛之外。这一现象引起了一些学者的关注和深入思考。谢天振在《翻译文学——争取承认的文学》（1992）一文中开头就说："这是一个很值得玩味的文学现象：有一种文学，在半个世纪以前，甚至更早，就已经在我国的文学史上取得了它的地位，可是时隔20年后，它却失去了这一地位，并且直到现在它还没有取得它在中国文学史上应有的地位。这种文学就是翻译文学。"[②]

20世纪二三十年代翻译文学都曾被纳入中国文学史著作的章节中。胡适的《白话文学史》（1928）、陈子展的《中国近代文学之变迁》（1929）、王哲

---

① 参见施志元：《汉译外国作品与中国文学——不敢苟同谢天振先生的高见》，载《书城》，1995年第4期。
② 谢天振：《翻译研究新视野》，青岛出版社2003年版，第126页。

第一章
翻译文学的文化间性特质

甫的《中国新文学运动史》(1933)等几种有关中国文学史的著作中，都设有佛经翻译文学或近代翻译文学的专章。但自从40年代以后，由于种种原因，中国文学史著作中不再有翻译文学的内容了，而且在讲到作家兼翻译家时也只谈他的创作而不谈翻译。

最早打破这一局面的是上海书店出版社1990年出版的《中国近代文学大系》，其中有施蛰存主编的三卷《翻译文学集》。在《翻译文学集·导言》的附记中，施蛰存写道：

> 《中国近代文学大系》收入《翻译文学集》三卷。这一设计，为以前所出《新文学大系》二编所未有。最初有人怀疑：翻译作品也是中国近代文学吗？当然不是。但我们考虑的是：外国文学的输入与我国近代文学史的发展有密切的关系。保存一点外国文学如何输入的记录，也许更容易透视近代文学的轨迹。这是《中国近代文学大系》独有的需要。

施蛰存虽然并不认为翻译文学属于中国文学，但《中国近代文学大系》将"翻译文学"列入其中，就表明这样一个学术理念：虽然翻译文学不等于中国文学，但翻译文学却在中国近代文学史上起着重要作用。而且由于《中国近代文学大系》这套书的广泛影响，"翻译文学"这一概念又重新进入读者和文学史研究者的视野。

1993年，在贾植芳指导编纂的《中国现代文学总书目》中，翻译文学作为中国现代文学的一个有机的组成部分被编入总书目。贾植芳在《中国现代文学总书目》的序言中对翻译文学的国别属性问题阐明了自己的观点：

> 我们认为中国现代文学的历史，除理论批评外，就作家作品而言，应该由诗歌、散文、小说、戏剧和翻译文学五个单元组成。对于创作，我们采用现代文学通用的"四分法"分类著录，以求纲目清晰，网罗一切，便于读者查阅和搜寻各门类作品的来龙去脉。我们还把翻译文学视为中国现代文学不可或缺的重要组成部分。在这里，我想着重强调一下翻译文学书目整理的意义。曾有人把中国现代文学的

创作与翻译文学比喻为车之两轮、鸟之双翼。外国文学作品是由中国翻译家用汉语译出，以汉文形式存在的，确与创作具有同等重要的意义和价值。在中国现代文学史上，创作与翻译并列并重，这只要翻开当时的文学期刊和报纸副刊，都可以看到这个历史景象。①

贾植芳认为将翻译文学与民族创作比作车之两轮、鸟之双翼，是十分贴切的比喻。他批评有些人看不到翻译文学在中国文学史上的巨大作用，一直对翻译文学抱有偏见，将其贬低为低于创作的次等文学，外国文学翻译家在文学出版界只好敬陪末座。这种偏狭的观念在中国文学史的编纂和研究中反映出来，翻译文学被排斥在中国现代文学史之外。这好比鸟被折断了一只翼，车缺了一个轮子，使中国现代文学史的形象变得残缺不全了。

极力主张把翻译文学看作中国文学的重要组成部分，并努力在理论上澄清这个问题的学者是谢天振。自20世纪90年代以来，他在《中国比较文学》、《上海文化》等学术期刊上陆续发表了《翻译文学——争取承认的文学》、《为'弃儿'寻找归宿——论翻译文学在中国现代文学史上的地位》、《翻译文学史：挑战与前景》、《翻译文学当然是中国文学的组成部分》等系列论文。这些论文经整理收入了《译介学》和《翻译研究新视野》二书中。这些论文的核心观点是翻译文学是中国文学的组成部分。他从翻译文学的性质、地位和归属等方面，从理论的高度论证了翻译文学与民族创作文学之间的关系。他提出了"翻译文学是文学创作的一种形式""译作是文学作品的一种存在形式"、"翻译文学不是外国文学"、"翻译文学是中国文学的一个组成部分"等一系列重要论断。在《翻译文学——争取承认的文学》一文中谈道"翻译文学与外国文学的关系"，他指出判断翻译文学究竟是属于中国文学还是外国文学的三个关键性依据。首先，既要明确翻译文学的性质，也要明确文学翻译的性质；其次，要找出判别文学作品的国别的依据；最后，要分析翻译文学与外国文学究竟是不是一回事。经过分析论证，第一个问题的结论是，文学翻译是一种创

---

① 贾植芳：《中国现代文学总书目·序》，福建教育出版社1993年版。

第一章
翻译文学的文化间性特质

造性叛逆,如果说艺术创作是作家、诗人对生活现实的"艺术加工"的话,那么文学翻译就是对外国文学原著的"艺术加工"。因此这个过程的结果——翻译文学也就是文学创作的一种形式。第二个问题,谢天振认为译作的国别归属应该根据译者的国别归属来定,不能因为翻译文学传递的是外国文学的信息而把翻译文学混同于外国文学。他认为,关于第三个问题的答案应该这样来看,翻译文学与外国文学的关系就相当于译作与原作的关系,如果译作等同于原作,那么翻译文学就等同于外国文学。

谢天振教授在针对反对的声音并对此进行辩驳时,更进一步地强化了他的这一核心观点。在《翻译文学当然是中国文学的组成部分——与王树荣先生商榷》的文章中,他认为,王树荣之所以对翻译文学与外国文学的关系搞不清楚,首先是对"翻译文学"的概念没有弄清。把翻译文学简单混同于外国文学,其根本原因就是因为没有看到翻译文学的相对独立的价值和文学翻译者的创造性劳动。在《译介学》第五章第二节(《翻译文学与外国文学的关系》),他又针对王树荣和施志元的文章的观点做进一步反驳,他指出:"值得注意的是,这两位作者在提到翻译文学时,有意不用'翻译文学'这个词,而用了一个含义暧昧的词组'汉译外国作品',反映了在他们眼中,根本就不存在关于'翻译文学'的概念。然而,'汉译外国作品'与'翻译文学'却是两个范畴大小相差甚远的不同的概念。'翻译文学'指的是属于艺术范畴的'汉译外国文学作品',而'汉译外国作品'则不仅包括上述这些文学作品,还包括文学的理论批评著作,同时还包括哲学、经济学、社会学、人类学等所有的社会科学、人文科学,甚至(在某种意义上)还可以包括自然科学文献的汉译作品。虽仅两字之差,却不知把'翻译文学'的范围扩大了多少倍。"他认为,将文学翻译与非文学翻译相提并论是因为"他们对什么是文学翻译,什么是非文学翻译辨别不清。""正因为这个原因,所以他们才会荒唐地援引不属于艺术范畴的马克思主义哲学的汉译去对属于艺术范畴的'翻译文学'的观点提出责问:'难道译成汉语后的《哲学的贫困》就因此成了中国现代哲学史中的著作?译成汉语后的《资本论》就成了中国现代经济史的组成单元?'"他指出非文学类的翻译是以单纯的信息传递为目的的翻译,信息传递后，信息的归属并没有发生改变，汉译《资本论》所阐发的思想仍然属于马克思。但是属于艺术范畴的文学翻译则不然，译者在翻译的过程中不仅要传递原作的基本信息，还要传达原作中的审美信息。正是这个充满变量的审美信息体现了译者的创造性劳动。

在《译介学》第五章第三节（《翻译文学在民族文学中的地位》）里，谢天振针对刘耘华在《文化视域中的翻译文学研究》一文中，对把翻译文学定位在民族文学之内所表示的四点不同意见进行了一一的辩驳。这四点不同意见分别是：第一，译本本身所表现的思想内容、美学品格、价值取向、情感归依等均未被全然民族化。第二，这种观点无法妥善安置原作者的位置。第三，这种观点也不能妥善安顿翻译家的位置。第四，这种观点是对翻译文学的民族性特征的片面放大。谢天振认为这几条理由实际上是不经一驳的。关于第一条，他说："决定翻译文学归属的核心问题不在于译作本身所表现的思想内容等方面，译作的思想内容是否民族化，与译作的归属并无直接关系。一部作品，即使它的思想内容全然是外国的，它仍然可以是属于中国文学范畴的。反之，一个外国作家的作品也完全可以描写中国的事情。"[①] 关于第二条和第三条理由，他认为是奇怪的理由。"因为明确翻译文学的归属不会影响原作者的位置。""至于翻译家的位置，这恰恰是我们讨论翻译文学的归属问题所要解决的。由于我们明确了翻译文学的归属，因此翻译家的位置也就水到渠成地得到了解决——他们的地位理所当然地在国别（民族）文学的框架内。举例说，傅雷的位置只能在中国文学史上，而不可能在法国文学史上去占一席之地。否则，翻译家只能又一次地沦为'弃儿'"[②]。关于最后一条理由，他的辩驳是："我们讨论翻译文学的归属也并不是依据译作的民族特征才作出的结论，我们依据的是翻译文学的特性，依据的是翻译家劳动的再创造性质，依据的是译作的作者——翻译家的国籍。至于一部译作的民族特征如何——或是非常民族化，或

[①]　谢天振：《译介学》，上海外语教育出版社1999年版，第239页。
[②]　谢天振：《译介学》，上海外语教育出版社1999年版，第240页。

第一章
翻译文学的文化间性特质

是非常'洋气',与它的归属并没有关系。"①

上述两种观点的根本分歧在于对翻译的认识,尤其是对文学翻译的认识有本质的不同。

认为翻译文学等同于外国文学的观点其立场是,翻译,无论是何种翻译,其实就是一种语言转换。可以说他们对翻译的理解似乎建立在早期语言观点的基础上,认为语言就是对应于客观世界的一个分类命名集,不同的语言虽然用不同的符号进行命名,但是它们都对应着几乎同等数量的客观对应物(即能指与所指的一一对应关系)。因此,翻译就是两个命名集之间对应的转换。即使他们的语言观已经建立在索绪尔的能指与所指的任意性关系基础上,认识到语言系统是建立在差异性基础上的关系系统,他们对翻译的认识也仅仅还是寻找两个语言系统中的词与词之间的对等关系。译者的任务是解决这个过程中的技术问题,以便使两种语言所承载的信息顺利地对接和传递。因此,外国文学经过翻译之后仅仅是转换了语言的形式,它的思想内容不会改变,它的体现文学价值的审美信息也不会改变,一切都取决于词与词之间对等的客观存在。所以,对译作而言,无论是思想内容还是文学价值都仍然属于原著,而翻译文学也理所当然应该属于外国文学。这个道理就好像一个人,不能因为他换了一套衣服就被看成另一个人一样天经地义。由此可见,这种观点存在的根本问题是,没有正确认识翻译是怎么一回事,更不清楚文学翻译是怎么一回事。他们或是将翻译看成机械的对等转换或是将翻译的忠实性置于一种理想化的不容置疑的境地。

将翻译文学看成国别文学的组成部分的观点其立场是,文学翻译与非文学翻译不同,文学翻译是一种创造性叛逆,译作是译者的创造性劳动的结果,译作的文学价值并不完全等同于原作的文学价值,因为属于艺术范畴的文学作品的翻译不仅要传达原作的基本信息,而且还要传达原作的审美信息。虽然基本信息可以看作一个具有相对的界限也相对稳定的"变量",但是审美信息却是一个相对无限的,有时甚至是难以捉摸的"变量"。对这种"变量"的处理就

---

① 谢天振:《译介学》,上海外语教育出版社1999年版,第240页。

体现了译者的创造性劳动。其结果也存在着很大的差异，有时原作优秀，译作拙劣；而有时则相反，原作平庸，译作却十分优秀，如波德莱尔翻译的埃伦·坡。① 这种立场充分强调了翻译的再创造性。必须承认谢天振等学者对翻译文学与外国文学概念的廓清是十分有力的。但是，对译作而言，它既不等于外文原作也有区别于本民族的原创作品，其区别在于民族文学具有原创性而翻译文学则具有再创造性，这是两者之间的根本区别。鉴于此，笔者认为，翻译文学是区别于外国文学和民族文学的第三种文学，翻译文学应具有独立的地位。

二、翻译文学应具有其独立的地位

对翻译文学具有的独立地位，当代译论已经有所论及。伊文·佐哈尔在《翻译文学在文学多元系统中的位置》（The Position of Translated Literature within the Literary Polysystem）一文中认为翻译文学是文学多元系统中自成一体的系统：

> My augument is that translated works do correlate in at least two ways: (a) in the way their scource text are selected by the target literature, the principles of selection never being uncorrelatable with the home co-systems of target literature; and (b) in the way they adopt specific norms, behaviours, and policies- in short, in their use of the literary repertoires- which results from their relations with the other home co-systems. They are not confined to the linguistic level only, but are manifest on any selection level as well. Thus, translated literature may possess a repiteroire of its own, which to a certain extent could even be exclusive to it. ②

---

① 法国人如此评价波德莱尔翻译的埃伦·坡："坡这个名字下有两位作家，一位是美国人，是相当平庸的作家；一位是天才的法国人，埃德加·坡（即埃伦·坡）因波德莱尔和马拉美的翻译而获得新生。"（［法］布吕奈尔等：《什么是比较文学》，北京大学出版社 1998 年版，第 58 页。）

② Itamar Even-Zohar, The Position of Translated Literature within the Literary Polysystem, Lawrence Venuti (ed.), *The Translation Studies Reader*, London and New York: Routledge, 2000, p. 193.

第一章
翻译文学的文化间性特质

上述论述初步界定了翻译文学在目标语文学的多元系统中的地位，它与目标语文学有相关性，但它亦有独立性，其独立性不仅表现在语言层面还表现在其他层面上。佐哈尔亦在《多元系统研究》中，把文学分为"原创文学"和"翻译文学"。①

笔者认为，翻译文学的独立性可以从以下两个方面得到说明：一是翻译语言；二是译作的文化间性品质。

William Frawley 在其《翻译理论之序言》一文中提出翻译是一个重新编码的过程，经过重新编码的译文为第三种符号。他认为符号转换有三种方式：复制（copying）、转化（transcribing）和翻译（translating）。复制即为输入信息的再生产，其思维方式为意象式的；转化是将非语码信息转化为语码信息，其思维方式是认知式的；翻译则是将输入的语码信息重新编码为另一套语码，其思维方式是再认知式的。作为一种重新编码的过程，翻译并非如图1所示的单向流动的线性过程，而是如图2所示的双向过程：

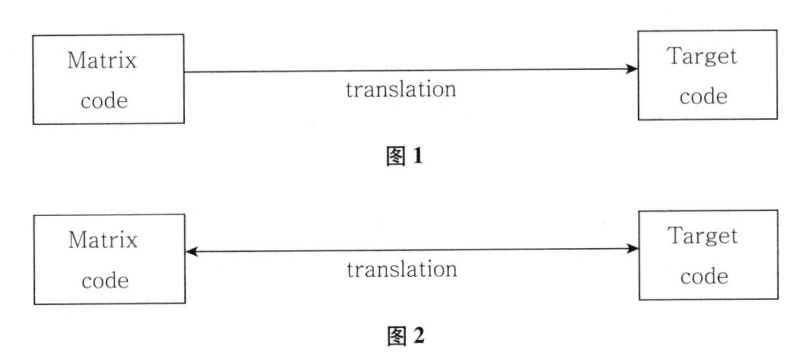

```
[Matrix code] ——translation——> [Target code]
```
图 1

```
[Matrix code] <——translation—— [Target code]
```
图 2

这个双向过程（图2）显示，源语码提供了待重新编码的基本信息，而目标语语码则提供了重新编码的参数，翻译就是同时在两种语码之间来回衡量并重新编码的过程。William Frawley 否认语言的共性是翻译可行性的基础，他认为无论两套语码之间的同一性（共性）的情形如何，翻译这一重新编码的过程都将发生。他列举了三种关于语言共性的观点，指出这些理论成果与翻译的

---

① 转引自宋学智：《翻译文学经典的影响与接受》，上海译文出版社2006年版，第13页。

可行性并没有直接的关系。

第一种为"所指共性"（referential identity），此论建立在所指意义理论（referential theory of meaning）基础上，将共性定义为语义的完全相等（absolute synonymy）。而语义的相等又是建立在客观事物对于任何语言群体而言都具有的共同性这一认识的基础上的。这也是 House 和 Quine 的翻译理论的基本立场：

> To a very large extent, the nature of the universe…is common to most language communities; thus the referential aspect of meaning is the one which is most readily accessible, and for which equivalence in translation can most easily be seen to be present or absent…"①

Frawley 认为此观点存在的偏差是客观物体的共同性不能决定代表客观物体的符号的相同性，因为每一种语言符号对客观物体的语义切分是不尽相同的，法语的"饭桌"之所以能翻译成英语的"table"并不是由于法国人和英国人都共有这样一个客观物体而是因为"饭桌"在法语中与其他符号的关系结构与英语中"table"一词与其他符号的关系结构相似这一事实。

第二种是"认知共性"。此论认为语言共性存在的理据是人类具有共同的认知世界的能力和方式，而这些又是来自人类共同具有的认知器官。以此推断，由于人类相同的认知方式，在语言众多的符号变体（variants）中应该存在着共同的概念基础（universal conceptual base），这个基础就是语际转换的"final word"。而心理语言学中关于"分类原型"（category prototype）的研究也是对此理论的一个发展。但是 Frawley 对认知共性与语言共性的相关性提出了质疑。例如，人类对颜色的认知能力是相似的，但是当你说出"紫色"这个词的时候你不能肯定它在其他语言文化中所引起的反应是否相同。他说他曾经致力于研究认知与语法之间的联系，但此类研究却是一种愿望良好但收效甚微

---

① qtd in William Frawley, Prolegomenon to a Theory of Translation, Lawrence Venuti (ed.), *The Translation Studies Reader*, London and New York: Routledge, 2000, p. 252.

的努力,所以认知的共性不能说明语言的共性。

第三种是"语言共性"。对此,Frawley 提出语言中到底是否存在共性,如果真有共性,这些共性对翻译是否有意义?他认为就目前语言共性论说所论证的共性而言,它们对翻译是没有意义的。

综上所述,翻译活动是客观的存在,但是翻译的存在不是取决于不同语言符号中的共性,翻译不是由于这种共性而把意义从一种语言符号中顺利地转移到另一种语言符号中的。翻译的本质是建构,翻译在源语码和目标语码之间建构了新的第三种符号:

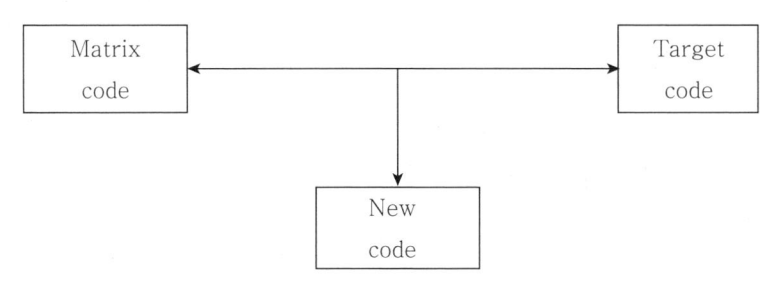

```
┌─────────┐                    ┌─────────┐
│ Matrix  │ ←───────────────→ │ Target  │
│  code   │                    │  code   │
└─────────┘                    └─────────┘
              ┌─────────┐
              │   New   │
              │  code   │
              └─────────┘
```

源语码所提供的各类信息(音系层的、词汇层的及句法层的,等等)必须通过重新编码才能在目标语码中呈现,因为翻译不是仅仅移植"基本语义"(semantic essence),翻译要传递的是意义(meaning),而"基本语义"仅是全部信息(the total meaning)中的一个很小的部分(那种仅仅寻求传递语义的翻译注定是要失败的),那么除语义之外的意义在翻译过程中就无法依靠同义性来传递了。而且即使语义的传递也要用新的符号再编码,而再编码后的新的符号一方面保留源语码的信息,另一方面也增加了新语码的信息,这是无法避免的。Frawley 认为译文实际上是第三种符号,产生于对源语和目标语的双向考虑,源语和目标语共同构成了这第三种符号的"家世"(lineage)。虽然它是源语信息和目标语参数的派生物,但是翻译却因为这种双重性而得以独立。而第三种符号的地位的确立就是译者作为一个译者而存在的"骨与魂"(bone and soul of the translator's existence)。

吴南松在其著作《"第三类语言"面面观》中也专门阐述了"第三类语言"在文学翻译中的普遍存在,文学翻译中"第三类语言"存在的必要性和

"第三类语言"的主要特征等问题。作者从影响翻译"合成"过程的几个因素来说明翻译中使用"第三类语言"的必要性：

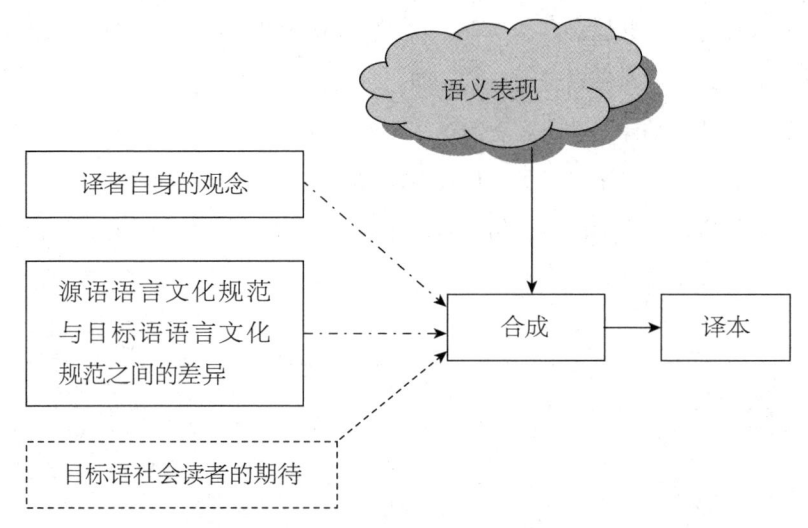

```
          ┌─────────┐
          │ 语义表现 │
          └────┬────┘
               │
┌──────────────┐│
│译者自身的观念 │─ ─ ─ ┐    │
└──────────────┘      │    ▼
                   ┌──────┐     ┌────┐
┌──────────────┐   │ 合成 │────▶│译本│
│源语语言文化规范│─ ─│      │     └────┘
│与目标语语言文化│   └──────┘
│规范之间的差异 │      ▲
└──────────────┘      │
┌──────────────────┐  │
│目标语社会读者的期待│─ ┘
└──────────────────┘
```

由于翻译的这种合成作用，译文中的语言就好比是源语和目标语结合所产下的"混血儿"，其父为源语，其母为目标语，因为译作的语言要在目标语的母体内成长，而作为父亲的源语则提供优秀的遗传基因。这个混血儿就是"第三类语言"，它能够成功地传递文化之间的差异性，对目标语语文化带来良性的影响[①]。

无论是"第三种符号"还是"第三类语言"，它们都共同强调了翻译的重新编码的过程，是两种语言文化系统之间的意义构建，这种构建明确地指向翻译文学的文化间性品质。这也是翻译文学拥有其独立地位的基础。下面将对翻译文学的文化间性的形成和呈现做进一步的理论探索。

---

① 参见吴南松：《"第三类语言"面面观》，上海译文出版社2008年版，第30、38页。

第二章
翻译文学文化间性的潜在性
——接受美学视角下的译者阅读研究

第一节 姚斯的接受美学思想

接受美学理论包含两种主要研究：以姚斯为代表的接受研究和以伊瑟尔为代表的效应研究。接受研究强调历史——社会学的方法，研究重点是读者、期待视野、审美经验和文学史。效应研究突出文本分析的方法，研究重点是文本、空白、召唤结构、隐含的读者和阅读活动。接受美学理论作为文学批评范式的第四次转型，将读者放在了研究的中心地位。姚斯将前三个范式划分为古典主义—人文主义、历史主义—实证主义和审美形式主义，前两个范式以作者为研究重心，审美形式主义以文本为研究重心。以读者为中心的接受美学理论，对文本的意义作出了全新的定义："一部文学作品，并不是一个自身独立、向每一个时代的每一读者均提供同样观点的客体。它不是一座纪念碑，形而上学地展示其超时代的本质。它更多地像一部管弦乐谱，在其演奏中不断获得读者新的反响，使文本从词的物质形态中解放出来，成为一种当代的存在。"[①]

---

① ［德］汉斯·罗伯特·姚斯：《接受美学与接受理论》，周宁、金元浦译，辽宁人民出版社1987年版，第26页。

一部乐谱并不是音乐，只有演奏出来才能使它成为美妙的音乐，读者的作用犹如演奏者，能够把死的材料变成活生生的艺术形象。在对读者的研究中，姚斯提出了其基本理论中最重要的概念——期待视野。姚斯的期待视野来自德国哲学从现象学到当代哲学解释学的传统。胡塞尔与海德格尔均使用过"视野"这一概念，伽达默尔则将它作为一个重要的概念频繁使用。"视野"（Horizon）在哲学解释学中被用以描述理解的形成过程，它的含义十分广泛。它借用了一个很形象的词汇——"地平线"，喻指理解的起点，形成理解的视野和角度，理解向未知开放的可能前景，以及理解的起点背后的历史与传统文化背景。这一切构成了理解的必要条件。在海德格尔那里，它被称作"先有"（Vorhabe）、"先见"（Vorsicht）、"先识"（Vorgriffe），它构成了人在历史中的存在。伽达默尔等哲学解释学理论家往往也将之称作"前理解"或"前识"，表明人与历史发生的最直接的存在上的联系。作为接受美学基本概念的期待视野秉承了解释学的基本思路，主要指由接受主体或主体间的先在理解所形成的、指向文本及文本创作的预期结构。它的最重要的意义和用途是将文学放在一个文本（作者）与读者在历史中不断相互作用的过程来运作。它包括这样几层意思：其一，对于任何一部新作品，读者对它进行的文学体验必须先行具备一种认识框架或理解结构。没有这一结构，就不可能接受新东西，不存在"零"度的纯中立的清白无染的"白板"状态，有了前理解即先在视野，才能对"新"作出理解，并建立新的理解视野。其二，从作品来看每一阅读展开的历史瞬间，任何一部文学作品，"即使它以崭新的面目出现，它也不可能在信息真空中以绝对新的姿态展示自身。"[1] 它总是要通过预告、信号、暗示等激发读者开放某种特定的接受趋向，唤醒读者以往阅读的记忆，将读者带入一种特定的情感态度中，形成一种期待。它是一种感知定向，是审美经验过程中一种特殊的指令。其三，期待视野不是固定不变的，它处在不断建立和改变的过程中。一部新的文本唤起了读者的期待视野，也唤起了由先前的文本所形成

---

[1] ［德］汉斯·罗伯特·姚斯：《接受美学与接受理论》，周宁、金元浦译，辽宁人民出版社1987年版，第29页。

的准则。这一期待视野和准则在同新的文本的交流中不断变化、修正、改变乃至再生产，在新的结合点上产生新的期待视野与新的评判准则。这样，文学的接受过程也就成了一个不断建立—改变—修正—再建立期待视野的过程。作为对姚斯期待视野理论的补充，冈·格里姆提出了作品与期待视野的四种可能性：

（1）期待视野：中性—更新—突破：正面失望的期待视野；

（2）期待视野：中性—静止—期待视野形成；

（3）期待视野：正—更新—期待视野形成；

（4）期待视野：正—静止—期待视野反面失望。[①]

在上述第一种情形中，读者的期待视野按照现有文学的美学状况确定。一个包含更新要素的作品突破这一既定视野，即正面使它失望。在第二种情形中，作品没有带来任何创新，于是一个维持原状的期待视野形成。第三种情形是作者的第一部作品使期待视野正面"失望"，读者期待在这部作品之后又有包含更新要素的作品出现，结果作者又创作出这样的新的作品，那么读者的新期待视野便再次形成。如果他只是在原作水平上滑动，那就造成读者期待视野的反面失望，如第四种情形。如果每况愈下，便会呈现负二级失望。这一理论为我们研究译本在目标语文化中接受情况提供了深刻的理论依据，是对姚斯期待视野的补充和丰富。

姚斯在对期待视野进行研究的基础上，又对审美经验进行了研究，提出了接受美学的阅读理论。这一理论将读者的阅读活动分为三个阶段：第一阶段是审美感觉的理解视野。它是审美感觉范围内的直接理解的阶段。姚斯指出，要认识文学文本的审美特点，就不能从分析文本的意义问题入手，而必须从最初的感知入手。因为文学文本的审美特征研究与神学、法学甚至哲学文本的研究不同，它必须遵循文本构成过程的审美感觉韵律的暗示及其形式的渐次完成。所以美学感知应该是文学文本阅读的第一个阶段。第二个阶段是意义的反思性

[①] ［德］冈·格里姆：《接受史：基本原理》，载《接受美学译文集》，刘小枫译，生活·读书·新知三联书店1989年版，第154页。

视野,它是阅读的阐释阶段。伽达默尔有句解释学名言:"理解意味着将某种东西作为答案去理解"。姚斯认为这句话只适用于第二阶段的阅读。在第二阶段中,阐释性理解将一种特殊的意义具体化,以之作为对某些提问的回答。在一级视野的审美感知中,理解也始终在起作用,但它不是那种将意义作为某种问题的答案去理解的理解,而是在审美感知中对文学文本的审美完形(Gestalt)的感知。读者怀着对文本形式和意义的潜在整体进行连接的期望,逐行完成总谱的"本相还原"。这时读者渐渐明确的是某篇文本的完成形式,而不是与其相应的方面延伸的意义(意味),更不用说是其"完整意义"了。在当代阐释学看来,文学作品的完整意义,不再作为一种本体的、无时间限制而预先给定的意义来理解,而是作为一种被提问的意义来理解,那么,这就期望于某种源于读者的识见。这就是说,在某首诗的所有可能的意义中,读者在其阐释性理解活动中只会使其中一种意义具体化。第三个阶段是历史阅读或历史视野。它涉及从作品诞生的时间和生成前提上对作品进行阐释,因而关注构成作品的生成和效果的条件。历史重建性阅读绝不是要找出什么"客观意义"从而再次走进历史循环主义的误区,而是通过区别过去的文本(产生于过去某个时代的文本)和现时的文本(在当今时代被阅读的文本),把"文本说了什么"的问题转化成"文本对我说了什么"和"我对文本说了什么"这样的问题。需要读者跨越时代的距离,寻找文本在其时代所要回答的问题。这里我们应该对姚斯所说的历史重建性阅读与文学解释传统中的历史重建性阅读作出区别。在文学解释传统中,历史重建性阅读是一级阅读。历史循环主义为历史重建性阅读做了一个强行规定,阐释者必须消除自身偏见(成见)及自身所处的位置,才能掌握文本更纯粹的"客观意义"。姚斯认为,历史循环主义的误区在于,不是历史理解使审美理解成为可能,而是文本的审美特征首先跨越时间的距离,使艺术的审美理解成为可能。文学作品的意义具体化是一个历史进程,它遵循着沉淀在审美原则的形成与变化中的特定逻辑。正是审美特征作为一个有规律的原则,使得对一个文学作品文本的解释在其阐释方面虽有所区别,但仍然保持着与具体化了的意义的某种一致性。在姚斯看来,不同读者对同一部文本的解释由于不同的期待视野,的确会产生不同的审美感受,而且意义的每一种特殊的具体化也排斥其他具体化而自成一体，但这些不同的个人阐释并不相互矛盾。姚斯惊异地发现，即使是"复数文本"本身，也能为第一阅读视野范围内的审美感觉的理解提供一个统一的审美方向。它既不能在细节上任意专断，也不能背离文本结构所提供的基本要求。由此可见，姚斯的接受理论对意义的定义既走出了设定"客观意义"的历史循环主义误区，又没有使自己陷入随意的、无限制的任意生产状况。接受理论中文学的接受包括文本与读者相互关系的根本观点使得这一理论站在历时性与共时性的交叉点上来展示文学的无比丰富的历史性。历时性方面具体交织着形式的发展演变史、接受的作品阐释史与读者的视野变革史的矛盾与统一；共时性方面又交织着个体读者的视野与社会效应、文学的效应与社会效应史之间的矛盾与统一。姚斯的历史意识达到了一个新的理论高度。

第二节 伊瑟尔的接受美学思想

如果说姚斯的研究构建了接受美学的宏观构架的话，伊瑟尔进行的则是接受美学更具建设性的微观研究，他的美学思想是一种审美反应或审美效应的理论，涉及三个主要研究领域：（1）处于潜势中的文本；（2）读者阅读文本的运作程序；（3）交流与传达：文本与读者的双向交互作用。

一、伊瑟尔的文学文本观

伊瑟尔反对文学的自足论。他认为那种认为小说独立于现实的假设肯定是错误的，因为小说与现实不是截然对立而是相互交流的，小说本来就是表达现实的一种方式。但小说又不等同于现实，这并不是小说缺乏现实的态度，而是因为小说是在讲述现实，传达之物不能与被传达之物等量齐观。因而他又反对他律论，反对将文学的本质视为反映论的观点。伊瑟尔把关注点投向在文学批评中长期被忽略的接受者,把文本看成意义潜势的存在,这种潜势的存在以其召唤结构(inviting structure)召唤读者的参与,意义是在读者与文本的相互作用中产生,是"被经验的结果"而不是被"被解说的客体"。在接受过程中,文本的内容被读者"现实化",文本意义在不同的时间、空间发生变化的原因也正是由于文本的现实性是存在于读者的想象之中的。

伊瑟尔认为文学语言不同于普通语言,普通语言活动依靠过去的交流实践促成理解,从而维护常规惯例。文学则经常向常规惯例发难,它以一种出乎意料的组合呈现于我们面前,抛弃了惯例的有效性,伊瑟尔将这些常规惯例称作文本的"保留剧目"。"保留剧目"是伊瑟尔理论中使用频率很高的一个基本概念,它是文本和读者碰面进行交流的"故土",包括文本中所有熟悉的领域。它或以早期作品为参照,或以社会和历史规范为参照,或以文本产生的整个文化背景为参照。正因为有了这些共同的参照系,文本与读者间的交流才成为可能。但是,"保留剧目"并不等于众所周知的传统惯例,它是重新选择和组合过的社会文化惯例及文学传统。伊瑟尔赋予它以双重的功能:"它重整众所周知的图式,以形成交流的背景;它提供了一个普遍的构架,文本的信息或意义从中得到组织。"[①] 伊瑟尔将这一重整功能称为"策略"。由于伊瑟尔全部理论的基点建立于文本与读者的相互作用上,因而他力避将策略仅仅理解为结构特征,而强调保留剧目与读者的汇聚点这一动态特点。也就是说,策略既组织了文本材料,同时也组织了交流材料,它包括文本的内在结构和"暗隐的读者"。所谓"暗隐的读者"不是真实的读者的某种抽象,"暗隐的读者"这一概念是一种文本结构,包含着文本潜在意义的先结构和阅读过程中读者将意义具体化这两方面意义的结合。这一结构期待着读者的出现,它预先构建了每一位接受者的角色,设置了一个召唤反应的结构网,促使读者去把握文本。伊瑟尔说:"文本的结构通过创造出一个读者的立场,暗含了人类感知活动的基

---

① [德]沃尔夫冈·伊瑟尔:《阅读活动——审美反应理论》,金元浦、周宁译,中国社会科学出版社1991年版,第98页。

第二章
翻译文学文化间性的潜在性

本原则。"① 那么，策略是依据什么准则来组织这些材料的呢？其基本功能是什么呢？伊瑟尔吸取了俄国形式主义大师维克多·什克洛夫斯基的陌生化思想，坚持认为"策略的基本功能是使熟悉的陌生化"。所以，策略遵循的是陌生化原则，由此可见，保留剧目提供的熟悉的领域之所以令人感兴趣，并不是因为它为人们所熟悉，而是因为它将读者导向一个他们所不熟悉的新方向。

二、阅读现象学：读者阅读文本的运作程序

阅读现象学考察文本的实现，考察读者集合文本意义的基本运作程序。阅读现象学中最重要的概念是"游移视点"。伊瑟尔从胡塞尔对时间性的论述中吸取并提出这一概念，意指阅读过程中"延伸的期待和记忆的变形"。读者在文本中的位置，正处在记忆与延伸的交叉点上。每一个句子的意指都暗示着一个特别的视野，但又立刻转化为下一个相关物的背景，并在相互作用中得到修正。读者正是通过游移视点才能穿越文本，从一个视点转向另一个视点，最后展开对相互联系各视点的综合。

读者在游移视点中的心理综合被称为"一致性构筑"。它是读者介入作为事件的文本的基础。面对一篇文本的不同符号或图式，读者试图建立起它们之间的联系，将之集结综合，形成一个"一致性阐释"，或径直称为格式塔。伊瑟尔强调指出，这一格式塔"是文本与读者相互作用的产物，所以格式塔的形成既不能单独追溯既成文本，又不能单独追溯读者意向"②。作为格式塔的构成要素，文本符号间存在着既成关联，这是一种"自关联"，若没有这种潜在关联，那么格式塔的建立便纯然是子虚乌有。但是，格式塔又不会自动联结，它需要读者在阅读活动中的"投射"。伊瑟尔这样阐述了格式塔的构筑过程：

---

① [德] 沃尔夫冈·伊瑟尔：《阅读活动——审美反应理论》，金元浦、周宁译，中国社会科学出版社1991年版，第48页。
② 同上书，第142页。

读者为了整体地完成阅读，必然将其在游移视点中分割感觉的东西融合为一，这就要求他必须进行综合。但这种综合既不能在文本的印刷页上显现，又不能完全由读者的想象去创造，它们具有双重的本质：它们是从读者中呈现出来的，却又受到将它们投射进读者大脑的文本信号的导引。而且，这种综合往往发生于意识的阈界之下，常常是在读者非自觉的潜意识或无意识中完成的。①

经过视点游移和心理综合产生的理解或意义，伊瑟尔将其称为意味。伊瑟尔认为意义不等于意味。按照古典阐释标准，意义和意味含义相同，但在现代，经过弗莱格和胡塞尔的发展，二者的含义有了不同。"意义层"和"意味层"构成了两个不同的理解层。意义是文本诸方面中暗含着并在阅读过程集结起来的指涉总体，而意味则是读者将意义吸收为他自身的存在之后的产出。伊瑟尔选择了胡塞尔的"主体间性"这一概念来叙述这一区别：每一理解主体都是在自身与文本之间这一间性结构中实现自身的主体性的，而在间性结构中实现主体性也意味着对主体性的超越。我们从读者（主体）在阅读这一主体间结构中本身所经历的变化中可以看到这一点。伊瑟尔认为，读者在阅读中思考作者（人物）的思想时，有时会暂时抛却自己的倾向，因为这些思想是他的个人经验所无法包容的。这样，他将他人的思想作为自己的思想带入前景之中。但他的个人倾向并未消失，而是构成了现时思考的背景。这就形成了读者阅读思考中的两个层次。伊瑟尔认为这种读者自身的分解具有十分重大的意义，它造成了阅读过程中产生的自我意识的提高：

意义的构成并不意味着相互作用的文本视点中出现的整体的创造……而是通过系统地阐述这一整体，使我们能够系统地阐述我们自己，发现我们至今仍未意识到的内在世界。②

---

① ［德］沃尔夫冈·伊瑟尔：《阅读活动——审美反应理论》，金元浦、周宁译，中国社会科学出版社1991年版，第163页。
② 同上书，第191页。

这正是伊瑟尔最富启发性的论述之一。这就是说,阅读的全部意义就在于:它使我们产生更深刻的自我意识,这实际上就是自我的超越,于是阅读成了读者实现自我意识的手段。

三、交流与传达：文本与读者的双向交互作用

伊瑟尔认为,文本作为虚构的现实世界,是一个交流结构。在文学文本的阅读中,读者与文本的交流是一种不对称的交流。在这种交流中,信息发出者的意图语境消失了,只能在信息载体中留下一些暗示,而且交流不构成反馈,读者无法检验自己对文本的理解和阐释是否恰当正确。由于文本无法自发地响应读者在阅读过程中的指示和提问,文本就只能以未定性或构成性空白等各种不同形式作为与读者交流的前提,来呼唤读者的合作。而正是文学文本的未定性形成了这种交流的"推进器"。[1]

伊瑟尔充分发展了他早期的"空白"思想,认为"空白"与"否定"是文本未定性的两个基本结构。

空白（Blank）

伊瑟尔把文本的内部构件分为四个方面：叙述者、人物、情节、读者（暗隐读者：implied reader）。[2] 由于文本的各构件是以语符形式呈线性排列的,即各构件在读者阅读过程中有时间上的先后和空间上的隔离,因此,文本中就会有许多"空白处",正如书页上语符与语符之间的空白一样,文本中一个构件成分（segment）与另一个构件之间的空白是文本连贯的"暂时性中断"（suspended connectability）[3],是文本构件缺失的环节（missing link）,也可以说是文本看不见的接头之处,一种"无言的邀请",它们诱发读者去"填充"、去"联结",使文本各个间隔的成分相互组成连贯的有意义的单元,进而重构出完整的艺术形象。同时,在这种"填充"和"联结"中实现了读者和文本

---

[1] Wolfgang Iser, *The Act of Reading*, Baltimore: The Johns Hopkins University Press, 1978/80, p. 182.
[2] Wolfgang Iser, *The Act of Reading*, Baltimore: The Johns Hopkins University Press, 1978/80, p. 96
[3] Ibid, p. 186.

的互动。伊瑟尔将"空白联结"的结构品性归纳为以下三点：

（1）首先，作为无形的连接，"空白处"可以将原本间隔的、孤立的构件成分（segments）连接起来组成前后相互关联的参照场（field of reference）。这个参照场有点像语义学上狭义的语境（context）。在这个参照场上，前后相邻的两个构件成分相互关联、互相指涉/投射，并获得意义。

（2）其次，由于"空白处"将前后两个文本构件成分连接成相互关联的整体，其中，一方是另一方的确定。这就是说，文本的各个构件成分自身不具有意义的确定性，只能在与其他成分的关系中获得，即只有在各个部分之整体的联系中产生的等值物才能赋予各成分以确定的意义。

（3）最后，一旦各成分连结起来，并建立了确定的关系，就形成了一个参照域。这个参照域构成了一个特定的阅读瞬间，同时又有了一个可以辨认的结构。参照域形成的参照系内各成分的群集是通过各视点间的转换形成的。在转移中，"每一特定瞬间，视点聚集的部分就变成主题"（…the segments on which the viewpoint focuses at each particular moment becomes the theme）[①]，如主人公的性格内容。当这一特定时刻的主题是以这一特定时刻之前的文本中出现的其他构件（perspectives）和读者已有经验为参照背景时，这一主题便成为视野。随着视点（viewpoint）的前移和阅读的推进，该主题隐退为参照背景，后面的内容（视点光顾到的内容）成为新的主题。退隐的主题成为背景后对新的主题有参照、制约的作用，而新的主题对隐退的主题有加强印证的作用。这是通过主题与视野的变换的整体序列，读者才能最终进入文本的审美对象之中。

否定（Negation）

在读者的阅读过程中，读者原有的社会准则和价值观念与作者通过文本的文学形象所表达的社会准则和价值观念不一致、相抵触时，读者原有的期待被否定，此时，读者处于一种"no longer 和 not yet"的境地。读者发现自己不得

[①] Wolfgang Iser, *The Act of Reading*, Baltimore: The Johns Hopkins University Press, 1978/80, p. 198.

不在新的发现和旧的习惯之间作出选择。要么站在新发现的基点上,这样原有的社会准则和价值观念就成了否定的对象;要么一下落入传统规范,因循原有的一切标准,放弃新的发现。无论做何选择,读者都会受到两种立场间张力的制约,它迫使读者竭力去实现一种平衡。这种新的发现与习惯倾向的不协调只能在第三尺度产生后才能消除,而第三尺度就是文本建构的意义。这个新的意义是在对原有的准则和价值进行部分否定的基础上产生的。这样读者原有标准或规范的失效在他与熟悉的世界之间创造了一种新的关系,读者在否定中获得新的见解。正如前文所言"使我们能够系统地阐述我们自己,发现我们至今仍未意识到的内在世界"。这也是阅读的全部意义之所在。

四、接受美学理论视角下的译者阅读

毫无疑问,译者以及译本的读者的阅读是一种跨文化阅读。跨文化阅读的不同在于读者需要面对文化的异质性问题。由于期待视野的作用,译者对于原著的解读在很大程度上有别于源语读者的解读。而期待视野之于文化异质性的作用主要有三种情形:排斥、吸纳和误读。排斥具体体现在期待视野保持静止,没有接受新的内容,此时的译者一般会采用归化策略尽量消除异质性;吸纳具体体现在期待视野发生了改变,在吸纳了新的内容之后建立了新的期待视野,此时,译者一般会采用异化策略保留异质性。而误读或有意误读则体现为期待视野对文化异质性的本土化改造。异质性是翻译的前提,改变异质性会使翻译的本质受到质疑,但是由于翻译同时要考虑到接受性问题,异质性则必须受到调整与控制。这使得翻译成为文化间相互碰撞、相互侵越又相互妥协的过程,最终达成一种间性的平衡。下面笔者从接受理论中期待视野这一核心概念入手,探讨译者阅读的特殊性及这一过程中文化误读产生的必然性。

(一)期待视野与译者的阅读

伽达默尔在其阐释学中提倡对话与视界融合,正是在这个基础上姚斯提出了期待视野。这一期待,包括读者已有的阅读经验、他对文学形式的了解以及他的社会观念与艺术趣味。姚斯认为,一部作品很难进入历史循环。只有在读者的期待下,它才造成三方对话。这种对话式关联,构成文学接受的历史链。

于是，姚斯提出一个囊括作家、作品、读者的三角公式，以此取代历史论（主体论）和结构论。从哲学上讲，该方案新旧兼容，堪称一种"互主体"模式或主体间模式。由此论及翻译，我们可以得出这样的推论：正是在译者的期待视野中，原著进入与目标语（文化）之间的对话，作为这一对话的结果的译本通过其读者进入目标语文化的历史循环之中。在翻译（对话）过程中，译者的双重文化身份显现为一种期待视野，最终体现为凝结在译作中的文化间性，译者曾经被遮蔽的主体性也因此得到彰显。通过伊瑟尔的理论，我们可以对这一过程进行更加深入细致的探索。

伊瑟尔首先在文学未定性的基础上确立了文学文本的开放性地位，然后通过主题与视野在变换中的推进，展示了读者在阅读文本时的运作程序，接着用"空白理论"和"否定说"深刻地揭示了读者与文本双向互动过程。

阅读文本的运作程序是，读者通过游移视点穿越文本，从一个视点转向另一个视点，最后展开对相互联系各视点的综合。这种心理综合被称为"一致性构筑"或"一致性阐释"。在视点游移中，每一特定瞬间，视点聚集的部分就变成主题。当这一特定时刻的主题在读者已有经验中得到解释形成一种理解时，那么这一主题就隐退成为参照背景也即内化为读者的经验，成为视野。主题与视野的变换构成了理解的过程。主题是文本内容的构件，视野是读者的知识结构，主题之所以在视野中得到阐释，是因为主题作为内容的构件是包含在"保留剧目"之中的。"保留剧目"是文本和读者碰面进行交流的"故土"，包括文本中所有熟悉的领域。它或以早期作品为参照，或以社会和历史规范为参照，或以文本产生的整个文化背景为参照。正因为有了这些共同的参照系，文本与读者间的交流才成为可能。"保留剧目"并不等于众所周知的传统惯例，它是经由"策略"遵照"陌生化"原则重新选择和组合过的社会文化惯例及文学传统。但是在跨文化阅读中，"保留剧目"具有了新的含义，那片"故土"往往变成一片"陌生的土地"，这就是我们说的文化的异质性，而由读者（译者）的知识和经验构成的视野又更多地属于另一片文化土壤（母语文化环境）。因此，主题在视野中得到理解和阐释既是读者与文本的"视界融合"也是两种文化的融合（包括误读式的融合）。

第二章
翻译文学文化间性的潜在性

主题是属于意义层面的，当它在视野中得到阐释之后便进入意味层面。在文本中所有的主题由意义层面进入意味层面时，读者对其进行心理综合，形成一致性构筑或阐释，最终走进审美对象，获得理解。在译者的期待视野中，既有属于源语的文化历史观念、文学规范、艺术趣味，又有属于目标语的观念、规范及趣味。而多数译者在阅读原著的过程中，往往以其母语文化为主要参照。这样主题在由意义层面进入意味层面时，有相当一部分是在目标语文化构成的视野中得到阐释的，从而带上了目标语文化的成分。

在下面的例子中我们具体考察中国的龙与西方的 dragon 之间的互译关系。

龙在中国文化中有着"似蟒而又复杂过之"的形体，多为"吉物"，更是"权"与"威"的绝对象征。在欧洲，dragon① 的形象多半有翼而身似蜥蜴、皮如鳄鱼，有的还会喷火吐毒，故以邪恶之兆闻世。它与中国龙的含义和种类都截然不同，根本就是风马牛不相及的"两种"动物。但是在各种英汉或汉英字典里我们看到以 dragon 译龙，几乎已经是无一例外。这一讹误的根源主要是早期来华的传教士们对中国龙的误读。龙在中国文化里意象庞然，外国传教士不应该熟视无睹，但是他们似乎并不相信"龙王致雨"、"龙鳞蓄水"等传说，更不相信"五龙王"之类的佛教神话。对龙这种他们认为是中国人用想象虚构的动物到底有什么文化内涵也许并不十分清楚。据李奭学先生考证，在1588年利玛窦完成《中国传教史》之前，意大利耶稣会中有个叫龙华民的传教士，此人是利玛窦在耶稣会的继承人，他在译《圣诺撒法始末》经书时，在该书五则重要的证道故事里，有一则就出现了 dracô。龙氏又在《葡华字典》中使拉丁词 dracô 变为"毒龙"和"猛龙"。自此，"蛟"或"龙"字的欧译，或 dracô 的中译可能便在历史上正式定调。② 李奭学先生考证的另一个例子与一名叫曾德昭的葡萄牙传教士有关，此人1613年到南京，后又到内地一些地

---

① 意大利文为"drago"，葡萄牙文为"dragão"，德文为"drache"，法文与英文发音不同，但拼法如一，都是"dragon"。可见，现代各种欧洲语言中的"龙"，都共同来自同一拉丁字根"dracô"。

② 参见李奭学：《得意忘言》，生活·读书·新知三联书店2007年版，第117—116页。

方传教，22年后离开中国，后来用葡萄牙文潜心完成了《大中国志》。直到17世纪末，这部《大中国志》至少出现了四种欧语译本，最重要的是它与其他耶稣会传教士的著作一道影响了50年后风行一时的《中国图说》，作者是德国耶稣会名为基歇尔（Athanasius Kircher）的传教士，此书以拉丁语写成，书中介绍了中国的各种飞禽走兽，奇花异木，其中涉龙之处也不少。有趣的是，关于"龙"的相貌，基歇尔似乎是中西混用或并构。在一幅有关道教神祇的插图画中还以"有图为证"进行一番说明。而"有图为证"中的龙是条鳞蟒四爪的典型的中国龙，但在此书的另一处有一张江西龙虎山上"龙虎相斗"的插图，其中，龙长相近乎"两其翼而身若蜥或鳄"的欧洲龙。这表明欧洲人对中国龙的概念模糊不清，只知用dracô名之。在17、18世纪的欧洲，《中国图说》是真正的畅销书，不但译本众多，而且强烈影响了许多讨论中国的欧洲书籍，毫无疑问，此书加深和扩大了"中国龙"和"欧洲龙"这一错误的对译[①]。

而这一误读一直流传至今，无法消除，见下段文字：

> 2006年12月有报载：由于"龙"字在英文中通常译为"dragon"，而在西方文化里，后一"动物"通常具有邪恶的意涵，据说北京有关部门为避免外人误解，为和"世界接轨"，已责成上海某大学以专题计划的方式研究，拟放弃以龙为民族与国家图腾的历史常态，转而另觅其他吉祥物以代之。公布以来，这件事在网络上闹得沸沸扬扬，而台湾报纸向来耸人听闻，有斗大的标题谓：中国人可能"不当龙的传人了"。[②]

龙与dragon的对译显然由误读所致，但是当dragon用来指中国龙时，这个词就带上了翻译过程的建构义，也就是说，在目标语文本中，dragon兼有了中国龙和欧洲龙的双重含义，是中国龙与欧洲龙语义的间性融合。用接受理论

[①] 参见李奭学：《得意忘言》，生活·读书·新知三联书店2007年版，第120—121页。
[②] 李奭学：《得意忘言》，生活·读书·新知三联书店2007年版，第114页。

第二章
翻译文学文化间性的潜在性

来解释就是，当中国龙这个主题在西方文化视野中获得理解时，西方读者自然会将 dragon 在西方文化中的意义与原文本语境中"龙"的意义融合形成一致性阐释，英译本中 dragon 这个词是视界融合的结果，它获得了一种文化间性。

需要指出的是，误读是跨文化阅读中难以避免的现象，因为不同文化或不同时代的读者的期待视野是不同的，势必会有不同的"效果史"。文化误读也不能简单地视为讹误，有时误读这一文化碰撞甚至会带来创造。例如，庞德的误读创立了美国意象派诗歌，寒山诗没有成为中国的经典，翻译后却成为美国的经典。翻译作品的诞生与流传过程中总是会有误读发生，可以说误读往往就是翻译传播文化的方式之一。

（二）空白理论和否定理论

伊瑟尔的空白理论告诉我们文本中意义的空白是"无言的邀请"，空白敦促读者发挥想象，填充意义。读者在文本中的位置，总是处于记忆和延伸的交叉点上。记忆包括读者过去已有的知识和经验，也包括从当前文本中刚刚获取的经验，记忆在新的主题中得到延伸。读者往往调用记忆对文本中的空白处进行填充，因此，被填充的空白充满了读者个人的经验和想象。就译本而言，这就意味着其中充满了译者的个人阐释。

伊瑟尔又针对英伽登的"不确定性"指出，文学文本由想象性图景组成，它们勾画出作家意图的轮廓。阅读过程中，读者也会随之想象。当然，他的图景与作家的并不一致，这就形成了错位。可以说错位便是读者对问题新的看法。由于文学语言中充满了意象性语言，读者在阅读这样的语言时一定会跟随着意象进行联想。格非在《塞壬的歌声》中有一段文字对此非常富有启发性：

> 废名在谈到李商隐的"嫦娥无粉黛"之句时曾这样分析说，"嫦娥"指的是月亮，皎洁清朗，不施粉黛，从表面上来看，这句话是一个否定句，描述的是月亮的清澈与素洁，但读者在阅读时，往往不会着眼于"无"而是着眼于"粉黛"，也就是说，读者虽然知道"嫦娥无粉黛"，但还是会把"嫦娥"与"粉黛"两个意象联系在一起去欣赏，或者说，作者写的是"无"，读者眼中却是"有"，因为他已

047

经通过"粉黛"二字联想到粉白、黛绿,从而把月亮与它本身并不具有的色彩联系在了一起……文字表面的"指事性"意义与文字蕴含的意义构成了奇妙的张力。①

意象性文字总是蕴含着一个想象的空间,这种想象能使"无"变成"有",也能使"有"变成"无";能把异国陌生的形象想象成本国熟悉的形象,如西方观众观看《梁山伯与祝英台》会将之想象成《罗密欧与朱丽叶》,一切取决于读者记忆中被该形象所唤醒的东西,也就是主题与视野的关系。在不同的文化中同一形象所唤醒的记忆是不同的,在翻译中常常表现为对意象的置换。这一置换往往会造成译文与原文在这一点上的重大区别。

伊瑟尔理论中最后一个重要概念是"否定"。伊瑟尔认为文学具有否定现实的功能:它们或是批判传统、或是针砭时弊,从而打破读者期待,改变其思想行为。这也正如略萨所言:"对现实的拒绝、批评和怀疑是文学存在的秘密理由——也是文学才华存在的理由——决定了文学给我们提供了关于一个特定时代的唯一证据。"② 那么否定是如何让读者改变期待视野的呢?伊瑟尔认为,否定并非直截了当。相反,它采取巧妙暗示,将读者缓缓推向预定目标。就读者而言,他总是发现自己不得不在新的发现和旧的习惯之间作出选择。无论做何选择,读者都会受到两种立场间张力的制约。它迫使读者竭力去实现一种平衡。这种新的发现与习惯倾向的不协调只能在第三尺度产生后才能消除,而第三尺度就是文本建构的意义。它是在读者不断矫正错位,否定前者、建立新的视野的过程中产生的,这正是文本召唤结构的秘密所在,也是读者阅读的意义之所在。因为没有否定就没有对新内容的吸纳,没有新内容的吸纳就没有读者期待视野的改变,没有期待视野的改变,文本就没有机会通过读者进入历史的循环。对译者而言,原著将要通过它从一种文化系统移植到另一文化系统,而这一移植往往是建立在向目标语文化输送新鲜的文化思想和元素(文学形式)

---

① 格非:《塞壬的歌声》,上海文艺出版社2001年版,第285页。
② [秘鲁]巴尔加斯·略萨:《中国套盒》,百花文艺出版社2000年版,第4页。

第二章
翻译文学文化间性的潜在性

的前提之上的。因此,译者在阅读中,常常要面临更大程度上的矫正错位、否定先见、建立新的视野的过程。例如,赵德明在《走进博尔赫斯》一文中倾诉了这种否定的痛苦与欢乐:

> 我因为教学的需要,从 1983 年开始接触博尔赫斯的作品和研究资料,在 1989 年 1 月北京大学出版社出版的《拉丁美洲文学史》中,第一次写了 5000 多字介绍博尔赫斯生平和作品的文章,20 世纪 90 年代以来,还陆续翻译过博尔赫斯的《小径分岔的花园》、《博尔赫斯全传》(第一部)、《博尔赫斯的虚构》和《博尔赫斯与萨瓦托的对话》,至于教学方面,这十几年中究竟讲了多少次"博尔赫斯"的专题就很难统计了,因此,按道理说,我应该是了解博尔赫斯一二的。但是,随着阅读和翻译博尔赫斯越多,我越是觉得很难走进博尔赫斯。尤其是看完了美国詹姆斯·伍德尔写的《博尔赫斯——书镜中人》之后,这种感觉就越发地强烈了。[①]

作者在感慨之余,开始检讨自己的知识结构,他把自己比作"盲人",把博尔赫斯比作一头高大和充满智慧的"大象",下决心要从头到脚、从外到里摸清这头"大象"。这种"盲人摸象"式的认知过程历经了 15 年的时间。在这一过程中,他发现,知识结构的单一和不完整以及认识中的狭隘、偏见和固执是影响他理解博尔赫斯最大的"拦路虎",因为在作者接受教育的年代,西方哲学、文学、宗教、艺术,都因为被冠以"腐朽、没落的"的名称而无缘接触。作者认为自己在那个年代形成了"无知却狂妄、狭隘却偏激"的思维模式,这种多年养成的线性思维看待一切事物都是非此即彼,不是无产阶级的就是资产阶级的。在这种情形之下,当博尔赫斯这位"唯心论"、"形而上学"、"幻想"、"魔幻现实"、"荒诞"、"意识流"等"洋玩意儿"的集大成者最初进入译者的期待视野时,势必会出现主题与视野之间的冲突。新与旧之间

[①] 赵德明:《走近博尔赫斯》,载郑鲁南编:《一本书和一个世界》,昆仑出版社 2005 年版,第 206 页。

形成很强的张力，译者要么否定自己的先见，改变期待视野，接受新思想；要么拒绝改变，维持原有的期待视野。从他的文章中可以看出，即便存在着这样的冲突，他在主观上存在着想要弄懂博尔赫斯的强烈愿望。因为，在20世纪80年代初、中期，中国的文学正在向着它本应该呈现的多元化的方向回归，所以正在向西方借鉴这一体系中所缺失的东西，西方的现代主义和后现代主义文学成为我们当时视野中缺失的但却正在期待的东西。译者处于这样的社会背景中，首先具备了一种开放的心态，随时准备在最大程度上失掉自我，再重新塑造一个新的自我。在这样的心态之下，译者在阅读中，在他暂时把作者的思想当成自己的思想而让自己的思想退居背景地位时，他会在两者之间冲突时首先做出否定自我的主观努力。例如，赵德明认为理解博尔赫斯的困难是在于自己的知识结构的单一性和片面性。而了解了巴尔加斯·略萨对博尔赫斯态度的转变亦使他从中受到良多的启发。年轻气盛时的巴尔加斯·略萨是这样评论博尔赫斯的："博尔赫斯是形式主义者，有艺术纯正癖，甚至是资产阶级的看门狗。"可恰恰是这个博尔赫斯改变了这个"左翼作家"的文学观念。1978年，巴尔加斯·略萨在《博尔赫斯的虚构》一文中对博尔赫斯的评价完全是另一番天地："他全面和完整地继承了西方文化遗产。在博尔赫斯同时代的作家里，有谁像他这样无拘无束地周游斯堪的纳维亚的神话世界、盎格鲁—萨克逊的诗歌天地、德国的哲学领域、西班牙的黄金世纪文学、英国的诗坛、但丁、荷马、欧洲翻译和传播的中东及远东的神话和传说？""但是，博尔赫斯不像一般的欧洲作家那样被束缚在一种民族传统上，他那无拘无束的性格为他在文化天地的自由活动提供了方便，又由于他流利地掌握了多种外语，使得这种活动成为可能。他那世界主义的思想、那渴望主宰广博文化天地的热情、那借助他山之石营造自己宫殿的愿望，都属于典型的阿根廷性格，也可以说拉丁美洲性格。"[①]

略萨的态度深深地影响了赵德明，他同时也认识到：（对略萨而言）"只

[①] 转引自赵德明：《走近博尔赫斯》，载郑鲁南编：《一本书和一个世界》，昆仑出版社2005年版，第207页。

第二章
翻译文学文化间性的潜在性

要放下意识形态的偏见,认真阅读博尔赫斯的作品,就会逐渐认识"庐山"真面目,就会为博尔赫斯的睿智和艺术魅力所征服,就会真诚地、客观地承认对世界文学的贡献,就会放下架子拜这位"作家的作家"为师。因为,"他和博尔赫斯同属于一个大文化圈中,都浸染在西方文化的氛围中,都熟悉西方的宗教、艺术、哲学、文学的历史背景和现状,都面临着共同或者相似的社会、政治、经济问题"。① 但是,对他自己而言,要想深入了解博尔赫斯,"困难就多得不可胜数了"。困难主要集中在两点上:一是博尔赫斯作品中涉及的知识十分渊博,而译者的知识结构过于单一。他说:"博尔赫斯在作品中经常把文学、哲学、宗教、艺术、历史打乱之后重新组合。这些知识对他来说,是烂熟于心的,而我要从'零'开始,要首先'脱盲'。"② 为此,译者做了大量的准备工作,购得大量的工具书,对一些名词从词条开始阅读起。二是世界观和意识形态的差异。博尔赫斯是一位深受叔本华悲观主义哲学思想的影响,对世界持怀疑主义态度的不可知论者,现实和虚构在他的观念里和作品里都是混淆不清的。而译者的世界观则是以唯物辩证法为基础的,认为现实世界是靠人的意识去认识的,认为书本就是真理的化身,真理是"放之四海而皆准的"。译者的认识论思想在他翻译博尔赫斯的《小径分岔的花园》、《阿莱夫》和《博尔赫斯与萨瓦托的对话》时遇到了前所未有的挑战。下面是译者自己的叙述:

> (《小径分岔的花园》)从语言的表面意义上看,似乎并不难懂,但阅读之后,它的深层含义究竟说的是什么,就很难抓住了。从叙事的角度说,就是一个名叫余深的中国博士在第一次世界大战中为德国充当间谍的故事。……可是,史蒂芬·阿尔贝博士的一席话让我进入了"迷宫":"写小说和造迷宫是一回事。"他进一步解释说:"只能想象这是一本循环的书,兜圈子的书,它的最后一页与第一页完全一样,具有无限地进行下去的可能。"间谍故事变成了"迷宫",又变

---

① 转引自赵德明:《走近博尔赫斯》,载郑鲁南编:《一本书和一个世界》,昆仑出版社2005年版,第207页。
② 同上。

成了"循环的书",真的匪夷所思!但是,博尔赫斯并没有就此打住。他对"小径分岔的花园"又做了如下的阐述:"我几乎立刻就明白了,'小径分岔的花园'就是这部混乱的小说各种不同的(并非全部)未来这句话使我想到:这是时间上,而不是空间上的交叉形象。"翻译到这里,我立刻就糊涂了,怎么又扯到"时间"上去了呢?最近看了美国人詹姆斯·伍德尔写的《博尔赫斯——书镜中人》,他在谈到《小径分岔的花园》时是这样说的:"表面上它采用了以自白为中心的侦探小说的情节结构;情节策划是多层次的,像棋局一样(故事的中心形象),推动情节发展的每一着都遇到对抗的一着;加上汉学、迷宫和园林哲学、间谍和预兆等,交织成一篇无懈可击的有关时间的论述——事件基本上都是虚构的,但有其必然性。"这个美国人的结论不但没有帮助我弄清楚作品的深层含义,反而乱上加乱:"虚构的"怎么就会有"必然性"呢?"虚构"是属于主观想象的范畴;而"必然性"是指事物的本质联系和确定不移的发展趋势,是由事物的内部矛盾所决定的。怎么由主观想象决定呢?……博尔赫斯太超前了,对于我们这些沉湎于现实的读者,他还需要再耐心地等上一段时间才能得到青睐。

  面对博尔赫斯的作品,犹如面对迷宫中的镜子,……我不断地提醒自己:要努力理解博尔赫斯讲话的深层含义以及支撑这含义的文化历史、社会背景;要尽量找到汉语中相似和相近的词汇来表达博尔赫斯的看法。这说明理解博尔赫斯有个态度和方法问题,态度要虚心和认真、方法就是动手把博尔赫斯转化为汉语——首先自己与博尔赫斯沟通,然后把沟通的结果传达给中国读者。[1]

  从译者的这段自述中,我们可以作出推断:虽然译者依然拘囿在认识论的

---

[1] 赵德明:《走近博尔赫斯》,载郑鲁南编:《一本书和一个世界》,昆仑出版社2005年版,第208页。

第二章
翻译文学文化间性的潜在性

思维框架中，希望自己能够走进博尔赫斯，对他有一个真理性的认识，但是实际上译者理解博尔赫斯的过程就是否定自己的"先见"的过程，在否定的阵痛中建立起新的期待视野，这新的期待视野包含着第三尺度的建构，所以对原著的理解一定会带上译者个人在意义构建中的独特性。可见原著在经由译者的理解转换为译作后，必然会获得新的面貌。从姚斯和伊瑟尔的理论来看，赵德明笔下的博尔赫斯与原本的博尔赫斯并非完全是同一个"月亮"。

综上所述，现代接受美学理论不仅在宏观上同时也在微观上揭示了人类阅读的过程和意义。它带给我们的重大启示是，阅读理解过程就是读者的知识结构与文本的知识结构在交互作用中达成融合，或者说是读者的视界与作者的视界的融合的过程。这就是说，任何理解都会带上理解者和被理解的对象双方的痕迹，他们之间存在着一种间性关系。由此推论，建立在跨文化阅读基础上的翻译势必会带上两种文化的印迹，以一种间性关系存在于译本之中。

第三章
翻译文学作品文化间性的形成
——译者表达研究

在上一章中,我们在接受美学理论的指导下,探索了译者的阅读理解过程。由于主题是在视野中获得理解的,所以原著的理解也是在译者的文化视野中完成的,所以原文本无可避免地在一定程度上被赋予了来自目标语文化的阐释。由于译者对原著的理解融合了两种文化的知识体系和思维方式,在表达过程中,经由语言转换,理解中的融合就形成了译作中的文化间性。而且当一种语言的意义由另一种语言去表达时,意义会发生改变,原文某些意义丢失,某些原本没有的意义被添进去,某些意义发生了变化,意义的改变有译者理解的原因,也有语言差异本身的原因。前文论述过,翻译语言是第三种符号,而文化间性就成了这第三种符号的本质特征。下面将进一步从语言转换的角度考察翻译语言的间性存在。

第一节 对翻译的认识过程

一、对翻译的简单化认识

索绪尔指出,在他以前的不少语言研究者认为"语言,归结到它的基本原则，不外是一种分类命名集，即一份跟同样多的事物相当的名词术语表"。①法国语言学家马丁纳（Martinet）在他的《语言学概论》一书中也谈到了这样一种相当普遍的看法："根据一种极为幼稚但也相当普遍的看法，一门语言不外是一份词汇表，即一份声音（或）产品的目录，每一件产品都与某个事物相对应；再学习一门语言只不过在于记住一份在各个方面都与原来的分类命名集相平行的新的分类命名集"。②法国翻译理论家乔治·穆南指出这一传统观念可以追溯到《圣经》，《圣经》把事物的命名描写为一种专有名称的分配，如《创世纪》第一段第5、8、10行中就写道："上帝称光明为昼，称黑夜为夜，称空间为天，称硬的部分为地，称积水的地方为海。"③

他进而指出，长期以来，人们一直认为语言的结构或多或少都直接地源于宇宙的结构和人类思维的普遍结构，语言中有名词和代词，这是因为宇宙中有存在物；语言中有动词、形容词、副词，这是因为宇宙里，存在物之间、过程之间、存在物与过程之间存在着相关、赋予、时间、地点、状况、并列、从属等逻辑关系。

按这样的观点，翻译自然是简单的交换：

（1）一门语言将等号置于某些词（a，b，c，d）和某些存在物、过程、品质或关系（A，B，C，D）之间：

$$a, b, c, d\cdots = A, B, C, D\cdots$$

（2）一门语言将等符号置于某些别的词（a'，b'，c'，d'…）和同一的存在物、过程、品质和关系（A，B，C，D…）之间：

$$a', b', c', d'\cdots = A, B, C, D\cdots$$

（3）翻译的任务就是复写出：

$$a, b, c, d\cdots = A, B, C, D\cdots$$
$$a', b', c', d'\cdots = A, B, C, D\cdots$$

---

① 索绪尔：《普通语言学教程》，高名凯译，商务印书馆1982年版，第100页。
② 转引自许钧、袁筱一：《当代法国翻译理论》，湖北教育出版社2001年版，第27页。
③ 同上书，第30页。

因此，a, b, c, d… = a', b', c', d' …

人们对翻译的这种简单化认识是十分普遍的。这种观点，直接源自人们对世界、思维和语言之间的关系的简单化认识。人们相信人类的思维经验具有一致性，人类的认识形式具有普遍性。因此人类的交流是不成任何问题的。

二、认识走向另一个极端

而继索绪尔之后的一些语言学家从理论上否定了这种简单的认识。索绪尔指出："语言符号联结的不是事物和名称，而是概念和音响形象（词的读音）……"①他认为语言符号是一种两面的心理实体，一面为所指，另一面为能指，能指和所指之间的关系是任意的，是约定俗成的。这就否定了被表达的概念和表达概念之间的语音链之间的必然联系。那么它们之间是用什么方式联结的呢？这个联结的方式便是差异。这就是说，在同一语言内部，所有表达临近观念的词都是互相限制的。词的内容不是预先规定的概念，而是系统发出的价值。这就提出了这样一个问题，在翻译中不同语言系统中的词在转换中是否等值？这一观点深刻动摇了翻译就是词与词之间的简单转换的传统观念。也揭示了翻译的基本障碍：翻译面对的不是意义的简单转换，而是涉及整个语言系统。这一观点更深刻地体现在新洪堡学派的语言哲学观上。新洪堡派的语言哲学对传统的宇宙与语言之间的关系提出了质疑，如新洪堡学派的加西尔就认为语言不是一种被动的表达工具，而是一种积极的因素，给人的思维规定了差异与价值的整体。任何语言系统对外部世界都有着独特的分析，有别于其他语言或同一语言其他各个阶段的分析。这就是说，每一语言以自己独特的方式构建现实，而不是对现实的直接描摹。同样的自然事物在不同的文明中可以得到完全不同的语义描写。这就是文化差异引起的语义非对应现象。这里就提出了翻译的可行性问题，既然不同社会对同一事物的语义描写可能不同，那么把一门语言中的事物用另一种语言传达出来，自然困难重重，也会存在无法避免的意义损失。正是这种新的语言观导致了不可译论的产生。

---

① 索绪尔：《普通语言学教程》，高名凯译，商务印书馆1982年版，第101页。

三、认识提升到新的阶段

从对翻译的简单化认识到怀疑严格科学意义上的翻译能否进行，语言学家们对翻译的认识经历了两个极端。然而，不管人们对翻译持什么样的观点，人类文明史上的翻译活动从未停止过。摆在理论家面前的是如何科学地描述和定义翻译和翻译活动。法国语言学家乔治·穆南为此做出了自己的贡献。他从翻译的本质入手，解决翻译的可行性基础和翻译的基本障碍这一理论问题。乔治·穆南指出，持交流绝对不可能之假设的理论家们是从另一个极端来修正交流绝对可行论。他深入分析了语言学的研究成果，特别是语言学关于语言功能的研究成果，分析了布龙菲尔德、梅耶和科林·切利的观点。他在分析布龙菲尔德环境决定语言论时指出，正如布龙菲尔德等语言学家所论，两种环境绝不会完全相似。[1] 因此，与两种环境相联系的两种话语的意义即使看上去是相似的，其实也不会完全相同，但是交流还是可能的。因为从交流的角度看，这两种不同的环境与话语，都具有两种成分：一是宏观事实，这些事实对不同的讲话者来说都是相当一致的；二是"微观的、模糊多变的、因人而异"（布龙菲尔德语，转引自乔治·穆南）的特征，这些特征"并不具备直接的社会重要性"。（布龙菲尔德语，转引自乔治·穆南）如两个人谈论苹果，虽然两人未曾见过同一个苹果但这并不妨碍他们的交流。因为这里存在着区别性语义特征（关于苹果如何不同于其他水果的特征）。正是这区别性语义特征构成了交流的基础，因为区别性语义特征就其社会性而言对讲话者和听话者都是共同的。乔治·穆南还分析了科林·切利的观点。科林·切利与布龙菲尔德一脉相承，认为同一语音信号，如"人"一词，在一些迥然不同的场合，为一些不同的讲话者用于指称不同的被指称物（一些永远不相同的个人），交流之所以通过这一语音信号可以进行，是因为在这种变化之中存在着"某种不变性"。乔治·穆南指出科林·切利揭示的这一事实构成了人类语言交流的基础。在理论上解决了交

---

[1] ［法］乔治·穆南：《翻译中的理论问题》，许均选译，载《语言与翻译》1991年第1、2、3期。

流是可能的这个问题之后，乔治·穆南又借鉴了当代语言学对语言功能的区分和界定，指出交流是一种多层次的，其效果可以是近似的或相对的现象。他以马拉美的"悲哀啊，肉体，我已读尽世间书"这句诗为例，说明听话者可以从不同层次来捕捉其意义：一是最基本的社会交流功能层次；二是与前者十分贴近的思维组织功能层次；三是感情价值表达功能层次；四是语言学功能层次。同一陈述中每一种语言功能都可在不同层次建立起交流网，这些不同层次既取决于陈述本身，也取决于每一个听话者的经验。① 通过对各语言与各文化之间存在共性的论证，乔治·穆南从理论上解决了翻译的可行性或哲学意义上的可能性问题，但他同时指出不同语言和不同文化所特有的个性，则构成了翻译的必要性，同时也构成了翻译的障碍。因此他提出：翻译是可行的，但存在着一定的限度。这样，人们对翻译的认识便从"简单复写"到"不可译论"这两个极端化的认识进入了一个相对统一的新的阶段。

以上论述的结论是：翻译不是两个命名集之间的简单复写，翻译是两个语言符号系统之间的意义转换，这种转换以区别性语义特征为基础，但存在一定的限度。

第二节　经过语言转换之后意义并不完全对等的原因

一、语言转换中意义变化的客观原因

（一）意义的不确定性

在索绪尔、布龙菲尔德、哈里斯、叶姆斯列夫等语言学家摧毁了语言就是分类命名集这种幼稚的传统语言观之后，飞翔于人间天上传达讯息的意义之神

---

① 参见许钧、袁筱一：《当代法国翻译理论》，湖北教育出版社2001年版，第30页。

第三章
翻译文学作品文化间性的形成

赫尔默似乎蒙上了一层神秘的面纱,其面目有些令人捉摸不定了。

威拉德·范·奥曼·奎因(Willard Van Orman Quine),是美国当代著名的逻辑学家和语言哲学家。在其题为《语词和对象》(*Word & Object*,1960)的哲学专著中,对意义理论进行了探索,在西方哲学界、语言学界引起了相当大的反响。奎因所说的"语际转换被不确定原则所制约",其含义是句子翻译可以有不同的规范,翻译对等永远是一个相对的概念,两种或两种以上的译文都可以看作在某个层次上与原文对等,如韦努蒂的翻译规范和奈达的翻译规范是截然相反的和互不相容的,但按照这两种规范做出的译文,尽管相去甚远,但都符合客观存在的事实,都可以看作是原文的译文。这与乔治·穆南所谈的人们从不同的层次去捕捉原文的意义的观点是相似的。

翻译的不确定性源自意义的不确定性。按照奎因的观点,意义必须通过考察意义产生的环境和行为来获得。那么对文本的意义而言,就必须通过语境来决定。可是正如卡勒所说:"意义由语境决定,但是语境却有着无限性"(Meaning is context-bound, but context is boundless)。[①] 他认为,很难确定哪些因素可以视为语境的相关因素或者说哪些因素被视为语境的相关因素是因人而异的。这里,实际上提出了一个理解的主观性问题。当代阐释学对理解作出的解释是,理解不可能是纯然客观的,不可能具有所谓的客观有效性,因为理解受制于个人的先见即"前理解"。接受美学理论在阐释学的基础上进一步证实了这个观点。我们在前文中详细论述了在"前理解"的基础上形成的期待视野所导致的理解的多种可能性,即在文本众多的意义潜势中读者只会使其中一种意义具体化。如果理解的对象是具有语义隐含性的诗文,那么对它们的理解就更具个性化色彩。请看诗人罗伯特·弗罗斯特的一首充满语义迷雾的短诗:

The secret sits

We dance round in a ring and suppose

[①] J. Culler, *Theory and Criticism after Structurism*, Ithaca: Cornel UP, 1982.

But the secret sits in the middle and knows
秘密坐着
我们围着它舞着并猜着
可它在中央端坐着且明视着
（笔者译）

说此诗充满迷雾，是因为诗人故意言不及"义"，读者的思绪正像诗文中的"我们"那样围着它"舞着并猜着"。单就"secret"这个词而言，可以理解为自然之奥秘或人生之奥秘或一般的秘密，也可理解为某一神祇。所以，意义的不确定性造成理解原义的困难，而理解过程的读者反应又造成对原义理解的多样性。因此，译文与原文的对等永远是个虚拟的概念。

（二）语义非对应现象

如果说由于理解的主观性造成了翻译中译文与原文对等的相对性，那么由于文化差异而形成的语义非对应现象则使得翻译中某一特定意义的表达变得十分困难，甚至无法表达。我们都十分熟悉这样一种现象，即同样的自然事物在不同的文化中会得到完全不同的语义描写。叶尔姆斯列夫曾举过一个典型的例子，他说，狗在爱斯基摩人眼中，它首先是一种牵引动物；对琐罗亚斯德教徒来说，它是一种神圣的动物；在印度社会里，狗像贱民一样遭受歧视；而在西方社会里，狗是一种通过驯服之后，用以狩猎、警卫的动物。虽然四种语言都采用某个词汇指称同一事物，但这些词的含义不尽相同。这是由于产生于不同自然环境和社会环境的语言用不同的方式切分经验世界。乔治·穆南在《翻译的理论问题》一书中也论述了这个问题，他指出每一门语言在现实中切分着不同的面（忽视另一门语言所提示的东西，发现另一门语言所疏忽的东西等），而且对同一现实的切分单位也有差别（你划分我合并，我合并你划分；你兼含我排斥，我排斥你兼含）。因此，在翻译过程中源语词汇被转换成译语中对应的词时，其中某些词其实并不相等或多多少少存在着差异。例如，当我们将"privacy"译成"隐私（权）"时，就已经增添原词所没有的贬义（这个内涵深远的概念在汉语中找不到一个全等的概念）；将"breakfast"译成"早饭（餐）"时，就已限制了该词的含义，因为"breakfast"未必在早上吃，它的确切含义是一天当中的第一顿饭；将"the social science"译成"社会科学"时，会不会意识到汉语"社会科学"仅仅同"自然科学"相提并论，而英语"the social science"，则不但同"自然科学"而且也同"人文科学"（the humanities）等相提并论。这就是说，"the social science"不仅不包括"自然科学"而且至少也不包括"the humanities"乃至"fine arts"；当我们把"你好，表哥！"译成"Hello, cousin！"，丢失的语义是显而易见的，但无论如何也不能译成"Hello, my male-cousin-on-mother's-or-paternal-aunt's-side-elder-than myself"。虽然在篇章翻译中可以采用某种补偿手段来弥补丢失的意义，但是也有无法补偿的情况。例如，王佐良先生在他题为《词义、文体、翻译》的论文中曾举这样一例说明词义的文化内涵问题。译过《晚唐诗》（Poems of Late Tang）的英国人 A. C. Graham 在译杜甫的《秋兴》时，因不满意译文的最后一行"As I lean on the balcony, my tears stream down"（"戎马关山北，凭轩涕泗流"）而决定不发表译文。原因是，"涕泗"与"tears"虽然是完全的同义词，但是它在汉语中强烈的情感力量在英文中却丢失了。

（三）汉语的异质性

1. 汉语语法形式的异质性

语言学家们对世界上现有的大约3000种语言都进行了考察，收集到各种差异的现象，这些差异遍及语音、语法、语义等各个方面。但是语言学家们也发现在这些差异性的背后存在着相近或相同的特性。对语言存在共性早已是语言学界的共识，但在多大程度上存在共性却一直是语言学界争论的问题。有些语言家认为差异性超过共性而占主导地位，有的语言学家认为共性虽然大量存在，但共性是某种趋势而不是以原则/规则的形式出现的，趋势在各个语言中的体现有深浅之别，贯穿于所有语言的不变的原则是没有的。只有以乔姆斯基为代表的强势共性论者认为所有语言都受一些普遍原则的制约，语言间的差异在这些普遍原则所允许的范围内存在。笔者认为，语言间共性和差异性是一个相对的概念，某些语言共性程度高，差异性就相应减小；反之，就增大。例如，汉语与英语之间的差异就超过法语与英语之间的差异，而汉语与巴西北部的 Hixkaryana 语之间的差异又远远超过汉英之间的差异。因此，普遍规律是一种柔性要求，它给予个别语言以很大的自由来选择实现这些规律的程度。例如，谢信一把语法现象归结为两个相互竞争的原则：临摹性和抽象性。两者在所有的语言中都存在，所以是一种共性现象，但不同的语言（甚至语言在不同时期）可以在临摹性和抽象性之间作出截然不同的选择，形成临摹性语言如汉语和抽象性语言如英语。① 可以推断英语中抽象的句法原则在汉语中可能完全不存在，而汉语中临摹性句法在英语中也完全不存在。笔者认为，汉语的临摹性主要表现在意念强势和形态（形式）弱势上，而英语的抽象性则主要表现在它的形态强势上，这使得汉语句子以意念为主轴而英语句子以形态为主轴。汉语句子不能像英语句子那样提供一个视觉上的句法结构提示，它们通过"意念对接"，虚化了语法关系，突显了语义功能。中国从远古的文献开始，就将印欧语中的所谓时态、语态、语气、体式隐含于"尽在不言之中"。所谓言者不必言之凿凿，听者也不必追究再三，一切心照不宣，而英语则必须一丝不苟地见之于形态。正因为英汉语言形式上存在相对较大的差异，在翻译过程中形式与意义的矛盾就比较突出，尤其像诗歌这类意义与形式密不可分的文本，在翻译过程中这对矛盾有时是不可调和的。例如，曾有人将李清照的《声声慢》译成这样的英文：

> 寻寻觅觅，冷冷清清，凄凄惨惨戚戚。乍暖还寒时候，最难将息。
> Seek, seek; search, search;
> Cold, cold; bare, bare;
> Grief, grief; cruel, cruel grief.
> Now warm, then like the autumn cold again,
> How hard to calm the heart. ②

---

① 谢信一：《汉语中的时间和意象》，叶蜚声译，载《外国语言学》1991 年第 4 期、1992 年第 1 期。
② 转引自廖七一：《当代西方翻译理论探索》，译林出版社 2000 年版，第 209 页。

译者采用直译的方法，尽量保留原文的形式以求再现汉诗原貌，但这使得译文读者除了感到机械、生硬外，根本无法体会得到原文对其读者所产生的效果。因此，形式与意义这一对在英汉互译中几乎难以克服的矛盾造成了译文与原文的差异。

2. 汉语思维的异质性

如果借用维特根斯坦（Wittgenstein）的概念将思维外化为言语的过程称为"投射"，那么作用于汉语的思维过程可称为"直接投射"，而作用于英语的过程可称为"间接投射"。①

汉语：直接投射（from thinking to speech：direct projection）

思维（概念）	词语对接（词序及虚词）	组合	言语形式

英语：间接投射（from thinking to speech：indirect projection）

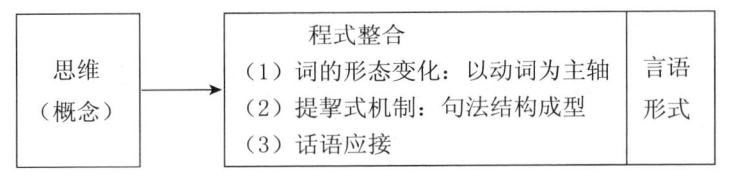

思维（概念）	程式整合 （1）词的形态变化：以动词为主轴 （2）提挈式机制：句法结构成型 （3）话语应接	言语形式

直接投射和间接投射的区分是英汉思维差异在语言表达形式上的反映。直接投射的表达方式与中国人擅长感悟式的直觉思维是密切相关的，而间接投射的表达方式与西方人擅长逻辑严密的抽象思维关系密切。以哲学和艺术为例，中国哲学家表达思想的方式不同于西方哲学家。一个西方人开始阅读中国古典哲学著作时，第一印象也许是这些作者的言论和著述往往十分简短，甚至互不连贯。打开《论语》，每一小段只包含几个字，各段之间往往也没有联系。打开《老子》，全书只有约五千字，那就是老子的全部著作，全书都是以格言形式写成的。《庄子》书中也同样充满寓言和故事。习惯于长篇大论地进行理性

---

① 参见刘宓庆：《翻译与语言哲学》，中国对外翻译出版公司2001年版，第165页。

思辨的西方人，遇到这种情况，会感到摸不着头脑，不知中国哲学家们在说些什么。不同于西方哲学家用逻辑思辨的方式说理，中国哲学家用格言、比喻、事例说理，表面上看不够透彻，但其中蕴含的暗示却非常丰富。明述和暗示刚好相反，一句话越明晰其中暗示的成分越少。中国哲学家语言中所含有的暗示几乎是无限的。① 富于暗示而不是一泻无余，这也是中国诗歌、绘画等各种艺术追求的目标。一首好诗也往往是"言有尽，而意无穷"。要求读者"以神遇而不以目视"，"得之于手而应之于心"。正是这种富于暗示性的表达方式造成了翻译的困难。种种暗示一旦翻译成外文，就变成一种明确的陈述，失去了文字的提示性也就失去了原著的丰富内涵。这就是说，经过翻译不仅意义呈现的方式会发生改变而且意义本身也会发生变化。

3. 个性化表达方式在语言转换中的困难

在这个问题中，笔者要谈的是文体、风格的翻译。上一个问题谈到汉语表达形式的异质性，指的是一般的表达方式。文体、风格涉及的是特殊的表达方式，是作者对语言个性化的运用。作家王蒙说过，文体是一个让作者倍感温暖的字眼儿，因为文体纯粹是作者自己的东西。风格或文体特征的形成是由于作者对常规表达方式的偏离而造成的一种突出的效果，这种效果增强了作品的艺术感染力，我们将这种效果称为文体意义。文体意义是语言形式所产生的意义，一方面体现于偏离常规的表达；另一方面体现于常规的表达方式在上下文中的意义延伸。对一部文学作品来说，它总的意义应该包括两部分：一是内容；二是文体意义。可表达为：

$$内容 \longleftrightarrow 文体价值 =（总）意义$$
$$\text{Content} \longleftrightarrow \text{stylistic value} =（\text{total}）\text{significance}$$

双向箭头表明文体不仅是对语义的加强也是对语义的限定和修饰。基于以上的讨论，对一部文学作品的翻译，如果丢失或改变了原著的风格，就不能完整地再现原著从而影响其文学价值。对译者而言，在翻译过程中，如何在保证

---

① 冯友兰：《中国哲学简史》，赵复三译，新世界出版社2004年版，第9—10页。

第三章
翻译文学作品文化间性的形成

语义转换的前提下,对基本具有相同语义的形式变体(stylistic variants)作出恰当的选择就不仅是个语言能力的问题,它还取决于译者对原著的文学性和文学功能的理解和把握。由于译者与原作者各方面的差距,这种理解和把握往往有很大的偏差。所以翻译中常出现以下现象,如原词语表达有力,译作却显委婉;原作结构简练,译作却显笨拙;原作形象光彩照人,译作却平淡无奇;原作富于乐感,译作却缺乏和谐等。当然也有原作平淡无奇,译作却大放异彩的情形。下面我们来对照一段原文和它的译文。

原文:Mrs. Bennet was in fact too much overpowered to say a great deal while Sir William remained; but no sooner had he left them her feelings found a rapid vent. In the first place, she persisted in disbelieving the whole of the matter; secondly, she was very sure that Mr. Collins had been taken in; thirdly, she trusted that they would never be happy together; and fourthly, that the match might be broken off. Two inferences, however, were plainly deduced from the whole; one, that Elizabeth was the real cause of all the mischief; and the other, that she herself had been barbarously used by them all; and on these two points she principally dwelt during the rest of the day. (Chapter 23)

译文:在威廉爵士没有告辞之前,贝纳太太竭力压制自己的情绪,可是当他走了之后,她立即大发雷霆。起先,她坚持说这消息完全是捏造的,跟着又说高林先生上了他们的当,她诅咒他们永远不会快乐,最后她又说他们的婚事必将破裂无疑。她非常恼怒,一方面她责备伊丽莎白,另一方面懊悔自己被人利用了。于是,她一整天絮絮不休地骂人,无论如何也不能使她平静下来。

原文选自《傲慢与偏见》第二十三章。在小说的开头,作者就告诉我们贝纳太太是这样一个人:"a woman of mean understanding, little information and uncertain temper"。对于这样一个见识浅薄、嘴巴永远快于脑子的妇人,思维的逻辑性和说话的条理性不会是她的性格特征。但是在这段描述她的原文中,作者使用了一系列数词和逻辑词汇,如 "In the first place…secondly…thirdly…fourthly…Two inferences were plainly deduced from…" 这些词汇的使用使人物看上去具有严密的逻辑思维,可是紧跟其后的句子内容却是相互矛盾的,如

"she persisted in disbelieving the whole of the matter" 与 "she was very sure that Mr Collins had been taken in" 两个句子内容的相互矛盾，而 "Two inferences were plainly deduced from the whole" 这个表明逻辑推理的表达方式与后面所叙述的家长里短形成了一种不和谐。这些逻辑性与矛盾性，表面与实际形成的对照和张力产生了一种文体效果，这就是奥斯汀式的讽刺和幽默（the subtle irony and humor）。

这种文体效果在译文中几乎遗失殆尽，译者将表明逻辑的数词处理成"起先……"，"跟着……"，"最后……"这些表明时间顺序的状词，并将原文中的 "she persisted in…; she was very sure that…; she trusted that…" 这些心理过程的描述译成"她坚持说……"，"跟着又说……"，"最后又说……"这些行为过程的描述。这样行为过程的线性取代了心理过程的同时性，原文中那种矛盾交织的各种心理活动变成了按时间顺序发生的行为。因此，原文中的张力没有表现出来，文体效果丢失了，奥斯汀的风格也改变了。[①]

皮特·纽马克认为，以表达功能为主的文学文体在翻译中应采用语义翻译的方法，即尽量保留原文的内容和形式。[②] 但是译者总是会陷入一种两难的境地，不是在一定程度上背叛原文，就是背叛读者。正如雅各布森所说："如果我们把意大利俗语 traduttore, traditore 译成英语 The translator is a betrayer，我们就失去了这句意大利警句中双关语谐韵的价值。但是，从认知的角度来说，我们不得不把这一格言变成较清楚的陈述，并回答下面的问题：翻译的是什么信息？叛变的是什么价值？"[③] 显然"信息"是原文的内容，"价值"是与文体有关的意义，它涉及内容、表达方式和读者之间的关系。

风格翻译的困难还体现在另一个方面，那就是有的作家的风格相对比较容

[①] Dan Shen, *Literary Stylistics and Fictional Translation*, Beijing: Peking University Press. 1998, pp. 106 – 111.

[②] Peter Newmark, *Approaches to Translation*, Oxford: Pergamon Press, 1981, pp. 21 – 22.

[③] Roman Jakobson, *On Linguistic Aspects of Translation*, *On Translation*, R. A. Brower (ed), Cambridge, Mass: Harvard University Press, 1959.

第三章
翻译文学作品文化间性的形成

易传译,而另一些作家的风格却极难传译。王佐良在《翻译中的文化比较》一文中谈道:"英国浪漫主义诗人当中,同样是一流的诗才,译成汉语,华滋华斯远不如拜伦那样风行,而在英国,显然前者更受推崇。这原因,难道仅仅是因为拜伦有幸碰到苏曼殊等高明译者,而华滋华斯始终没有获得知音吗?当然两人诗才不同:拜伦的戏剧性和讽刺笔触比较好传达,而华滋华斯的那种表面淡泊、宁静而实则强烈的风格任何译者也要望而却步。"①

林以亮在《美国诗选》的序言里也清楚地说明了这一点:

"翻译上的困难更逼使编者在取舍上有时选择了容易译的和可以译的诗人和他们的作品,而放弃了技术上有不可克服的困难的作品。比较上说来,现代诗就要比接近传统的诗难译得多。艾略特之终于被放弃,庞德和克敏斯等诗人的作品只好割爱,原因就在这里了。"② 艾略特、庞德和克敏斯(卡明斯)等诗人由于强烈的个人风格极难在另一种语言中再现而被编者割舍了。总之,文体意义产生于表达方式的变化,从本质上说是形式上的意义。在语际转换中,唯有形式意义最难保留。而且文体意义涉及内容、表达方式和读者之间的关系,这是翻译中译者难以把握的地方。

在这一节里,我们对翻译的有限性做了详细的论述,目的是要说明因语言形式和文化的差异而导致的翻译中的"失"和"变"。原作中那些不可译的部分在译作中已经丢失,就具体作品而言,每一部作品的不可译程度都不尽相同。译作对原作而言,不仅丢失了某些不可译的部分,同时也增加了原作中所没有的意义,因为对不可译的部分,译者要么舍弃,要么改写。而且还存在着语言转换中语义的非对等性问题,这些因素都使得原作和译作之间存在着不可避免的差异。所以,就翻译的本质而言,差异是绝对的,而对等是相对的,甚至是一种虚拟的对等,而不论译者采用什么样的翻译策略,这个结果都不会改变。

---

① 王佐良:《王佐良文集》,外语教学与研究出版社1997年版,第505页。
② 转引自王佐良:《王佐良文集》,外语教学与研究出版社1997年版,第509页。

二、语言转换中意义改变的主观原因

(一) 译者的翻译策略问题

接下来要谈的问题是翻译的策略问题,它在更大的程度上影响了原作与译作的关系。在翻译史上,由于占主导地位的翻译思想的不同,翻译策略呈现了很大的差别。即使在历史上的同一时期,由于译者翻译思想的取向不同,翻译策略也呈现差异性。安德鲁·切斯特曼在其著作《翻译模因论——翻译思想的传播》(Memes of Translation——The Spread of Translation Ideas) 中的第一部分以西方翻译史上不同时期翻译思想的核心概念——模因①为线索组成了一条翻译思想链,向我们展示了翻译思想的传播史,也展示了与之密切相关的翻译策略在历史上的发展变化过程。模因的发展过程依次为:词(Words)——上帝之语(The Word of God)——修辞(Rhetoric)——逻各斯(Logos)——语言科学(Linguistic Science)——交际(Communication)——目标语(Target)——认知(Cognition)。

词(Words)作为第一个模因,代表了翻译思想的第一个阶段。这一时期的语言观是古典希腊式的,即语言是对现实的反映。词作为语言的符号其意义是恒定的、绝对的。每个民族用不同的语言符号系统去反映相同的客观现实,每一种语言即不同的分类命名集。因此翻译就是不同的命名集之间词与词的简单转换。如果把原文比作一个房屋,词就是其中的砖瓦。翻译就是用另外一些砖瓦重建一个相同的房屋,这些砖瓦指的是另一语言中与原语意义相同的词。因此这个模因的含义是:意义是绝对的,也是恒定的。

第二个模因是"上帝之语"(The Word of God),代表了第二阶段。如果说第一个阶段的重心是词,第二个阶段的重心就是结构。因为零散的词是不能表达完整意义的。正是基于此,对《圣经》和其他宗教文本的翻译尤其强调

---

① 基因作为个体生命特征的最小载体,它的作用是使这些特征代代相传,生生不息。受基因这个词的启发,牛津大学教授、社会生物学家 Dawkins 在其著作 The Selfish Gene 中创造了 mimeme 这个词,将它作为文化信息传播单位的指称。具体说模因就是文化基因,靠模仿传播而生存。切斯特曼借用了这个词,并将其缩略成 meme,与 gene 谐音,用以暗示它们之间的渊源。

第三章
翻译文学作品文化间性的形成

对语言形式的忠实。出于对神的敬畏，也出于对被冠上亵渎神的罪名的恐惧，这一时期译者几乎都是采用完全直译的手法。如果使用比喻，这一阶段应比喻为"翻译就是复制"。由这个模因衍生出来的概念主要有：Nida 的最小转换单位（minimal transfer）和形式对等（formal equivalence）；Newmark 的语义翻译（semantic translation）；Vinay and Darblenet 的直接翻译（direct translation）等。

第三个模因修辞（Rhetoric）代表了第三阶段。最早提出应根据不同的文本类型采用不同的翻译方法的人是哲罗姆。他认为对非宗教文本的翻译应该更自由一些。文艺复兴时期随着世俗文本的翻译日益增多，修辞成为这一时期的主导模因。它体现了翻译重心由源语转向译语，可以说这是那个位于源语和译语之间的钟摆历史上多次摆动中的第一次摆动——由源语摆向译语。翻译中关注的不再是对源语的绝对忠实而是译语的可接受性，如清晰性、流畅性、可读性等，译者也不再是原文的奴仆。Quintilian 甚至提出了竞赛论。译者不是复制原著而是要发挥自己的创造力从而超过原著。这一时期的翻译更像是阐释、评论、改写甚至解释。修辞所代表的翻译思想在文艺复兴时期发展到了巅峰，其影响深入到 17、19、20 世纪，我们甚至可以从后现代翻译思想中的"食人主义"（cannibalism）看到它的痕迹。

逻各斯模因（Logos）代表了发展的第四阶段。逻各斯（Logos）指的是语言。翻译走进语言中心论时期。这种思想的含义使语言具有创造力，使用语言即是对神灵创造行为的模仿。有两个因素促成了翻译中逻各斯模因的形成：一个因素是阐释学的发展，它提供了另一种语言哲学。语言不是交流的工具，而是表达、自我表达和创造的手段。另一个因素就是德国地缘政治形势。18 世纪末和 19 世纪初，德国正处于德意志民族国家的形成时期。这一时期的德国知识分子认为共同的语言可以团结和创造一个民族。通过翻译可以丰富一个民族的语言，通过丰富它的语言也可丰富它的精神。翻译就是向译语文化输入新鲜血液。因此，从翻译方法上看，这一时期的翻译又开始向源语靠拢，尽量保留源语的陌生性、异质性和他者性。钟摆又从译语摆向源语。逻各斯模因用不同的方式复制自己，或者说从逻各斯模因中衍生出许多新的翻译元素或新的模因。体现在本雅明的思想中便是翻译的透明性，他认为译者必须克服目标语的障碍使之不至于阻挡源语的光明；体现在庞德的思想中的是翻译的创新性，他认为一个译者应该能够从原文中挖掘出新意义，这新的意义连原作者都未必意识得到。根茨勒将这一思想概括为"语言能量说"；同样该思想也体现在韦努蒂的异化论中，还体现在福轲的文本对其读者进行塑造的思想中，甚至体现在德里达的源语借助翻译而获新生的思想中。在逻各斯模因所代表的翻译思想中，意义的观念发生了改变，意义不再是常规的、稳定的，而是不断变化的、容易滑落的，永远没有什么最初的意义，它总是相对的。

语言科学（Linguistic science）代表了模因的又一新的发展阶段。前几个发展阶段主要涉及宗教文本和文学文本的翻译。当现实生活中需要大量地翻译技术资料、法律文件、旅游手册和广告时，新的翻译思想和翻译方法便应运而生。语言学理论对翻译理论的影响表现在以下三个方面：一是追求译文的客观性和明确性；二是强调了译文与原文的对等；三是注重运用真正科学的方法。语言科学模因最典型的体现就是对机器翻译的研究。从事机器翻译研究的人不再大谈神秘的语言能量，他们只关注语言使用中的规则。卡特福德在其专著《翻译的语言学概念》中对 shifts 的研究也是该模因的重要体现。此外，翻译研究中的对比分析，试图找出可能存在的 invariance 也体现了这一翻译概念。概括起来语言科学模因的含义有三层：一是对等；二是语言共性；三是科学的精确的翻译步骤。若使用一个形象的比喻，这一阶段的翻译活动就是语码转换，即解码和重新编码的过程。但是目前语言学对翻译理论的影响已从科学对等转向更加偏向社会语言学的方向。

在交际模因（Communication）所代表的发展阶段中，翻译被比喻成信息的传递。它所体现的翻译思想不同于前面阐述的几种翻译理论的追求，没有在被视为钟摆两端的原文和译文之间摇摆，而是坚定地立在中间，保持一种平衡。译者就是处于原作者和读者之间的一个斡旋者，目的是让信息顺利传播。翻译理论发展至此已不能局限于从语言学的角度对其进行研究，因为交际是一个社会过程，应考虑一些社会学因素。翻译的交际理论最初见于奈达。他曾经从信息理论的角度研究翻译，使用过信道、噪声、冗言、信息负载等概念。在威尔斯（Wilss）的翻译思想中，对译作的评价最终依据的也是交际效度

第三章
翻译文学作品文化间性的形成

（communicative efficacy），而对 Reiss 和 Vermeer 来说，交际效度就是交际目的的实现程度。因此，德国的翻译目的论（Skopos）是这一阶段的代表性理论之一。目的论认为可以根据不同的翻译目的对原文进行不同程度的改写。这一思想在 Holz-Mänttäri 那里又有了新的发展。译者被看作对译文全权负责的专家，是文本的设计者。被设计的文本必须能够在译语的文化土壤中扎根，而影响译者的因素除原作外，还有诸如时间、经费、读者期待、作者意图、赞助人的意图、文本类型等。皮姆（Pym）更是为翻译研究设计了一个社会学的、政治学的和经济学的理论框架。诺德（Nord）的译文分析模式包括了许多文本外的因素，如作者身份和意图、接受者的身份和意图、媒介方式、交际的场合和时间、交际的动机以及文本功能等。

由于交际观念的引入，对等观念已退居背景地位，人们不再对翻译过程中信息的传递持绝对的观念。以交际为中心概念的翻译理论使原文的地位大大降低了。这种思想表明须从目标语（target）而不是源语（source）出发研究翻译理论。这就意味着如何看待译文应根据译语文化对它接受情况（不管这种接受以什么为标准）；意味着将译文看成译语文化中独立的文本并与该文化中其他同类文本相比较；也意味着将译文与它们的原文相比较从而研究译者的翻译决策，但出发点必须是译文文本这个译语文化中的既成事实。

目标语（Target）这个词代表了翻译理论的又一新的发展阶段。与修辞阶段相同，目标语阶段的翻译研究以译语为重心，优先考虑译语及译语文化的相关因素。这是钟摆的又一次摆动。所不同的是修辞模因强调对原文的模仿，目的是以此来丰富译语文化，而目标语模因则包括更广泛的翻译功能而将源语置于次于译语的地位上。目标语模因（target meme）最早于20世纪70年代出现在 Even-Zohar 的翻译理论中，这一思想在图里（Toury）、霍尔姆斯（Holmes）、勒菲弗尔（Lefevere）及其他翻译理论家的翻译理论中得到发展并产生了广泛的影响。根茨勒对这一思想进行了追根溯源，认为它来源于俄国的形式主义及列维的文学翻译理论。目标语模因所代表的理论研究方法常被描写为"翻译研究"（Translation Studies），这批学者也因此被称为"翻译研究派"。它的主要特征是坚持一种描写性的研究方法。先前的翻译思想多聚焦于什么是好的翻译即翻译应该是什么样，而目标语模因所代表的翻译思想则将重心放在翻译实际上是什么样，并不提供任何关于理想翻译的设想。因此，这种研究方法倾向于经验主义。它既研究翻译作品也研究翻译过程。换句话说，这一理论不仅对翻译是什么感兴趣，同时也对译者在特定文化中的特定时期如何做翻译感兴趣。该理论提出了著名的翻译多元系统论。通过不同历史时期不同文化之间的文学互动，翻译研究派即多元系统派的学者们如 Hermans 在其题为《文学的操纵——文学翻译研究》一文中使用了翻译就是操纵的比喻。[1]无论持翻译对等论的学者如何辩解，事实是"所有的翻译都包含了建立在某一特定目的上对原文的操纵"。[2] 而这一思想衍生出了其他一些具有强烈意识形态意识的翻译思想。当这些学者把目光投向译者时，发现译者尽管拥有极大的操纵权利，但译者绝对不是完全自由的。它们也受到多方因素的制约，它们本身也受到不同程度的操纵。总之，目标语模因涵盖了更广泛的内涵，它具有很强的翻译语用观，以广阔的社会文化和意识形态为背景对翻译进行了研究。

从目标语模因代表的阶段起，翻译研究已开始重视翻译过程的研究。认知（Cognition）是切斯特曼提供的模因链上的最后一个环节。认知主要体现在以下学者的研究中。例如，列维（1967）和朱姆佩尔特（1961）对翻译决策过程的研究；威尔斯的部分研究工作，尤其是后期的研究工作也与认知密切相关。他对翻译步骤的分类与其说是语言学意义上的分类，不如说是心理学意义上的分类。在他的研究中，直觉和创造力都受到了更多的重视。Gutt 的翻译关联理论初看具有语用学性质，但实际上他的理论是属于认知领域的。他明确指出"关联理论的领域或翻译理论的恰当位置应当研究译者的心智能力而非文本本身或文本的产生过程"[3]。

---

[1] Theo Hermans (ed) *The Manipulation of Literature. Studies in Literary Translation*. London：Croom Helm, 1985.

[2] Ibid.

[3] Ernst-August Gutt, *Translation and Relevance—Cognition and Context*, Shanghai Foreign Language Education Press, 2004.

第三章
翻译文学作品文化间性的形成

模因的发展过程是一个由简单到复杂的渐进过程，可以说是一部浓缩的翻译理论发展史。其中一个模因代表一个发展方向，顺着这个方向出现了系列的后续理论。这便是模因最显著的特征——它的衍生和传播能力，我们可以从上面的介绍中看到翻译模因的发展并不是简单的复制，它们在新的历史时期所衍生出的新的模因是对先前模因的继承和变异。翻译发展史既是不同模因之间的更替又是相同模因的演变和发展。

从这个长长的梳理过程中，我们清晰地看到翻译思想的发展变化，而翻译思想的发展变化反映的是翻译实践的发展和变化，它们之间有着相互影响和彼此促进的关系，其具体的体现就是翻译策略。从上述的发展变化中，可以观察到，翻译策略的历史轨迹犹如一个钟摆，总是在源语和译语之间摆动，但每一次摆动，并不是简单的回归，而是在此前基础上的深化。翻译策略表面上是译者的个人选择，实际上决定这个选择的因素十分复杂，有语言的因素，也有文化的和政治的因素。从上述梳理和分析中可知，翻译策略基本上有三种情形：偏向源语、偏向目标语、不偏不倚地立于中间。经验告诉我们，不论是偏向源语还是偏向目标语都不能过度，过度的偏向不可避免地会对翻译造成损害。而从实际情况来看，两种极端的情况都是极其少见的，如果把源语和目标语放在一个水平轴的两端，翻译策略始终是在这两极之间滑动。处在两种文化中间地带的译者考虑的是如何使原作移植到另一文化语境中，并在另一种语言中获得新生。在这一过程中，译者不仅受到语言内部条件的制约，同时也受到语言外部因素的制衡，如目标语文化中的意识形态、诗学以及赞助人等方面的因素。即便是以"目的论"为翻译策略的译者，也不能因此对原作进行任意的改写。除却翻译伦理的约束不论，最根本的原因是，任何翻译动机都是在目标语文化中被激发的，为的是引入新的东西，就文学而言，可能是要填补目标语文学系统中某一缺失的环节。所以译者的任务是既要保留异质性也要控制和调整异质性。由此可见，适当的翻译策略应该保持中立的立场，它要保证译作既能承载原作的形象外观和精神气质，又能被目标语受众所接受，它要在这两者之间保持一种平衡。这就引入我们下一个话题，翻译是一种语际书写。

(二) 翻译是一种构建式的语际书写

"语际书写"这个概念来自刘禾的著作《语际书写——现代思想史写作批判纲要》一书。本书对翻译所持的观点是，语言之间透明地互译是不可能的，文化以语言为媒介来进行透明地交流也是不可能的。她在另一篇题为《跨文化研究的语言问题》的文章中引用博尔赫斯和尼采关于语言中对等关系的喻说之观点。博尔赫斯认为："词典是基于这样一个假设——一个显然未经过验证的假设——即语言是由对等的同义词组成的。"[①] 在博尔赫斯看来的一个未经验证的假设，却是人们的一个共同的幻觉。因为在人们看来，各种语言都是相通的，而对等词自然而然存在于各种语言之中。对于这一幻觉，哲学家、语言学家和翻译理论家都试图加以驱散。尼采在试图摧毁这个幻觉时指出，使不相等的东西相等，这仅仅是语言（自诩能够把握真理）的一种隐喻功能。"说到底真理究竟是什么？它是一支由隐喻、转喻和拟人修辞共同组成的移动的大军；简言之，它是人类关系的总和，这些关系被诗意地而且修辞性地强化、变形、装饰，并且经过长期的使用之后，对于一个民族来说，它们似乎成为一成不变的、经典性的和有约束力的真理；形形色色的真理不过是人们已经忘记其为幻觉的幻觉。"[②] 由此看来，对等只是隐喻层面上的对等。刘禾认为，词语的对应是历史地、人为地建构起来的。例如，英语"culture"和汉语"文化"之间，英语"individualism"与汉语"个人主义"之间，英语"democracy"与汉语"民主"之间，并无本质的同一内容规定。不同语言互译中词语之间的"相等"，是一种人为设定的对等性。[③]

以"个人主义"一词的翻译为例。这一概念翻译到汉语中来，经历了意义的变化和发展。而每一次的变化和发展都与当时的汉语语境、话语实践的目的以及这种话语实践与当地的社会实践和历史运动的关系有着紧密的联系。刘

---

① 转引自刘禾：《跨文化研究的语言问题》，载许宝强、袁伟编：《语言与翻译的政治》，中央编译出版社2001年版，第207页。
② 同上书，第208页。
③ 同上书，第212页。

第三章
翻译文学作品文化间性的形成

禾对这个问题的论点是：

"个人主义"的话语自入中土以来，从来就没有过稳定的意义。它在现代民族国家理论内部所扮演的角色极其关键，但同时又十分暧昧。因此这里研究的重点不在于汉语的译名"个人主义"对英文 individualism 之间本义究竟有多少"偏离"，而在于"个人主义"（individualism）在跨越彼此语境时——即在建构语言之间"对应关系"的过程中——做了一些什么事？意义是如何给定的？被谁给定的？这个译名与我们所熟悉的其他现代性范畴，如民族、社会、国家之间有哪些复杂的互动关系？这种"跨语际实践"为我们揭示了一种怎样的历史想象？它对我们解释中国近代思想史的演变和中西理论之间的关系，能够提供哪些新的思路。① 她对个人主义这个概念在中国接受过程中的变化和发展做了这样的总结：

在民国早期有关个人主义的争论中，以黄遵宪、严复、梁启超等人为代表的观点是将个人主义构想成民族国家理论的一个组成部分。梁启超在《新民说》和《自由书》两文中曾提出国家对个人的绝对优先权，在他那里，国家和个人在概念上的对立造成了个人自由和民族解放这两个目的之间的冲突。与此相反，杜亚泉在发表于《东方杂志》1914 年 6 月号的一篇题为《个人之改革》的文章中却将两者重新整合起来。根据杜亚泉的看法，个人主义不过是儒家思想的现代版，强调的是个人的自我改造，与孔子所谓学者为己，孟子所谓独善其身有同样的意思。同时，个人主义与社会主义也相去不远，它预言社会中每个成员应享受自己的权利。而与儒学相对立的个人主义观念则出现于新文化运动前后，并延续到"五四"时期，成为声讨传统中国文化的一个重要的观念性力量。而与社会主义相对立的个人主义观出现于 20 年代中后期，并在国际共产主义运动的影响下，蒙上了一层资产阶级意识形态的反面色彩，成为社会主义革命的对头。②

由此可见，"知识从本源语言进入译体语言时，不可避免地要在译体语言

---

① 刘禾：《语际书写——现代思想史写作批判纲要》，上海三联书店 1999 年版，第 29 页。
② 同上书，第 46—47 页。

的历史环境中发生新的意义,译文与原文之间的关系往往只剩下隐喻层面的对应,其余的意义则服从于译体语言使用者的实践需要"①。因此,任何寻找某种本质主义的,固定的"个人"即"个人主义"意义的努力都是徒然的。真正有意义的与其说是定义,不如说是围绕"个人"、"自我"、"个人主义"等一些范畴展开的那些话语性实践,以及实践中的政治运作。以上对个人主义的种种理解也无所谓真与伪。"因为从知识的产生条件和生产机制看,人们对某一观念的理解和误读总是参与对于真实历史事件的创造。正如萨义德指出的那样,称某文为某文的误读,或把这种误读看成一种通常的理解性错误,无异于'无视历史和具体事件发生的环境'"②。也就是说,如果正视了某一个词在翻译中所参与的真实历史事件的创造,也就不存在将其指责为对某一原词的误读或误译。这就是词在翻译中的常态。

讨论到此,我们可以把目光转向思想的传播与翻译的关系问题。萨义德在《世界、文本、批评家》(*The World, the Text and the Critic*)一书中提出了理论旅行说(traveling theory),探讨观念在不同时空中的传送,关注不同语言文化之间的影响,创造性借用和挪用范围。萨义德列举了理论和观念之旅行的四个阶段性的形态:

首先,有个起点,或看上去像起点的东西,标志某个概念的产生,或标志某个概念开始进入话语的生产过程。其次,有一段距离,一段旅程,一段概念从此之彼地移动时的必经之路。这段旅程意味着穿越各种不同语境,经受那里的各种压力,最后面目全非地出现在一个新的时空里。再次,移植到另一时空里的理论和观念会遇到一些限制性条件。可称为接受条件,也可称为拒绝条件,因为拒绝是接受行为不可分割的组成部分。这些条件使人可以引进和容忍外来的理论和观念,不论那些理论看起来多么怪异。最后,这些充分(或部分)移植过来的(或拼凑起来的)概念在某种程度上被它的新用法,以及它

---

① 刘禾:《语际书写——现代思想史写作批判纲要》,上海三联书店1999年版,第116页。
② 同上书,第47页。

第三章
翻译文学作品文化间性的形成

在新的时间和空间中的新位置所改变。①

刘禾认为萨义德完全忽略了翻译活动这个为理论旅行所必需依赖的交通工具本身。而由于隐去翻译这个重要媒体,理论的旅行变成了一个抽象观念。这个忽略甚至导致了一种对理论(西方理论)的很流行的看法,理论就像是欧洲流浪汉小说中远走异乡的主人公,沿途遭遇到许多艰难险阻,最终不外是以这种或那种方式适应了异乡的生活。刘禾认为这种看法非常成问题。因为它把理论特权化,同时抹杀了翻译的作用,或把翻译轻描淡写成一个必要而不重要的媒介物。而实际情况是语言交换活动的发起人恰恰是把外语翻译到本国来的人,他们发起这种交换活动的形式是借取、选择、合并和重组另一语言里的字眼、范畴及话语,将它们重新创造成本国语言。而这个从另一语言中拿来的理论的意义必须是由译者和读者共同决定的。当一个概念从一种语言进入另一种语言时,意义与其说发生了"转型",不如说在后者的地域性环境中得到了再创造。② 实际上,这种再创造在翻译的过程就开始了,并在其所参与的话语实践中得到改变和发展。当"self"被翻译成"己"时,这两个词在各自语言中的意义及其发展渊源就相互渗透和盘结在一起,self 在原来语境中的意义由于翻译而获得了新的发展。从这个意义上来说,翻译的确是一种语际书写。

第三节 文学作品的存在形式及其在翻译中的表达

在这一小节里我们将讨论小说叙事模式的翻译表达问题。这里首先要提的一个问题就是,小说的叙述因子如叙述时间、叙述视角、叙述结构、小说的人物、情节等在翻译过程是否会发生改变?答案应该是否定的,至少它们的改变

---

① 参见刘禾:《语际书写——现代思想史写作批判纲要》,上海三联书店1999年版,第31页。
② 同上书,第36页。

是很小的。那么这是否意味着叙事模式与翻译过程没有什么关系呢？显然不是这样。那它们之间如何产生必然的联系呢？要说清楚这个问题，我们得从文学作品本身开始。美籍学者雷·韦勒克在其与奥·沃伦合著的《文学理论》一书的第四部分探讨了文学作品的存在方式（mode of existence）和它的层次系统（system of strata）。

韦勒克首先告诉我们文学作品是什么：

> 文学作品既非一个经验的事实，即非任何特定的个人的或任何一组个人的心理状态，也非一个三角形那样理想的、毫无变化的客体。艺术品可以成为"一个经验的客体"（an object of experience）；我们认为只有通过个人经验才能接近它，但它又不等同于任何经验。它之所以不同于数字之类的理想客体，就是因为只有通过它的结构和声音系统的经验（物理的或潜在物理的）的部分才能接近它，而三角形或者一个数字却可以通过直觉直接体会它。它还有一个重要的方面与理想的客体不同。它具有可以称作"生命"的东西。它在某一时刻诞生，在历史的过程中变化，还可能死亡。一件艺术品如果保存下来，在它诞生的时刻起就获得了某种本质结构，从这个意义上说，它是"永恒"的，但也是历史的。它有一个可以描述的发展过程，这一过程不是别的，而是一件特定的艺术品在历史上一系列的具体化，我们可以在一定程度上根据有关批评家的判断、读者的经验以及一件特定的艺术品对其他作品的影响重建这件艺术品的历史。[①]

这段话的意思是，一部文学作品，它是一个经验的客体，对它的认识即通过对它的结构和声音系统的经验。它具有某种相对固定的本质结构，但是这一本质结构在被不同的人（不同时期的人）检验时却会得到不同的具体化，所以它既是永恒的也是历史的。由此可见，它不是一件简单的东西，而是交织着

---

① ［美］雷·韦勒克、奥·沃伦：《文学理论》，刘象愚、邢培明、陈圣生、李哲明译，生活·读书·新知三联书店1984年版，第146页。

多层意义和关系的一个极其复杂的组合体。对于将文学作品划分为"内容和形式"的传统做法，韦勒克和沃伦是持反对态度的，他们认为：

> 艺术品中通常被称为"内容"或"思想"的东西，作为作品的形象化意义的世界的一部分，是融合在艺术品结构之中的……虽然我们向俄国的形式主义者和德国的文体学家学习，但我却不愿把文学研究局限在声音、诗句、写作手法的研究，或局限在语言成分和句法结构方面；我也不愿把文学与语言等同起来。
>
> 而且，文学上的"内容与形式的统一"这一说法，虽然使人注意到艺术品内部各种因素相互之间的密切关系，但也难免造成误解，因为这样理解文学就不太费劲了。此说容易使人产生这样的错觉：分析某一人工制品的任何因素，不论内容方面的还是技巧方面的，必定同样有效，因此忽略了对作品的整体性加以考察的必要。"内容"和"形式"这两个术语被人用得太滥了，形成了极其不同的含义，因此将两者并列起来是有助益的；但是，事实上，即使给予两者以精细的界说，它们仍嫌过于简单地将艺术品一分为二。现代的艺术分析方法要求首先着眼于更加复杂的一些问题，如艺术品的存在方式，它的层次系统等。

由此可见，他们虽然向俄国形式主义者学习，但是反对将一部作品在内容和形式之间一分为二。这种划分法弊病很多，它把一件艺术品分割成两半：一半是抽象的、粗糙的内容，一半是附加于其上的纯粹的外部形式。然而，在实际上的艺术品（文学作品）中，内容和形式两者的分野在哪里？例如，小说、戏剧中叙述的事件属于内容部分，而把这些事件精心安排组织成为"情节"的方式，则称为形式的部分。试想，如果离开作家的这种安排组织的方式，小说的事件介绍或演出说明书上的故事梗概，无论如何也不能产生整部作品所可能有的美学效果。就语言本身而言，也可以分为两部分：一部分是单词、词汇因素，它们本身与美学效果无关；另一部分是为着一定的审美目的，按照一定的方式组织而成的有声音与意义的语句，它们则是具有审美效果的形式。可见，传统的两分法是充满矛盾和麻烦的。对此，《文学理论》一书的作者提出的解决办法是将两者并置起来。他们设想，如果把没有什么审美关系的因素（如尚未构成艺术品的素材）称为"材料"，而把一切已具有美学效果的因素称为"结构"。这样便沟通了它们之间的边界线，会有助于克服内容和形式两分离的老矛盾。这样艺术品就被看作一个为了某种特别的审美目的服务的完整的符号体系或者符号结构或者叫做"符号和意义的多层结构"。那么这个"符号和意义的多层结构"到底是怎样的呢？这个"包括一切的某种结构"是由几个层面构成的体系，而每个层面又隐含了它自己所属的组合。作者很推崇波兰哲学家英伽登（R. Ingarden）所采用的胡塞尔（E. Husserl）的"现象学"方法。这种方法对文学作品的那些多层结构做了明确的区分：

这些层面是：（1）声音层面，包括谐音、节奏和格律。在诗歌当中，声音仍然是其总体结构中的一个重要因素；（2）意义单元的组合层面。每一个单独的字都有它的意义，都能在上下文中组合成单元，即组成句素或句型。该层面决定文学作品的语言结构、风格与文体的规则，应对之做系统的探讨；（3）作品要表现的事物，即小说家的"世界"这样一个层面。此外，英伽登从第三个层面还衍生出两个层面来：一个叫"观点"的层面，另一个叫"形而上性质"的层面（诸如崇高的、悲剧性的、神圣的），通过这一层面艺术可以引人深思。但这后两个层面可以暗含在"世界"的层面中，亦即包括在第三个层面所要表现的事物的范畴内。

韦勒克进一步发展了英伽登的研究方法，设计了一套用以描述和分析艺术品层面结构的方法。这些层面是（1）声音层面；（2）意义单元；（3）意象和隐喻（即所有文体风格中可表现诗的核心部分）；（4）存在于象征和象征系统中的诗的特殊"世界"；（5）由叙述性小说投射出的世界所提出的有关形式与技巧的特殊问题；（6）文学类型的性质问题；（7）文学作品的评价问题；（8）文学史的性质。

韦勒克说这一套分析方法的最终目的是探讨艺术品的价值。笔者认为结构和价值是不可分割的。"在标准和价值以外任何结构都不存在"。"能够认识某种结构为'艺术品'就意味着对价值的一种判断。纯现象学的错误就在于它

第三章
翻译文学作品文化间性的形成

认为二者是可以分离的,价值是附在结构之上的"。那种认为艺术品具有一种永恒的"实质"秩序或者说绝对的价值尺度的绝对主义观点是不完善的,而与它相对的相对主义的论点也是不完善的。"必须用一种新的综合观点取代并使它们成为和谐体,这种新的综合观点使价值尺度具有动态,但又并不丢弃它。"这种综合观点就是"透视主义"(perspectivism),它表明各种不同的,可以界定的认识客体的过程。结构、符号和价值形成了这个问题的三个方面,不可人为地将它们分开。阐述到此,我们已经能够说明艺术品是以何种方式存在的。最根本的一点就是艺术品是一个具有多层结构的整体,它的艺术价值就蕴含在其结构之中。①

在说清楚文学作品的存在方式之后,我们再回到文学作品翻译这个问题上来。以小说为例,首先,声音这个层面是翻译过程中改变最大的,虽然一些译者煞费苦心地想尽可能保留原作中的某些谐音、节奏及格律,可但凡成功的都是对原文进行再创造的结果。其次,在意义单元这个层面上有两点是肯定的:一是意义的对等是建构式的;二是风格只能部分地被传译。特别是意象和隐喻以及由意象和隐喻的重复而转化成的象征和象征系统这一最能体现语言的诗学价值的部分,在翻译过程中常常需要接受目标语中与其相对应的部分的置换。最后,小说家要表现的事物这一层面,即"小说家的世界和宇宙。它包含有情节、人物、背景、世界观、语调的模式、结构或有机组织。"② 这是一个被小说家表现的世界,是一个被表现方式所决定的世界。就小说而言,表现方式除了声音层面和意义单元层面,还有更重要的叙事模式层面,即那个被称作"结构"或"有机组织"的部分。小说中的背景、人物及"语调"主要是在意义单元层面上表现的。韦勒克认为:"小说中的人物只能从意义单元中生出,由形象所讲的话语或别人讲的有关这一形象的语句造成。"③ 小说中的情节即

---

① 参见雷·韦勒克、奥·沃伦:《文学理论》,刘象愚、邢培明、陈圣生、李哲明译,生活·读书·新知三联书店1984年版,第165页。
② 同上书,第161页。
③ 同上。

是经过组织的故事，它们是叙述层面的具体体现。而情节以什么样的时间方式展开以及通过什么样的视角进行叙述就构成了小说的叙事模式。很显然，叙事模式层面是在声音层面和意义单元层面的基础上呈现的，是更高一级的组织形式。小说家的世界观则主要体现在意义单元层面和叙事模式层面上。分析到此，结论是，叙事模式层面作为小说的结构层面，组织的是在声音层面和意义单元层面上所表现的一切事物，如果这两个层面在翻译过程中出现了改变或极大的改变，即使叙事手段不因翻译而改变，其结果也由于前两个层面的改变而构成了一个新的意义和符号的多层结构的整体。这个新的整体是原著在目标语文化中的新的生命形式，在这个新的多层结构的整体中，既保留了体现艺术品的永恒性的本质结构，又包含了体现其历史性的新的阐释和跨文化形式。这两者的间性关系也是任何文学翻译作品与生俱来的本质属性。

第四章
翻译文学的文化间性与接受性的关系

影响研究从某种意义上说也是接受性的研究，一部文学作品经过翻译在目标语的文化中被接受的过程也就是影响发生的开始。经过上文的分析论证，我们了解到文化间性是一部翻译作品在其诞生过程中所获得的本质属性，本小节将对这一本质属性与接受性的关系作出阐述。

第一节 翻译文学的接受条件

一、翻译文学必须向目标语文化传输新的东西

根据伊文·佐哈尔在《翻译文学在文学多元系统中的位置》（The Position of Translated Literature within the Literary Polysystem）一文中所提出的观点是，对原文本的选择是由目标文学系统（target literature）决定的，选择的原则取

决于目标文学的内部系统的需求。① 他分析了翻译文学发生的三个条件：

（1）当文学的多元系统尚未成型（crystallized），即某一文学处在其初创期，仍在成熟的过程中时；（2）当某一文学处于边缘化的或弱小的或既是边缘化的又是弱小的地位上时；（3）当文学的发展出现了转折点、危机或者文学类型的空缺（literary vaccums）时。②

对于目标文学系统而言，如果某文学处于初创期或者某文学处于弱小边缘的地位或者目标语文学处于转折期，有某种危机抑或空缺存在，这时文学翻译活动就会变得活跃。他进而指出，对翻译文学的作用学术界可能会有一种全新的认识，认为翻译文学是文学变革的主要推动者。

纵观我国翻译史，出现过四次翻译高潮：东汉至唐宋的佛经翻译、明末清初的科技翻译、晚清至"五四"时期以及20世纪80年代的文学翻译。就晚清至"五四"和80年代的文学翻译而言，都在某种程度上证实了这一理论。晚清至"五四"时期是中国社会开启现代性的时期，翻译的动机不仅仅来自文学系统的需求，更是一种深刻的社会和政治需求。在腐朽的封建帝制行将没落的时期，黑暗的社会生活使改革与革命必然成为知识阶层的主题。而对现代性的启蒙就是翻译西方的小说。"近代中国最早的文学翻译思潮，是梁启超倡导的政治小说。外国文学首先是作为一种政治力量，登上中国历史舞台的"③ 小说曾被视为国民之魂。梁启超通过翻译《佳人奇遇》这部日本政治小说来主张政治立宪，力图改革。他随后又在另外两部日本政治小说的影响下创作了小说《新中国未来记》，继续他对中国立宪的一厢情愿的想象。

除了政治小说，林纾翻译的《巴黎茶花女遗事》可谓开创了中国言情小说的先河。而此处的现代性问题触及了道德伦理层面，这是自19世纪以来中国对西学的翻译引进首次在情感心理层面的碰撞。但在当时的时代背景下，无

---

① Itamar Even-Zohar, "The Position of Translated Literature within the Literary Polysystem", Lawrence Venuti (ed.), *The Translation Studies Reader*, London and New York: Routledge, 2000, p.193.
② Ibid.
③ 赵稀方：《翻译现代性——晚清到五四的翻译研究》，南开大学出版社2012年版，第68页。

第四章
翻译文学的文化间性与接受性的关系

论是翻译的言情小说还是受翻译作品的影响而创作的言情小说,如钟心青的《新茶花》,言情小说在中国尚未成为单纯的爱情故事,主人公并没有真正的个人主义的爱情,他们的爱情总是与道德、忠贞和革命捆绑在一起。即便如此,中国的现代言情小说也总算在翻译的引领下有了一席之地,到了鸳鸯蝴蝶派手中,言情小说得到了更大的发展。

译介言情小说的同时,《新小说》杂志也译介了《毒蛇圈》和《电术奇谈》这类西方侦探小说。"中国古来有公案小说,却无侦探小说。两者的背后是不同的制度和文化。公案小说讲的是清官断案,法律的公正性依赖于清官的智慧,侦探小说讲的是搜集证据。背后是一套现代诉讼程序。"[①] 可见译介侦探小说的现代性面向是西方的司法制度和对传统的批判。

晚清时期的文学译介活动虽然基于现代性诉求,但是还是带有一定的盲目性,到了"五四"时期这种通过译介活动引入新的文学形式和主题用以改造本国文学的意识和行为则发展成为一种更加自觉的新文学运动。朱德发在《中国五四文学史》中说:"任何时代没有像"五四"时期的作家那样自觉地有意识地把借鉴外国文学视为中国文学改造和创新的重要途径和关键所在,几乎无一个新文学者不以借鉴外国文学特别是欧洲文学——或革新文学观念以创建新文学理论体系,或以外国文学为范本来创造各种新文体的具有现代色彩的文学作品。"[②]

由此可见,翻译文学是社会转型期的文学改革力量,给译入语文学带来新的文学理念和形式,促使旧的文学体系解体,帮助新的文学体系建立或者在旧的文学体系里掀起新的文学思潮。

翻译文学也曾被称为外国文学,它脱身于异域文化,经由翻译的途径,旅行至另一文化,带来新的文学理念和形式。但是新的文学理念和形式真正得到传播或输入还必须经历一个本土化的过程使之具备可接受性特质。而所谓本土化主要是表现在语言层面上的文化协商亦即文化冲突后的调和,或者僭越甚至

[①] 赵稀方:《翻译现代性——晚清到五四的翻译研究》,南开大学出版社2012年版,第114页。
[②] 转引自任淑坤:《五四时期外国文学翻译研究》,人民出版社2009年版,第3页。

颠覆。换句话说，翻译在谋求文化异质性的同时，又对其进行本土化改造，这恐怕也是翻译的本质使然。对此，翻译研究的"操控学派"有深入的论述。他们关注翻译在特定文学中的地位和作用以及文学之间的互动关系，提出了"操控"和"重写"两个重要概念。在《翻译、重写与文学声誉的操控》一书中，勒弗维尔认为文学文本的接受或拒斥与权力、意识形态、体制及诗学密切相关。重写包括翻译、历史撰写、选集的编纂等，而重写的动机往往是出于意识形态的需要（巩固或反抗主流意识形态）或诗学上的需要（巩固或反抗主流诗学），翻译是最明显的重写形式。① 勒弗维尔认为，翻译在文学系统中的运作受到包括文学系统中的专业人员、文学系统外的赞助人以及主流诗学的制约。其中主流诗学包括两个部分：一是文学手法；二是文学功能观，即文学与社会系统之间的关系。②

二、翻译文学必然要经受本土化改造

由此可见，所谓的本土化改造也就是译者在意识形态、诗学的制约下以及赞助人的干预下对原文本进行以接受为目的的改写或重写。正是因为经历了本土化的改造，译本才有可能顺利地进入目标语文化系统。比如，林纾翻译《巴黎茶花女遗事》，译者虽然接受了这个法国爱情故事，但是他又从中国传统文化出发改造了这个故事，对原小说进行了大量的删减和改写，将小说里男女亲热场面的描写及男女主人公的爱情表白基本上都删除了。"原作《茶花女》的核心词汇是爱情，林纾译《茶花女》的核心词汇却是忠贞。"③ 可见译者受主流诗学的影响，认为教化作用必须是小说的一个主要的社会功能。

另一著名翻译学者莫娜·贝克（Mona Baker）在其著作《翻译与冲突——叙事性阐释》中以"后经典叙事学"理论为基础，提出翻译的本质乃是一种

---

① 参见 Andre Lefevere, *Translation, Rewiting and Manupulation of Literary Fame*, 上海外语教育出版社 2010 年版，第 2 页。

② Susan Bassnet & Andre Lefevere, *Translation, History, Culture*, New Haven: Yale University Press, 1990, p. ix.

③ 赵稀方：《翻译现代性——晚清到五四的翻译研究》，南开大学出版社 2012 年版，第 102 页。

叙事建构的思想。在此书的开篇，她开宗明义地指出："当今，无论身居何处，从事何种职业或活动，我们都被冲突包围……在这个充满冲突的全球化世界中，翻译成为冲突各方寻求合理地解释其活动的重要手段……翻译从来都不是温和宜人的，而是充满了暴力和挪用。"① 那么，译者的作用就不仅仅是"架设桥梁"和"促进交流"，还会以调停、操控、干预、颠覆或侵犯等多种方式参与其中，这便是翻译的真面目。虽然贝克重视的是涉及政治冲突的非文学文本，但是其观点也同样适用于文学文本。不少研究者运用贝克的理论，对文学文本展开分析，如黄海军、高路在《翻译研究的叙事学视角——以林语堂译本为例》一文中分析译者如何采用"时空建构"策略选择和翻译中国传奇，定位源语叙事文本的各种参数，创造出为西方读者乐于接受的叙事文本。

所以，不论是"重写"还是"叙事建构"都揭示了翻译在发生过程中的"变身"，绝不仅仅是单纯的语言转换，而是受意识形态和诗学制约的文化互动和语际书写，异质性是翻译的大前提，也是文化交流的大前提，但是要让异质文化植入本土文化的土壤，异质性要经历被"重写"的命运。而被"重写"的异质文化是以文化间性的方式获得其新生的。这种新生不仅仅意味着自身的存在，也意味着它将开枝散叶，在目标语文化中以文化模因（meme）的方式催生新的模因。这便是影响的发生机制。

第二节　文化间性与影响的发生

在这一节中，我们以具体的词语和语言形式为对象，观察和分析语际书写与影响的发生。由于语言的异质性所造成的可译性的限度问题，翻译往往成为

---

① 转引自赵志敏、陈昕：《Mona Baker 叙事翻译观在国内的引介：回顾与展望》，载《广译》2014 年第 10 期。

两种语言之间的一种调和、折中或杂糅。翻译是不透明的语言转换,词与词之间只具备假想的等一性,而这种假想的等一性实际上是意义的建构,其中译者的期待视野以及翻译话语实践的目的起着重要的作用。鉴于上述两种原因,形成了介于两种文化之间的翻译作品。由于翻译作品的间性,当我们从翻译这个角度来考虑影响问题时,就势必会突破"甲影响了乙,故乙产生了某种期待中的变化"这个传统的影响说,原因是翻译作品,特别是翻译作品中的语言——翻译体,是介乎甲和乙之间的不伦不类的东西。这也是我们前面所讲的是一种文化互动后"你中有我和我中有你"的情形。所谓"间性",它意味着两种文化的兼容并蓄,也意味着两种文化的冲突与碰撞之后一方对另一方的侵越,我们也可称之为接受与变形的过程。下面我们对翻译与影响的关系做具体的探讨:

一、词语对等的建构本身即是文化的碰撞与交融

在前文中我们已经探讨了翻译是一种建构的思想,下面我们以几个在中国近代思想史中产生过重要影响的词为对象,观察它们与英文词的对等关系是如何建立起来的,分析此过程中的文化互动关系。汉语的"文化"与英语的"culture"之间的对等关系是通过借用的方式建立起来的。"文化"的现代含义源出于日语的"汉字"(bunka)。在古代汉语中,"文化"一词的词形,是由"文"与"化"复合而成,可上溯到《易经》中"观乎人文,以化成天下"一说。"文"通"纹",指色彩交错而成的花纹,包含感性形式美的因素,可供人直观欣赏。而"人文"的含义更为丰富,一方面具有形式上的审美意味,属审美范畴;另一方面具有道德上的教化意义,属伦理范畴。将"人文"中的"文"与本义为"生长"(如"物生谓之化")的"化"组合在一起,则表示"人文化成"或"文治教化",旨在强调"文治"的治国安民艺术与"教化"的道德伦理规范和陶情冶性功能。与东方不同的是,西方的"文化"(culture)是与"自然"(nature)相对的概念。"culture"一词派生于拉丁词"cultura",源于词根"colere",原意为耕作(cultivate)、居住(inhabit)、保护(protect)、崇敬(honor with worship)等。在法语中,"文化"一词曾为

第四章
翻译文学的文化间性与接受性的关系

"couture",后为"culture",于 15 世纪早期汇入英语,主要意思是"耕作(husbandry)、养殖农作物与动物(the tending of natural growth or crops and animals)。16 世纪早期,其义继而扩展为"人类发展的过程"(the process of human development)。德国在 18 世纪从法语引入"文化"一词,起初拼为"cultur",到 19 世纪改写为"kultur",接受了启蒙运动史学家所用的含义,主要表示"讲文明或有教养的过程"(the process of being civilized or cultivated)。根据"文化"一词的沿革,英国文化学家威廉姆斯(Raymond Williams)作出如下总结:18 世纪以降,文化作为独立而抽象的名词,表示思想、精神和审美发展的一般过程;从 19 世纪与德国思想家赫尔德(Herder)开始,文化一词主要意指一个民族、一个时间或一个群体的特定的生活方式;再往后,人们经常使用文化一词来表示理智活动,尤其是艺术活动的作品与实践。最为广泛的用法是,文化,即音乐、文学、绘画、雕刻、戏剧、电影、哲学、历史或学问。[1] 由此可见,中国古代"文化"一词与西方"culture"一词虽然都共同具有审美层面上的意义,但是区别是显著的,中国古代"文化",作为与武力征服相对立的"文治与教化","它完全没有今天通常与两个'汉字'组成的复合词用法相关的'文化'的民族志内涵。"[2] 当人们从日语"汉字"中选择"bunka"这一复合词"文化"来作为英语的"culture",(法语的 culture,德语的 Kultur)的对等词时,它深刻地改变了这一词汇原有的意义和地位方式,打断了该词的古代含义。由于这种历史性的阻隔,我们无法绕过日语的"bunka"一词来说明"文化"的含义,我们不能认为字形完全一样的古汉语词汇可以自然而然地解释其在现代汉语中对应词的含义。

Humanism 完全是个西语词,因缺乏对这一外来概念的深入了解和透彻理解,加上汉字本身的表意性所形成的望文生义的习惯,汉译时此词被译成"人文主义"、"人本主义"、"人道主义"、"人性主义"、"唯人论"等,造成

---

[1] 王柯平:《走向跨文化美学》,中华书局 2002 年版,第 6 页。
[2] 刘禾:《跨文化研究的语言问题》,载许宝强、袁伟编:《语言与翻译的政治》,中央编译出版社 2001 年版,第 245 页。

不同理解，甚至互相矛盾，妄生曲说。有人甚至把人文主义和人道主义视为两种对立的概念，在中国学术界引起思想混乱。Humanism 是欧洲文艺复兴时期形成的思想主潮，是资产阶级一种思想体系，主张思想自由和个性解放，肯定人和人生，提倡学术研究。它的命名源于当时的 studia humanitatis 课程，意味人性修养。将它译为人文科学，也许取自《易经》中"人文"一词，指礼教文化："文明以止，人文也。观乎天文，以察时变，观乎人文，以化成天下"，故此，"humanism"也就定译为"人文主义"。但是，其含义与中国古代"人文"一词是有很大区别的。在《易经》中专论文饰的"贲卦"里，"文"通"纹"，指色彩交错而成的花纹，包含感性形式美的因素，可供人直观欣赏。有学者认为，有别于"天文"和"地文"的"人文"是为了美而创造的。司马光说："古之所谓文者，乃诗书礼乐之文，升降进退之容，弦歌雅颂之声。"[①] 也有学者认为，"人文"是指"夫妇的结合犹如不同的色彩交织而成的花纹，由此又生出其他人文，如父子、长幼等，于是从这些人文中产生出所谓的道德规范，《易经》中所说的"有夫妇然后有父子，有父子然后有君臣，有君臣然后有上下，有上下然后有礼仪。"在我们的祖先看来，只有恪守这一系列的道德规范，才能夫妇相爱、父子相亲、长幼相恤、朋友相信、君臣相敬，"人文"也就有如色彩搭配得当的花纹，既鲜明生动又和谐悦目，从而达到"情深文明"的境界。可见中国古代"人文"，既有形式审美意义，又具有道德教化意义。[②] 这与西方词"humanism"体现的思想自由和个性解放的涵义具有很大差异。当"人文主义"这个概念用在现代汉语语境中的时候，"人文"这个词的古代含义虽然没有完全被阻断，但它吸收了西语词 humanism 的内涵，"人文"在现代汉语中用于泛指各种文化现象。

literature 这个英语术语被翻译成"文学"，其含义与中国古典的"文学"概念大相径庭。新译名的出现，使得古典"文学"也无法避免受到这种跨语际文学观念的影响。人们可以看到在 20 世纪，卷帙浩繁的中国古典"文学"

---

① 参见王柯平：《走向跨文化美学》，中华书局 2002 年版，第 4 页。
② 参见杨启光：《文化哲学导论》，暨南大学出版社 1999 年版，第 20 页。

第四章
翻译文学的文化间性与接受性的关系

史和选集接连不断地出现,诗歌、小说、戏剧和少量的散文被命名为"文学",与此同时,其他古典文类被重新分配到"历史"、"宗教"、"哲学"以及其他的知识领域,而这些知识领域本身也是在西方概念的新译名基础上被创造出来的。简言之,中国古典"文学"被迫按照现代文学的观点,被全新地创造出来,中国现代文学同时也在创造着自己。①

democracy 一词最初采用音译"德谟克拉西",后来采用从日语中的借译"民主",有一段时间,音译"德谟克拉西"和借译"民主"并行不悖,但是借译很快就取代了使用不便的音译,成为当今使用的唯一一个被接受的 democracy 的对等词。借译词刚好与中国古代汉语中一个古老的词汇相吻合。但是古代的"民主"具有一种所有格结构(大意为"民之主"),这与现代复合词的主谓式语义结构("人民做主")可谓有天壤之别。

另外,英文中的"self"和中文里的"己","national character"与"国民性","individualism"与"个人主义"等词的等同关系也只是在近世的翻译过程中才确立的,而后来翻译时选择的词义又是现代中英词典给定的。因此,它们之间的任何联系都是历史机缘的产物,其意义根据跨语际实践的特定因素而定。这类关系一旦建立,文本就变成"可译的"。

以上分析清楚地表明词汇对等的建构性本质。这种建构对目标语的词汇意义产生了深刻的影响。列文森(Joseph R. Levenson)在其《儒教中国及其现代作家》里曾说过:"(由于翻译)西方可能带给中国的,是改变了它的语言;而中国对西方所做的,则是扩大它的词汇。"② 此言清楚地表明了东西方的权力关系。但是为什么说在改变中国语言的同时也给西方的语言带来影响呢?对这个问题,列文森没有回答。我们也许可以从刘禾的这段论述中找到答案:

现代汉语中的双程词语和其他新词语包含着一种关于变化的思

---

① 参见[德]马丁·海德格尔:《通向语言的途中》,孙周兴译,商务印书馆1999年版,第247页。
② 刘禾:《跨文化研究的语言问题》,载许宝强、袁伟编:《语言与翻译的政治》,中央编译出版社2001年版,第250页。

想,这种思想使历史的连续性和断裂性变得不那么重要了。人们可以不再讨论中国有多现代化(可以解读为西化),或者中国仍然多么传统——这些问题是不同流派的学者频繁论述的两种对立的立场。我们或许更应该关注的是,在历史偶然性的关键时刻,西方和中国过去的思想资源究竟是怎样被引用、翻译、挪用和占有的,从而使被称为变化的事物得以产生。我认为这种变化既不同于中国自身的过去,也不同于西方,但又与二者有着深刻的联系。①

这就是说,在翻译中构建对等词的过程中,东西方的思想资源有可能同时被引用、借用和挪用。这种引用、借用和挪用的结果导致新的词语或概念的产生,它既不同于东方也不同于西方,但与两者有着深刻的联系。这种介于甲和乙之间的东西便是翻译,它不仅给甲方(译入语方),有可能给乙方(原语方)也带来影响。

二、翻译中的挪用现象即是一种文化侵入

以下引文选自海德格尔《从一次关于语言的对话而来》一文中,哲学家海德格尔与日本对话者手冢富雄之间的一段著名的对话:

日:您细细倾听于我,或者更好地说,您细细倾听着我所做的猜度性的提示,这就唤起了我的信心,令我抛开了那种犹豫,那种前面一直抑制着我,让我不能回答您的问题的犹豫。

海:您指的问题就是:在您的语言里用哪个词来表示我们欧洲人称之为"语言"的那个东西?

日:直到此刻,我一直未敢说出这个词语,因为我不得不给出一种翻译,这个翻译使得我们这个表示语言的词语看起来犹如一个地道的象形文字,也就是使之成为概念性的观念范畴内的东西了;这是由于欧洲科学和哲学只有通过概念来寻求对语言之把握。

---

① 刘禾:《跨文化研究的语言问题》,载许宝强、袁伟编:《语言与翻译的政治》,中央编译出版社2001年版,第250页。

第四章
翻译文学的文化间性与接受性的关系

海：日语里"语言"怎么说？

日：（进一步犹豫之后）它叫"言叶"（Koto ba）。

海：这说的是什么？

日：ba 表示叶，也指花瓣，而且特别是指花瓣。请您想一想樱花或者桃花。

海：Koto 说的是什么？

日：这个问题最难回答。但我们已经大胆地解说了"粹"（Iki）——即是召唤的寂静之纯粹喜悦，这就使我们较容易做一种努力来回答这个问题了。成就这种召唤的喜悦的是寂静，寂静之吹拂是一种让那喜悦降临的运作。但 Koto 始终还表示每每给出喜悦的东西本身，后者独一无二地总是在不可复现的瞬间以其全部优美达乎闪现（Scheinen）。

海：那么，Koto 就是优美的澄明者的消息之大道发生（das Ereignis der lichtenden Botschaft der Anmut）啰。

日：妙口生花！只是"优美"一词太容易把今天的心智引入歧途了。①

刘禾在"跨文化研究的语言问题"一文中对这段对话进行了分析，认为对话中发生了挪用现象。首先，她认为对话戏剧性地同时展现了东西方之间翻译的不可能性和必要性。笔者注意到这种对翻译的忧虑在此对话的前半部分关于日本文化中的"粹"的对谈中也深深地流露出来：

日：您已经指出了您遇到的障碍：对话的语言是欧洲的语言；而要经验和思考的却是日本艺术的东亚本质。

海：我们讨论的内容，事先就被强行纳入欧洲的观念中来了……

日：您现在就明白了，借助于欧洲美学来规定"粹"，按照您的说法就是以形而上学的方式来规定"粹"，这对九鬼来说是多么巨大

---

① ［德］马丁·海德格尔：《通向语言的途中》，孙周兴译，商务印书馆1999年版，第116页。

的诱惑!

> 海：更巨大的曾是一种担忧，并且也还是我的担忧，就是通过这种做法，东亚艺术的真正本质被掩盖起来了，而且被贩卖到一个与它格格不入的领域中去了。

虽然海德格尔这位欧洲探询者无疑意识到存在着翻译的陷阱，但他仍然坚持认为在日语里存在着和欧洲的语言概念相对等的词汇。其次，她（刘禾）认为日本对话者被迫回答探询者关于日语中表示"语言"的是哪一个词这一问题——这种典型的句法必然造成的结果是，倘若不把对等词的不存在解释为某种语言的某种"欠缺"，那么它是无法想象的。日本谈话者唯恐他的翻译会使日语与 Sprache（语言）的"对等词"看起来像一个象形文字，所以在说出之前一再犹豫。这种担心不无道理，因为他接下来用德文对"叶言"（Kotoba）的描摹，恰恰导致了他所担心的结果。最后，也是最重要的一点，在其对话者进行了冗长的描述之后，探询者在总结 Koto 的含义时，所强调的与这个日本词语的德文翻译有所不同。它作为一种挪用的姿态，被海德格尔用来解说他本人关于道说或者 Sage 的理论。日本对话者在后面把这种理论描述为："因为必定要有某个东西自行发生，借此为传信开启并照亮道说之本质得以在其中闪现的那个浩瀚之地。"虽然"die Sage"（道说），"der Botengang"（传信）和"zuleuchten"（照亮）这些词语似乎和他对于日语词汇"叶言"相当自由的翻译遥相呼应，即"das Ereignis der lichtenden Botschaftder der Anmut"（优美的澄明着的消息之大道发生），但是它们更为切题地说到这位哲学家本人关于 Ereignis（大道发生）、Eigenen（居有）、lichtung（澄明）等问题的沉思中所使用的喻说。[①] 我们从整篇对话中得知海德格尔对西方那些形而上学的表示语言的名称——德文的 Sprache，拉丁文的 lingua，法文的 langue 和英文的 language 等并不满意，认为它们已经被人们用作概念的标记，未能显示出语言的本质，

[①] 参见刘禾：《跨文化研究的语言问题》，载许宝强、袁伟编：《语言与翻译的政治》，中央编译出版社 2001 年版，第210页。

第四章 翻译文学的文化间性与接受性的关系

他说:"当我思考语言的本质时,我很不愿意用'语言'这个词了"①。他希望用"道说"(die Sage)这个词来代替"语言"。"道说"意谓:道说(das Sagen)及其所道说者(das Gesagte)和有待道说者(das zu-Sagende)。而何为"道说",海德格尔认为:"也许就是让显现和让闪亮意义上的显示(zeigen)相同,但让显现和闪亮乃以暗示方式进行。"② 所以当海德格尔听到日本对话者对"Koto"的解释时,他理解为德语"das Ereignis der lichtenden Botschaftder der Anmut"("优美的澄明着的消息之大道发生",后来他又进一步解释说日语词 Koto ba 所命名的语言本质就是"花瓣",就是从所有带来的慈爱的澄明着的消息中生长出来的"花瓣")时,于是他将这个关于"Koto"的德文翻译理解成与自己的"道说"相一致的喻说。而根据刘禾的分析这其中发生了挪用,"Koto"与"die Sage"不完全是一回事,这两个词发生挪用的语境是,追随海德格尔思想踪迹的日本谈话者对日语词"Koto"进行了相当自由的德文翻译。

由此可见,挪用的发生与理解者的"先见"有着密切的关系。挪用的发生虽源自个人的"先见",却是出于当下的需要。这个例子为我们展示了挪用的一个典型的情境,在翻译中这样的情境是常见的,挪用常常会不着痕迹地发生。挪用不可避免地会带来意义的改变、增加或脱落。

三、译文中存在的文化互补性

互补性这一思想最初来自本雅明。按照本雅明的观点,本源语中的原文和接受语言中的译文必须服从第三种概念,die reine Sprache,或者说纯语言,它"不再意指或表达任何东西,而是就像那不可表达的、创生性的太初之言,在所有语言中都有意义"③。纯语言之说与本雅明思想中的神学命题④有着密切的关联。在本雅明那里,纯语言将原文和译文同《圣经》那至尊的箴言联系在一起,纯语言属于上帝的记忆王国,原文和译文在那里以一种互补的关系共同

---

① [德]马丁·海德格尔:《通向语言的途中》,孙周兴译,商务印书馆1999年版,第118页。
② 同上书,第118页。
③ Walter Benjamin, *Illuminations*, Harry Zohn (Trans.), New York: Schocken Books, 1968, p. 80.
④ 本雅明的语言观为卡巴拉神学之语言神授论。

存在着。原文和译文与"纯语言"的关系就是《译者的任务》中的"花瓶"与"碎片"的关系。正是在这个意义上,我们"应该考虑语言作品的可译性问题,即使可以证明人没有能力翻译它们。"①

本雅明的互补性观念,在德里达重新思考翻译过程所包含的起源、意图的概念,以及不同语言之间的关系时,获得新的重要性。也就是说,翻译不再是"某一绝对纯粹的、透明和明确的可译性的视野内"② 语言之间意义转换的问题。原文和译文互相补充,从而创造出比单纯的翻版或复制更为丰富的意义:"这些语言以一种前所未有的形式在翻译中相互关联。它们互相补足","可是世界上没有任何其他一种完整性能够代替这样一种完整性,或者说这样象征性的互补性。"③

互补性思想体现的是解构主义翻译观,它萌芽于本雅明,在德里达那里得到进一步的发展。这使得对原文的忠实性问题得到了前所未有的挑战。既然翻译不再是"某一绝对纯粹的、透明和明确的可译性的视野内"语言之间意义的转换,对等是建构性的对等,所谓忠实性也就化为乌有。笔者认为,互补性也同样指向翻译中的文化间性思想,它从哲学高度再次印证了翻译的间性品质,而且正是由于译文的互补性或间性使得译文成为原文的生命之再生。

四、翻译体所起的作用

在这一节中,笔者借鉴刘禾在《语际书写》第四章("不透明的内心叙事:从翻译体到现代汉语叙事模式的转变")中对"自由转述体"在老舍作品《骆驼祥子》中的运用的考察,说明从翻译体中借鉴的新形式在汉语语境下所产生的特殊的文体效果。

一般认为,"自由转述体"是法国19世纪作家福楼拜最早发明的。它第一次出现在小说《包法利夫人》中时,在读者和批评家中间引起很多注意,

---

① Walter Benjamin, *Illuminations*, Harry Zohn (Trans.), New York: Schocken Books, 1968, p. 82.
② Jacques Derrida, *Positions*, Alan Bass (Trans.), Chicago: Chicago University Press, 1981, p. 20.
③ [法]雅克·德里达:《论瓦尔特·本雅明:现代性、寓言和语言的种子》,载郭军、曹雷雨编:《围绕巴别塔的争论》,陈永国译,吉林人民出版社2003年版,第201页。

第四章
翻译文学的文化间性与接受性的关系

可当时主要是误解。但自此以后,欧洲文学的叙述模式就开始经历一场深刻的文体革命。"自由转述体"从逐渐被人认识、接受、翻译一跃成为小说正统。①

这种文体的效果很特别,相当于叙述人在用自己的语法"模仿"别人的语气说话,它既不同于直接引语又有别于传统的"间接报道"。而后者一旦开始模仿人物的语气说话,也就化为自由转述体了。"自由转述体"给欧洲小说带来了一场深刻的革命,它不仅使"内心叙事"获得了空前的自由度,而且为心理写实主义提供了极好的文体形式。"自由转述体"打破了"直接引语"和"间接报道"之间的界限,在两者之间做了一次意义重大的调和,它意味着叙述人可以不必借助直接引语,但依旧能够用人物自己的口吻说话。英国翻译家 David Hawkes 曾经使用大量的"内心叙事"的手法,翻译曹雪芹的《红楼梦》。如小说第三回,黛玉初见宝玉的那一刻心理活动,书中是这样写的:"黛玉一见,便吃一大惊,心下倒想:'好生奇怪,倒像在哪里见过一般,何等眼熟到如此!'"Hawkes 的译文是这样的: "Dai-yu looked at him with astonishment. How strange! How very strange! It was as though she had seen him somewhere before, he was so extraordinary familiar." 在译文中,译者有意省去了"心下倒想",对黛玉的那一段内心独白做了另一番处理,把曹雪芹的"引述"化为"自由转述"。Hawkes 的译文可称为典型的翻译体。可以这样说,西方文学中"自由转述体"对汉语叙事模式的影响就有点像 Hawkes 译文的再次汉译。老舍的创作就是在英语和汉语之间创造出一种类似于翻译体的"内心叙事"——一种独具汉语特色的"自由转述体"。《骆驼祥子》是一个典型的例子。这部小说的重头戏几乎都是靠"内心叙事"的无声戏完成的,叙述人的"自由转述体"是贯穿全文的一条主线,而且用得极为圆熟。

老舍小说的"内心叙事",特别是自由转述体,与他所熟悉的英国小说和汉语的翻译体有着密切的关系。但是却有着汉语自由转述体独特的文体效果。原因在于英语与汉语句法的不同。区别英文中自由转述体和直接引语的重要文体手段,一是时态的变化,二是人称的变化。而在现代汉语中,没有时态的变

---

① 参见刘禾:《语际书写——现代思想史写作批判纲要》,上海三联书店1999年版,第118页。

化，人称也是既可有，也可无的。因此，在汉语中，当人称被省略时，内心叙事就有可能在自由转述和直接引语或间接报道之间变动不拘，而且界线变得非常微妙。也就是说，由于人称代词的省略，自由转述体几乎与不加引号的直接引语没有区别，甚至也和省略了主语的间接报道十分雷同。由于叙事模式之间界限变得十分微妙，这大大加强了内心叙事的透明效果，使内心叙事的语言变得更加流畅，同时不会失去直接引语给读者带来的逼真感。而后一点由于时态的转换，英文是很难做到的。

我们可以从下面一段原文与译文的比较中清楚地看到这一点。两段文字分别选自老舍的《骆驼祥子》和 Jean M. James 的英译本：

门外有些脚印，路上有两条新印的汽车道儿，难道曹太太已经走了吗？

不敢过去敲门，恐怕又被人捉住。左右看，没人，他的心跳起来，试试看吧，反正也无家可归，被人逮住就逮住吧。轻轻推了推门，门开着呢。顺着墙根子走了几步，看见了自己屋中的灯亮，自己的屋子！他要哭出来。弯着腰走过去，到窗外听了听，屋内咳嗽了一声，高妈的声音！他拉开了门。

There were footprints in front of the doorway and new tire tracks on the street. Could Mrs. Ts'ao possibly have left already? He didn't dare push at the door; he was afraid someone would grab him again. He looked around and saw no one. His heart began to thump. Try taking a look. There's no other house to go. Anyway, if someone arrests me, then I'm arrested. He pushed gently at the front door, and it opened. He took two steps in, staying close to wall, and saw the light on in his room. In his own room! He felt like crying. He crept up to the window to listen and heard a cough. It was Gao Ma's voice. He opened the door.

这段描述的是祥子第二次遭到命运的捉弄，全部储蓄被人抢走，回到曹家小院的心情。汉语原文中，由于人称代词的省略，自由转述体几乎与不加引号

第四章
翻译文学的文化间性与接受性的关系

的直接引语没有区别,甚至和省略了主语的间接报道十分雷同(见划线的句子)。如果给它们加上引号,它们立即就变成了直接引语。我们看到,在汉语中从外部叙事到人物内心叙事无须任何语言形式的转变,这不仅使叙述更加流畅,而且能够使内心叙事达到一种逼真透明的效果。而这种优势在译文中由于人称和时态的介入受到了很大的影响。原文中老舍仅使用三次人称代词"他",英译本用了十二次,其中包括主格、宾格和所有格。此外,译者还使用了第一人称 I 和 me,把有些句子作为不带引号的直接引语处理,时态上选择了与之呼应的现在时,而汉语原文是颇能维持模棱两可状态的。

综上所述,翻译过程中所获得的文化间性是影响发生的必要条件。在翻译作品接受的过程中,还存在着一个内驱力的问题。强烈的期待视野和文学利用心理往往会遮蔽外国文学作品中的其他内涵,甚至根本上就是误读。不同的时代、不同的作家对待外国文学作品的态度往往是各取所需,从中汲取对自己有用的东西,亦即根据一种"内在必要性"来接受外来影响。

以上情形使我们看到翻译的复杂性,它绝不是一个透明的过程,不是简单的语言对等转换。笔者对翻译的认识为,它是一个原语与译语彼此渗透的过程,也是意义以及意义所承载的文化的相互渗透的过程,借助这种渗透翻译才能完成自己的使命,使译作进入目标语文化系统,使这个系统产生变化的同时延续了原作的生命。

从以上几个方面的分析中,我们可以看到翻译本身的影响作用。我们的分析虽然是建立在英汉互译语料的基础上,但是同样适用于汉语与其他语言之间的转换,因为我们研究的是翻译过程中的共性问题,译者的阅读和表达也遵循着同样的规律。就意义而言,无论源语和目标语之间的差异是大还是小,同样存在着词义的非对等现象,存在着词义分割的不同,也就同样存在着翻译过程中词义的虚拟对等,它既有对原词意义的引进也有对原词意义的改造。而由于文化系统的差异,译者期待视野的作用,以及翻译话语实践的目的,翻译过程同样也会存在不同程度的引用、借用和挪用。

本书的上编各章对翻译文学的文化间性进行了理论论证,探讨了翻译文学的文化间性与影响之间的关系。第一章和第二章分别从译者的阅读和译者的表达这两个方面对翻译的间性进行了阐述。其中还涉及了译者的主体性问题,虽没有列专题讨论,但其思想散见其中。首先,从译者的阅读看,姚斯和伊瑟尔珠联璧合的接受美学理论使我们能够透视文学作品的阅读过程,任何一部文学作品都是在历时性和共时性的结合点上得到阐释的,从某种意义上说,这种结合也是作品与读者的结合,任何一部作品也都是在读者的期待视野中得到阐释的,作品可使读者的期待视野维持不变,也可使读者的期待视野发生更新,反过来说,读者也因为期待视野的作用而使自己与作品产生视界融合,从而将自己的知识结构读入对作品的阐释中。读者与作品的互动关系,在译者的跨文化阅读中有着更强烈的效应,这会表现在视界融合发生之前的文化碰撞以及发生之后的文化误读。这样一部作品就会在译者的期待视野中得到不完全相同于其在原有文化中的阐释。

其次,从译者的表达看,对可译性的限度的研究表明,经过翻译的原作在语言形式和意义上都会发生不同程度的改变。这是翻译的本质所决定的,因为从哲学上讲没有任何东西可被化约成为它自身以外的东西,但是翻译却只能通过一种事物说另一种事物,这样一来,认识上的暴力和表达上的叛逆就成为无可避免的事情了。由于翻译是用甲来表达乙,结果必然呈现甲和乙之间的间性关系,既包括甲乙之间形式和意义上的等同或部分等同,也包括乙对甲形式和意义上的挪用和侵越。从这个意义上说,译作是目标语文化对原著的接受形式,在它的内部充满着两种文化的间性存在,也包含着目标语文化对源语文化的误读。正是由于这些中和及误读,原著进入了目标语的文化系统,并将产生进一步的影响。

最后,从译者的主体性上来解释翻译的间性品质。当代哲学、当代阐释学的研究成果及其对翻译研究的影响使得当代翻译理论呈现出一个最显著的特征,就是对译者主体性的高度重视。在主体性彰显的理论背景下,译者的角色定位发生了相应的变化。译者由原来单一的、原作的、忠实的代言人转而被定位在原作代言人、创作者、改写者、征服者、调解者及权力运作者之间。译者以上所有身份几乎都无一例外地表明了译者的双重文化认同,他是翻译作品文化间性的真正缔造者。

第四章
翻译文学的文化间性与接受性的关系

  在下一编的内容里,笔者将研究当译作进入目标语文化系统中之后的情形,探讨它如何对本土文学产生了影响。通过对具体的作家和作品的分析,验证影响的存在以及与文化间性的关系。具体而言就是研究中国的先锋派文学是如何在翻译文学的影响下诞生的。

下编

实证部分

103-244

01 Chapter

第一章
中国先锋小说产生的历史背景

第一节　社会转型期的现代性①焦虑

中国的先锋派小说诞生于 20 世纪 80 年代中期。"文革"结束以后，中国社会进入新的转型期，随着社会政治变革和意识形态的开放，中国人的现代性

---

① 现代性是一个含义丰富的概念，具有多义性，它的使用范围涉及不同的领域，所以本注释仅对它在本文中的使用概念作一说明。在本文中现代性主要用于指那种其主要特征与传统文化特征相对立的文化状态，因为现代性意味着一种"反传统的传统"。它具有一种新的感受和思考时间价值的方式——一种使人对进步进行思考的发展的时间意识，这种进步意识与对科学技术现代化的信仰有关。伊夫·瓦岱在《文学与现代性》（北京大学出版社 2001 年版，第 35 页。）中认为："现代性，就一般意义而言，不管是面对传统文化的'空洞性'的现代性或者'危机性'的现代性，没有人会否认，它从来没有像现在这样与时代息息相关。它不但没有毁于自身的矛盾，而且还从中汲取养分。'现代性'变成了现代社会的代名词，它表现出了融合社会逆流和突变的能力。"因此，现代性在很大程度上是与相对于那个社会的进步的意识形态相关联的。"现代主义"也就是从思想角度而言的，与改良和进步有关的"现代性意识形态"，它在本质上是对现代性的寻求。在文学上，现代主义与形式主义相关联。而现代性与进步意识形态之间的关系为哈贝马斯与"后现代"派之间展开的辩论提供了基础。如果把现代性看作"启蒙时代"的遗产，认为它与进步理性主义不可分离，那么否认历史进步论，否认黑格尔的理性辩证法，就是对现代性的背离。这就开始涉及后现代和后现代主义的问题。本文对现代性、现代主义和后现代主义这些名词的使用主要是基于这样的意义框架。

精神诉求越发强烈。转型时期的中国人又一次面临集体经验的断裂和"生活世界"的瓦解,长期占支配地位的社会价值观念、思想观念和道德观念等,都发生了重大变动甚至解体。这种历史的断裂感以及对自身生活丧失解释力的苍茫感使得中国的知识分子竟然一时"失语"。他们在经历了"伤痕"和"反思"之后,开始"寻根",想通过"理一理我们的根"重返民族文化空间,在发掘文化厚土的同时寻觅生命和创作的激情与想象力,因为他们认为"民族文化的呼唤"是一个"更深沉、更浑厚因而也更迷人的呼唤",他们期待着中国文学能像拉美"魔幻现实主义文学"一样焕发出第三世界民族的光芒。而在这旧的秩序风蚀剥落,新秩序处于变动不居的雏形期,同样被现代性焦虑困扰着的较年轻的一代作家,他们如历史上的"五四"先辈作家一样把目光投向了西方,在西方现代派翻译文学及文学理论的熏陶和影响下,用形式化革命的方式对独占中国文坛的现实主义文学进行了反叛,在小说创作领域进行了一场中国现代主义文学的实践,因其带有明显的现代和后现代特征,故被称为中国先锋派小说。这批先锋派作家试图将这个断裂与重建时期的全部激情、混乱、沉思和反叛以崭新的个人化叙事——记录在案。

由此可见,中国先锋派小说产生的历史条件要从两个方面来说:一是社会主义的困境,它既来自社会主义体制结构中出现的问题,也来自全球资本主义体系的挤压。这一困境造成中国人集体经验的断裂和"生活世界"的瓦解;二是"全球文化"的交流和影响。在外来的影响下,作为历史主体的"前现代"民族的自我意识日益明确,它产生了不可遏止的表达欲望,而这种表达激发了新的文化和文学话语形式——"先锋文学"。先锋文学正是以其语言上的突破而把自己变成了某种潜在的社会经济、政治、文化转变的美学结晶,而其高度自主的叙事和逻辑,则将一代人经验的历史生成有效地记录在案。总之,中国先锋小说产生的社会条件可以分为内部和外部两个方面:内部条件表现为一种现代性焦虑,它是引进外来影响的内驱力。外部条件表现为各类影响因子的空前活跃,具体来说就是大量的现代派和后现代派文学资源(包括思想资源)经过译介进入中国。因此我们应该从这两个方面来解释中国先锋文学这一"超越"历史条件的文化创造。

第一章
中国先锋小说产生的历史背景

如果说新时期以前,中国知识分子强烈的民族国家意识是与国家的内忧外患联系在一起,那么新时期知识分子的民族国家意识主要源自一个"前现代"民族在西方现代化浪潮的包围和冲击下的一种自卫反应和焦灼情绪(即落后的鞭子抽打在身上的焦虑——一种现代性焦虑)。这里就引出一个非常复杂的问题,即民族性与现代性的关系问题。荷兰著名文化学家皮尔森曾指出文化常常表现出其超越性与固有性的紧张关系。一方面超越性体现为文化的现代性要求,而另一方面固有性又体现为文化的民族性要求。同样是站在民族国家的立场上的知识分子,对传统却往往有着截然不同的态度。鲁迅常常被看作批判传统一派的代表人物,而沈从文则常常被看作依恋传统一派的代表。批判传统的一派认为只有在批判传统中才能达到"现代意识";依恋传统的一派则认为只有承接传统才能产生现代文化。就"世界文学"而言,前者认为只有超越民族文化的局限,与国际接轨,才能进入世界文学的格局;而后者则认为越是民族的,就越是世界的。这些矛盾贯穿着20世纪80年代的文化思潮,也贯穿着整个20世纪的中国。

正是这一矛盾使现代性焦虑表现为两种形式。面对现代性的压力,中国文学思潮朝着两极离心飘散,一极是中国传统"文化热",它导致了寻根文学的诞生,如王安忆的《小鲍庄》、张炜的《古船》、郑义的《老井》等,力图构筑现代民族国家的"宏伟叙事"的寻根小说,"寻根"并非仅仅出于那种被一再夸大的"文化"兴趣,以及被一再批评的"传统"癖好,而是出于一种整体的意识形态,这就是民族国家的现代化要求。传统作为想象的资源,是现代民族国家话语组织的需要,是对"传统"的利用,是在全球范围内现代化浪潮冲击下所"制定"出的文化战略,其最终的目的是指认出不可替代的现代民族国家——中国,一个走向世界、走向未来、走向现代化的中国,一个具有自身传统、自身文化、自身民族印记的中国,一个"在路上"的蓬勃发展的国家。因此,"寻根文学"可以上升到"文化战略"的高度,将其视为一个民族国家对现代化冲击的反应。

另一极是西化思潮,20世纪80年代中期中国的另一些知识分子又一次像"五四"人一样选择向西方学习,引进西方的思想文化资源来构建我们的现代性。四川人民出版社率先在80年代初期出版了百余本的"走向未来丛书",

其中大部分是翻译介绍当今世界最新的科技、人文、社会学科和政治法律等方面的著作。上海译文出版社紧跟着出版了"现代西方哲学译丛"，其中一本卡西尔的《人论》使中国学界对人和人的观念的思考、人的自身价值的思考找到了一个突破口。其后，北京三联书店全力推出《文化：中国与世界》、"学术文库"、"新知文库"，翻译出版近百部西方现代典籍，更是前所未有地推动了80年代整个中国思想界"西化"的进程。人们不仅接触到了康德、新康德主义、黑格尔、新黑格尔主义，也接触到了现象学、解释学、弗洛伊德主义、存在主义、西方马克思主义、逻辑分析哲学以及当代政治学、法学、教育学、历史学等。这批不可小觑的思想资源，使得知识分子在中国与西方、传统西方与现代西方、决裂与选择的双重痛苦中，重新锻造自己的批判意识、学术品格和怀疑精神。

西学书籍的大量出版在思想领域掀起了阵阵热潮，其典型的表现就是体现在哲学、美学和文学上的思想解放运动。在哲学方面，1985年被称为方法论年，这一年由"旧三论"即信息论、控制论、系统论到达"新三论"即协同论、耗散结构论等，又进一步从自然科学的方法向人文科学的方法延展。于是，现象学方法、解释学方法、西方马克思主义方法、女权主义方法、弗洛伊德精神分析法、荣格神话原型法、结构主义方法等都涌进了学界。这些方法使中国在哲学、美学方面出现了新的阐释层面和新的研究角度，评论者运用这些新方法理解和分析作品，揭示中国人的心理结构，挖掘意识形态的权力运作模式。它所带来的结果是"思维空间"得到了极大的拓展，"价值维度"得到了重新关照，"主体精神"亦有了相当大的发展。接着由方法论层面推进至本体论的构架，在1986年又出现了"本体论"热，关注生存、价值、对话、心灵交流等一系列哲学、美学、文学问题。不仅注意到宇宙"时空本体"的总体存在性，现代"人的本体"的存在语境与状况，而且注意到文学"作品本体"存在的诗意表述，"主体间性"存在的价值本体"交流"，以及读者和作者间的"本体对话"等问题，使得文坛出现了理论深化和文学作品的深度意义发掘的连锁效应。其中，主体性和主体间性理论对文学创作以及文学翻译都产生了相当大的影响。

第一章
中国先锋小说产生的历史背景

在西方美学精神的影响下,20世纪80年代另一个重要的人文景观,是全民族的"美学热"。美学热不仅是理论的自我更生,而且是被压抑的感性生命解放的勃发形式。当思想解放以美学热的方式表征出来时,美学实际上成为当代新生命意识存在的浪漫诗意化的表达——对人自身感性存在意义空前珍视和浪漫化想象。人的理性化和感性诗意化整合,人的主体的无穷膨胀和主体精神的高度伸张,这一切铸成了当代中国美学的精神内核。美学成为了思想解放、价值重估、意义伸展的别名,甚至成为全民心灵狂欢的当代"仪式",此时的文学也由以往的关注社会转向关注人的内心。这种变化可以看作西方酒神精神对中华民族的一次洗礼,也有人认为是西方的非理性与中国狂狷文化①的历史性契合。它对先锋文学的影响体现在先锋作家对小说形式极度的热衷、高度自主的叙事逻辑以及颓败与狂狷的精神意气等方面。

西化思潮带来的是传统思想与现代理念的激烈碰撞,也因此产生一批以精神与信仰的"救赎"为己任的文化精英分子,他们呼唤精神在超越之思中脱胎换骨,心灵从此岸向彼岸迈进,拯救成为一代精英的主题。反文化专制主义,反低级趣味,反伪审美,成为20世纪80年代精英文化的典型写作模式。因此叙事语言和审美趣味均向大气、宏伟、终极方面发展。寻根作家们所做的努力就是要通过文学来拯救民族文化和民族精神。但是,当精神终于受挫时,拯救他人则贬为拯救自我,启蒙他人则成为精神的消隐逃亡。而这种拯救个人精神的乌托邦则是由先锋文学来书写的。

---

① 狂狷一词最初为古代教育术语。语出《论语·子路》:子曰:"不得中行而与之,必也狂狷乎,狂者进取,狷者有所不为也。"《孟子·尽心下》:"孟子:……孔子岂不欲中道哉?不可必得,故思其次也。""敢问何如斯可谓狂矣?"曰:"如琴张、曾皙、牧皮者,孔子之所谓狂矣。""何以谓之狂矣。"曰:"其志嘐嘐然,曰'古之人。古之人。'夷考其行,而不掩焉者也。狂者又不可得,欲得不屑不洁之士而与之,是狷也,是又其次也。"由此可见,狂者指那些志高言大的狂放之人,狷者指无不洁行为的拘谨之人。两者都不是孔子所推崇的为人,孔子推崇的是行为不偏不倚的中道之人。后来狂狷一词逐渐演变为指文人中的放达和隐逸之士,名士们也大致分为两类:"狂"与"狷"。狂者,任情率性,狂放不羁,天马行空,独往独来;狷者,情性耿介,非同流俗,劲节高标,傲岸千古。而狂狷文化即指与这一现象有关的文化。

109

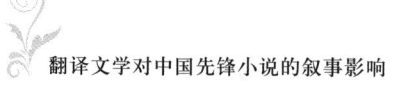

对文学来说，80年代是一个生机勃勃的年代，是一个最具革命欲求的年代。它形成了观念不断更新，思潮迭涌的现象，小说思潮有着几乎是各领风骚一两年的势头。特别是寻根文学和先锋文学的出现，这两种表面上难以协调、融构的小说现象，其实以不同的方向带来了动摇现实主义模式小说，提出新小说的文学行动。一个是在文化热的遮蔽之下，而另一个则以解构作为旗帜。它们似乎涉及对小说的本体论的不同理解。寻根小说欲从传统文化、民族文化去论证民族之根、民族的生命之根，似乎要去承担文化重建这一沉重的历史使命。然而先锋小说恰恰要突入那些"颓败之堡"做继续拆除的工作，而不是恢复昔日的辉煌，先锋派的口号是"先锋便是自由"，他们反对文学作为政治和文化的工具，坚持文学需要向文学本体回归。不论是寻根还是先锋都是现代的行为，它们都具有挑战既成模式（小说和文学模式）的功能，也以鲜明的文化主张形成了类似"主义"的话语，都蕴含着价值判断的社会化思想因素，而它们的本质区别是在对待传统与现代性的关系问题上。寻根小说试图以传统和民族文化可以发生现代性转化的论证，进入社会化的文化讨论，事实上它也成为20世纪80年代到90年代文化保守主义的始作俑者之一；先锋则以更具个人的、更个体的色彩的言说，（但多个个体的、激进的言说汇成河流），猛烈地冲击着传统的知识学体系，提出了反省整个现存的知识形态这一重大命题，个体意识与社会思想发生了不可避免的冲突，其余波波及下个世纪。所以寻根和先锋，都有包含着一种挑战既成模式的现代性冲动，使80年代文学界出现了个体思想和写作的自由探索与既成模式之间的紧张关系。

第二节　中国先锋小说的特定所指

"先锋"一词最初是一个军事术语。在汉语里，"先锋"最早出现于《三

第一章
中国先锋小说产生的历史背景

国志·蜀·马良传》:"时有宿将魏延、吴壹等,论者皆言以为宜令为先锋。"①此处的"先锋",即指战时率领先头部队迎敌的将领。在西方,"先锋"最早出现在法语中,即 Avant Garde,也是军事术语,指部队的尖兵。后来,"先锋"一词逐渐被用于政治领域,如在英法空想社会主义思潮兴起时,"先锋"用来指各种具有超前意味的社会制度和结构形态,曾一度成为乌托邦社会主义圈子里一个流行的政治学概念。与此同时,这一概念也被画家、作家,特别是文学批评家所借用。"先锋"概念真正进入文学领域,即"先锋派"的萌芽,则是在19世纪的欧洲。《剑桥百科全书》记载:"先锋派(Avant Garde),最初用以指19世纪中叶法国和俄国往往带有政治倾向的激进艺术家,后来指各个时期具有革新实践精神的艺术家。"②法国先锋派作家尤涅斯库对先锋派做了这样的概括:"(先锋派)应当是一种前风格、是先知,是一种变化的方向。"③美国学者雷纳多·波乔利在《先锋派理论》一书中对先锋派的特性进行了详细的分析和归纳,认为它的第一个特点是"行动态势"(Activism),即"心理动势"(Psychological Dynamism),这是先锋派最浅层意义,主要是崇尚冒险、追求惊人效果,具有"新奇甚至怪异的狂热"。第二个特点是"对抗态势"(Antagonism),这是它的最大特点,即对抗公众和对抗传统,用"个别性"对抗公众,用"创新性"对抗传统。第三个特点是"虚无态势"(Nihilism),与"行动态势"相反,它追求"无为"(Nonaction),超出对抗,否定一切,进而否定自身。第四个特点,也是最重要的特点,是"悲怆态势"(Sadness):"它不是心灵的被动状态,不是被灾难压垮,而是把灾难变成奇迹。"④中国当代批评家赵毅衡认为判别先锋派有四个标准:(1)形式上的高度实验性;(2)力求创新,刻意创造困难的形式,似乎有意为难读者,颠覆

---

① 《辞源》(修订本),商务印书馆1988年版,第151页。
② [英]大卫·科里斯特尔:《剑桥百科全书》,中国友谊出版公司1998年版,第91页。
③ [法]欧仁·尤奈斯库:《法国作家论文学》,王忠琪等译,生活·读书·新知三联书店1994年版,第68页。
④ 赵毅衡:《雷纳多·波乔利〈先锋理论〉》,载《今日先锋》1995年第3期。

读者的阅读期待;(3)先锋派往往受到同行的侧目,甚至受到同行的反对;(4)它有能力为艺术发展开辟新的可能性。①吴义勤在其《中国当代新潮小说论》中认为先锋派应满足两个条件:(1)它是文学创作中勇于创新的尖兵;(2)这种创新对于后来的文学发展具有方向性的意义,能赢得一定声势的追随者。②张清华则认为"先锋"在文本中不是一个固有和既成的静态模式,它是一个过程,一种在历史的相对稳定状态中的变异与前趋的不稳定因素。在内涵特征上,它主要有两个层面:一是思想上的异质性,它表现在对既成的权力叙事和主题话语的某种叛逆上;二是艺术上的前卫性,它表现在对已有文体规范和表达模式的破坏性和变异性上。而且这种变异还往往是以较为"激进"和集中的方式进行的。因为在文学的演变过程中,变革的因素是永远存在的,但"激变"却不常有,唯有一度时间中的激变,才构成"先锋"式的运动或现象。③

总而言之,先锋派就是为了文学的自由对一切既定成规进行反叛的变革力量,它造成了文学领域中的"激变",形成一股新的潮流并产生了广泛而深刻的影响。文学史上的先锋派往往如一匹横空出世的野马,以其桀骜不驯的创作姿态,蔑视并狂傲地践踏一切它视为僵死的规范与窠臼。然而,纵观文学史,任何被先锋派搅起的文坛旋风终究都会尘埃落定,狂风平息之时,也就是先锋派消亡之日,因为那昨日的"先锋"可能代表了今天的规范,必将成为明日"先锋"反叛的对象。因此,先锋精神就是一种勇往直前的探索,从这个意义上说先锋精神就是一种现代性精神。马泰·卡林内斯库在《现代性的五副面孔》中阐述了这种联系:

> 由于现代性的概念既包含对过去的激进批评,也包含对变化和未来价值的无限推崇,我们就不难理解,为何现代人喜欢把"先锋"

---

① 赵毅衡:《先锋派在中国的必要性》,载《花城》1993年第5期。
② 吴义勤:《中国当代新潮小说论》,江苏文艺出版社1997年版,第2页。
③ 张清华:《从启蒙主义到存在主义——当代中国先锋文学思潮论》,载《中国社会科学》1997年第6期。

第一章
中国先锋小说产生的历史背景

这个有点牵强的比喻用于包括文学、艺术和政治等的各个领域,特别是在过去的两个世纪里。这个概念明显的军事内涵恰好指明了先锋派得自于较广义现代性意识的某些态度与倾向——强烈的战斗意识,对不遵从主义的颂扬,勇往直前的探索,以及更一般层面上对于时间与内在性必然战胜传统的坚信不疑(这些传统试图成为永恒、不可更改和先验的确定了的东西)。正是现代性本身与时间的结盟,以及它对进步概念的恒久信赖,使得一种为未来奋斗的自觉而英勇的先锋派神话成为可能。历史地看,先锋派通过加剧现代性的某些构成要素、通过把它们变成革命精神的基石而发其端绪。因此,在十九世纪的前半叶乃至稍后的时期,先锋派的概念——既指政治上的也指文化上的——只是现代性的一种激进化和高度乌托邦化了的说法。①

而先锋文学的现代性也表现在对旧的文学体系的自由反叛上,先锋文学的责任就是消解一切陈旧的文本,改变人们的经验方式,从更高程度上恢复艺术本质和生命本质。比如,现代主义文学反叛理性,对人的潜意识状态进行了卓有成效的发掘,揭示出被理性长期遮蔽了的人的某些本质,展示被理性秩序所统摄、所压制甚至所扭曲了的生命基质。而后现代主义作家则认为现代主义的反叛不彻底,还在寻求"顿悟"来照亮人的精神,他们干脆以解构的方式,直接进入无序性精神秩序的表达。由此前进一步,我们就发现先锋意味着不断冲锋,只有那些冲在最前面的才是真正的先锋。现代主义在它诞生的初期是反叛现实主义文学的先锋,但是在后现代主义时期,它又成了另一先锋——后现代主义文学的反叛对象。

对比上述关于"先锋派"的概念和定义,中国并没有真正意义上的"先锋派"。但是,"先锋派""先锋文学"作为对当代中国诗歌运动和小说现象的某种指代,多年来已广为评论界所谈论。综观已有论述,都是对某个具体流

---

① [美]马泰·卡林内斯库:《现代性的五副面孔》,顾爱彬、李瑞华译,商务印书馆2004年版,第103页。

派、群落和现象的指称，如在诗歌领域主要指20世纪80年代后期以来具有实验倾向的青年诗歌群落，后来又有论者将之广延为包括朦胧诗在内的当代诗歌中的创新一族；在小说领域，"先锋派"称谓稍晚，所指亦相对狭义，基本上指自1985年前后鹊起的马原等人，以及在他们之后崛起的苏童、余华、格非、孙甘露等新潮青年作家。虽然新潮小说很难与真正意义上的先锋派相提并论，但其表现在对小说观念、小说传统、小说形式和内容诸方面的反叛倾向和创新追求仍然具有相当的先锋特质，评论界将它们称为"先锋小说"也包含一种对法国"新小说"的比附之意。新潮小说的创作者主要是20世纪50年代末60年代初出生的一群有较高学历和文学修养的青年作家，他们受到西方从现代主义到后现代主义等众多不同作家作品的影响，不满于中国文学长期以来的固定模式和陈旧技巧，试图通过小说形式的探索和实验来改变中国小说的面貌，从而实现他们走向世界的文学抱负。

中国批评界对中国先锋小说的划分存在某些不一致的地方，但是比较一致的看法是将马原、洪峰、孙甘露、余华、格非、残雪、苏童、潘军、北村、吕新、叶兆言、叶曙明、杨争光等为代表的作家的在80年代中期的创作称为中国的先锋派小说，也称其为中国的"后现代主义"小说。

按照吴义勤的分析，中国当代先锋小说在它不长的历史里至少经历过了三次大的浪潮：

1985年前后以马原的出现为标志的第一次浪潮。马原在1985—1986年度的异军突起无疑是中国当代文学最具革命性的事件。马原作为一座丰碑，他的作品宣告了先锋小说的真正面世，其话语价值是无可替代的。实际上，马原正是先锋小说的扛大旗者，一大批新潮作家都是在他挥动的旗帜指引下聚集起来投奔新文学事业的。马原的意义在于他是中国当代第一个真正意义上的形式主义者。他第一次在实践意义上表现了对小说的审美精神和文本语言形式的全面关注，并把文学的本体构建作为自己小说创作的绝对目标。

1987—1990年，是中国当代先锋小说的第二次浪潮。第二次浪潮的主将是比马原更为年轻的后生，他们又被称为"马原后"作家。当然，1987年并不是一个绝对的界线，他们的代表作家洪峰、孙甘露、苏童、潘军、余华、格

第一章
中国先锋小说产生的历史背景

非、北村、吕新、叶曙明、杨争光等都是在 1985、1986 年前后就已开始了创作。只因马原当时太过耀眼的光芒而变得暗淡。当马原 1987 年停笔之后,他们才真正开始显山露水。这群作家的同时献技带来了中国小说最令人兴奋的一段时光,也是中国新时期文学成果最为丰硕的时期。他们在马原等"先锋"前辈的基础上进一步强化了小说作为一种叙事文本的本体性,进一步否定了功利主义文学的传统。他们凭借人多力量大的优势,几乎对小说理论的一切层面进行了全面、彻底、坚决而极端的清算、消解和颠覆。与此同时,他们也以自己的创作,彼此从不同的层面互补性地丰富、充实和构建了先锋小说的美学准则。这次浪潮在 1989 年前后开始"退潮",苏童、余华、北村等作家都开始热衷于故事性文本的创作而与"新写实小说"联合,叶兆言甚至已变成真正意义上的通俗作家。

20 世纪 90 年代先锋小说的复兴浪潮。随着先锋第二代的蜕化,人们纷纷预言了先锋小说的灭亡。应该承认,先锋小说第二代在达到了其巅峰的同时也走到了它的极限。各种各样的小说枷锁都被拆除了,各种各样的小说可能性都被实验过了,还有什么可做的呢?由于先锋作家们失去了继续探索的动力和目标,在商业时代到来的时候,他们也就纷纷被"通俗"招安了。然而,实际上先锋小说并没有如人们预言的那样真的消亡了,先锋火炬在 20 世纪 90 年代直至 21 世纪又出乎意料地再度燃烧起来了。先锋小说的复兴主要由两股力量促成,一股是 80 年代的先锋作家在销声匿迹了一段时间以后又各自挟持着他们的长篇创作重新杀入了文坛。苏童、余华、格非、孙甘露、吕新、洪峰、潘军都在短短几年内出版和发表了他们的长篇小说。残雪于 2003 年发表了《男孩小正》、《犬叔》等,2004 年又发表了《民工团》、《温柔的编织工》、《城乡接合部》、《工厂区生活》等作品;吕新在《当代作家评论》2004 年第 3 期上发表了《我把十八年前的那场鹅毛大雪想起来了》。而这些作品无论从思想蕴含和艺术形式上看都代表了这批作家小说创作的最高水平。另一股力量来自 90 年代一批晚生代新潮作家(亦称 90 年代先锋派)的崛起。他们的名字是:鲁羊、韩东、陈染、朱文、林白、东西、周仲陵、海男等。这批晚生代先锋作家在继续进行形式实验的同时大幅度增强了小说的写实成分,以至于他们被某

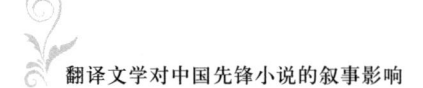

些评论划归为"新写实主义"作家以区别于前辈形式主义先锋派（参见吴义勤1997：10—17）。这一时期的先锋派与美国90年代以后出现的"后现代现实主义"创作倾向似乎有些共同之处。

中国先锋小说是在中国自身的变革要求和世界文学思潮经过翻译之后的影响这双重因素催生下于80年代中期以后滋生的文学现象。它的出现对中国文学的传统、现实和未来都具有很大的革命意义，其全新的小说范式对中国文学的经典理论和审美心理都具有强烈的颠覆性，中国当代的小说面貌也因此得到改写，而得以改写的原因就是中国80年代的先锋小说本质上是一次中国的现代主义和形式主义革命。

第二章
（后）现代派翻译文学的昌盛与中国先锋小说的兴起

第一节 （后）现代派翻译文学的昌盛

现代派思潮是20世纪80年代西化思潮的表现之一，其开端就是对西方现代派（包括后现代派）小说的大量而集中的译介。80年代是中国翻译文学出版与研究的勃发期。1979年以前，中国翻译出版的外国文学作品数量有限，而且多集中于苏俄现实主义文学。而1980—1989年的10年间，中国内地共出版100多个国家、近2000位作家的6000多种翻译文学作品。[①] 1979年，全国出版工作会议在长沙召开，首次确定了地方出版社"立足本省，面向全国"的方针。此后不久，中国内地涉及外国文学领域的出版社从三家（人民文学、中国青年、上海译文）猛增到40余家。经过1990年的调整，也还有20多家（同上），此外，还出现了专门的外国文学出版社（1979年从人民文学出版社分出，主要是系统地翻译出版现当代外国名著，以及相关的文学史、理论批评、人物传记、学术研究著作等）。其中著名的外国文学出版机构是：人民文

[①] 叶水夫：《中国译协第二次全国代表会议报告》，载《中国翻译》1992年第4期。

学出版社、上海译文出版社和南京译林出版社。中国内地的外国文学刊物也从《世界文学》一家，迅速发展为十余家，陆续创办的有：《外国文艺》、《外国文学》、《当代外国文学》、《译林》、《译海》、《外国小说》、《苏联文学》、《俄罗斯文艺》、《日本文学》、《外国文学动态》等刊物。这一时期外国文学的翻译和研究与出版发行呈现高潮局面，促成了中国历史上的第三次翻译高潮。长期被视为禁区的西方现代派作品也在这一时期经过翻译家的笔纷纷与国人相见。

袁可嘉主编的《外国现代派作品选》（四册八卷）是新中国成立以来第一次系统而精当地引进西方现代派文学，这套书由上海文艺出版社 1980—1985 年出版；《西方现代派文学论争集》（上、下册）由人民文学出版社暂以内部资料于 1984 年发行；1988 年，廖星桥著的《西方现代主义文学论集》，由北京出版社正式出版。

一些重要的现代派和后现代派作家的作品开始陆陆续续进入中国读者的视野。《尤利西斯》是一部意识流小说巨著，它是爱尔兰作家詹姆斯·乔伊斯酝酿十余年，用了 7 年时间写成的。与它诞生时（1918 年开始在美国一家杂志上连载，1922 年在法国正式出版）所遭受的大喜大悲的命运相似，《尤利西斯》在中国的命运也可谓是一波三折。早在《尤利西斯》出版的当年，在剑桥留学的徐志摩就读到此书并在他的《康桥西野暮色》前言中称赞它是一部独一无二的作品；20 世纪 90 年代成功译就《尤利西斯》的译者萧乾 30 年代末在剑桥初读此书时将它奉为"天书"并表达了对作者的无限仰慕；1964 年，袁可嘉在《文学研究集刊》第一期上发表的《英美意识流小说述评》，对《尤利西斯》持批评态度（60 年代对詹姆斯·乔伊斯的评价是"英美帝国主义的御用文阀"）；1979 年，钱钟书在《管锥编》（第一册，第 394 页）中用《尤利西斯》第 15 章的词、句（乔伊斯将 yes 和 no 改造为 nes 和 yo）解释《史记》中的"唯唯否否"；1981 年，袁可嘉等人选编的《外国现代派作品选》第二册关于意识流的部分收入了《尤利西斯》第二章的中译（金隄），并附有袁可嘉的短评，肯定该书的文学价值和地位（20 世纪 80 年代对乔伊斯的评价是"英国著名小说家"、"西方公认的意识流小说大师"）。1987 年，百花文艺出版了

第二章
（后）现代派翻译文学的昌盛与中国先锋小说的兴起

金隄的《尤利西斯》选译（萧乾夫妇的全译本及金隄的全译本分别在1994年和1996年出版）。

福克纳作为公认的与海明威齐名的美国20世纪最好的作家，对他的译介却是在80年代才开始的。对福克纳的译介，李文俊功不可没。80年代初，他就接到任务，负责撰写《中国大百科全书·外国文学》卷中关于福克纳的条目；在《外国现代派作品选》中介绍《喧哗与骚动》，在《美国文学简史》中谈南方文学与福克纳；在《外国文学研究资料丛刊》中收编"福克纳卷"。当时从事研究和翻译福克纳这方面工作的，除了李文俊几乎没有别人。1984年他在国内第一个翻译出版了福克纳的《喧哗与骚动》，首印10万册，影响相当大。由于它的译介，中国掀起了研究福克纳的热潮，他推动着一个热衷福克纳的时代。在中国，福克纳的名字是与李文俊的名字联系在一起的。

1999年新世纪出版社推出了一套丛书《影响我的10部短篇小说》，其中莫言、余华、皮皮均选了一篇卡夫卡的小说。其实，受其影响的远不止他们，还有宗璞、蒋子丹、格非、残雪等一批作家。卡夫卡可以说是最早感受到20世纪时代特征的人，也是最早传达出这种特征的先知。在卡夫卡这里，人们无法获得其他作家所共有的品质，无法找到文学里清晰可见的继承关系。因此，卡夫卡在中国作家心中最初引起的更多的是惊讶和不解，而不是认同和接受。但对于少数敢于探索、勇于冒险的作家而言，他的影响却是深刻而又长久的，并且通过这些作家，卡夫卡终于在中国扎下根来，如今已有越来越多的作家将卡夫卡引以为"知音"。

中国（大陆）当代作家对卡夫卡的接受和回应与中国的外国文学领域对卡夫卡的译介是分不开的。而中国对卡夫卡的翻译介绍比较晚，解放前对卡夫卡的零星介绍还不足以引起作家们的注意和重视。大概到了1966年，才由作家出版社出版了一部由李文俊、曹庸翻译的《〈审判〉及其他小说》，其中包括卡夫卡的6篇小说：《判决》《变形记》《在流放地》《乡村医生》《致科学院的报告》《审判》。但这部小说集当时是作为"反面教材"在"内部发行"，只有极少数专业人员才有机会看到，中国作家恐怕很少有机会读到这个译本。1979年年初《世界文学》杂志刊登了由李文俊翻译的《变形记》，并发表了署名丁方、施文的文章《卡夫卡和他的作品》，卡夫卡及其作品才算是第一次在中国公开亮相。接下来，1980年，汤永宽翻译的卡夫卡的《城堡》（从英文版译出）出版；1981年年初，《外国文学》发表了卡夫卡的四部短篇：《判决》《乡村医生》《法律门前》和《流氓集团》。随后，卡夫卡的幽灵便迅速在大江南北弥漫，在各种文艺刊物上出头露面。说到对卡夫卡的译介，叶廷芳这个名字必须提到，作为最早译介这两位著名现代德语作家的译者和研究者，他的名字是与卡夫卡和迪伦·马特紧密相连的。早在1972年，叶廷芳在北京通县中国外文书店的仓库发现正被廉价清理的前民主德国出版的《卡夫卡小说集》时，就萌发了从德文翻译卡夫卡作品的念头，但当时的政治环境，使他无奈地搁置译书的计划。"文革"结束之后，他才有了机会实现自己的夙愿。他一边翻译卡夫卡作品，一边鼓起勇气写文章为卡夫卡"翻案"。只是依然心有余悸，以至当他在《世界文学》发表第一篇介绍卡夫卡的文章时，仍不得不用丁方这个化名。他先后翻译过卡夫卡的小说、随笔、日记和书信；主编并参与翻译《卡夫卡全集》，选编卡夫卡各种选本十余种，其中卡夫卡研究资料集《论卡夫卡》一书尤具学术价值。

20世纪80年代译介的法国现代派文学主要是普鲁斯特的《追忆似水年华》、杜拉斯的《情人》以及法国"新小说"。

普鲁斯特的这部七卷本长篇巨著，是20世纪最伟大的小说之一。这部意识流巨著诞生在20世纪初叶，大半个世纪中在中国一直没有一个完整的译本。最早的部分译文，是在卞之琳先生1937年编译的《西窗集》中，只是第一卷开头的一段。直到1990年才有了首个全译本，这就是江苏译林出版社的《追忆似水年华》，15位译者，可以说是集一时之盛。熟悉法国文学的朋友，看到这15个名字，也差不多是可以回顾起三十年来我国的法国文学研究的脉络。后来我国台湾地区买了繁体字版权。这是迄今为止，两岸三地唯一的全译本。然而因有很多人参与其事，不同的翻译者，不同的理解，不同的文笔，水平参差不齐，导致全书风格的不统一，这确实是一件令人遗憾的事情。这个译本在之后的二十年里不断再版，但却从未做过完整修订，因此，译林出版社花了大力气修订，于2012年推出的绛红色封面精装的修订本。被公认的世界名著，

第二章
(后)现代派翻译文学的昌盛与中国先锋小说的兴起

在中国总会有多个译本,而普鲁斯特的这部巨著是个例外。这和它巨大的篇幅和艰涩的文字有关系。曾参与译林版第4卷翻译的周克希和曾承担第7卷的徐和瑾决定以一己之力重译这部巨著,但是由于两位翻译家年事已高,都未能完成心愿。周克希翻译出版了第1、2、5卷,最近他决定停止翻译剩余4卷,并自嘲说:"人生太短,普鲁斯特太长。"上海复旦大学的教授徐和瑾在完成4卷的翻译后,于2015年8月不幸病逝。

玛格丽特·杜拉斯在法国文坛是独树一帜的女作家,她的写作是一种野性的写作,极端敏感乃至有点儿精神错乱,她的语言充满了魅惑、欲望和张狂却又清新天然、灵动飘逸。杜拉斯最著名的小说是1984年在她70岁时发表的《情人》。1985年,王道乾译出了《情人》,译者以生动传神的译笔在汉语界再造了一个"玛格丽特·杜拉斯",在中国掀起了《情人》风暴,影响了许多年轻作家如王小波、孙甘露、赵玫等。王小波在《我的师承》中坦言自己从王道乾先生的译文中受益良多,盛赞译者在再创造的过程中为读者留下了"黄钟大吕般的文字",并自称是读了先生译的《情人》之后才知道了小说"可以达到什么样的文字境界"。

法国"新小说"崛起于20世纪50年代,是20世纪下半叶法国最重要的文学流派之一。它在哲学上背弃了存在主义,在文学艺术上穿越了意识流。代表作家有阿兰·罗伯-格里耶、娜塔丽·萨洛特、米歇尔·布托尔和克罗德·西蒙,他们标举"反传统"的大旗,以令人惊异的笔锋,在充满"谎言的世界"里进行各执一端"反小说"试验,大胆探索"未来小说的道路"。60年代初,新小说派的理论和创作开始影响欧美,并风行至亚洲,引起了我国文学工作者的注意。

我国对"新小说派"的介绍,最早应该是《世界文学》1961年第11期上的一篇不足300字的《"新小说派"的特色》。文章告诉读者"新小说派"也就是"反巴尔扎克派"。而具有研究性的评价是从朱虹1963年发表的《法国新小说"新"在哪里?》这篇文章开始的。文章通过对"新小说"创作理论的透视,通过对《橡皮》《漠然而视》(即《窥视者》)和《在迷宫里》等作品的分析,揭露了新小说"反科学的荒谬的本质",认为新小说是"当代西欧资产阶级文学腐朽性的一次恶性表现"。总之，在20世纪60年代，"新小说"被归类为"颓废的"、"倒退的"文学。新时期之始，"新小说"便得到了大量集中的译介。1979年，《外国文艺》第2期发表了林青选译的阿兰·罗伯-格里耶的《橡皮》，同年8月，罗伯-格里耶的《窥视者》由上海译文出版社出版。在随后的几年里，罗伯-格里耶的《橡皮》、《嫉妒》（李清安译）、布托尔的《变》（桂裕芳译）《变化》（朱静译），萨洛特的《童年》、《天象馆》，西蒙的《植物园》（有余树勋和余中先两译本）和《弗兰德公路》以及萨波塔的《第一号创作：隐形人和三个女人》等都相继有了单行本。而且，上述不少作品出版之前已经在《外国文艺》、《世界文学》、《译林》、《外国文学报道》或外国现代派作品选集与研究著作中有过节译、选译甚至全译。此外，罗伯-格里耶的短篇如《反射影像三题》、《海滨》、《舞台》，布托尔的《度》，萨洛特的《陌生人的肖像》，西蒙的《农事诗》等，在《当代外国文学》以及上述期刊和作品与研究著作中也有登载。另外，在译作不断出版的同时，新小说作家的文论也陆续翻译过来，发表在多家期刊上，其中有萨洛特的《怀疑的时代》，罗伯-格里耶的《未来小说之路》、《现代小说中的"人物"》，甚至还有西蒙荣获1985年诺贝尔文学奖在斯德哥尔摩的演说。而发表在1982年至1985年间《文艺理论研究》上的《怀疑的时代》论文集作者自序以及《布托尔》的《小说技巧研究》和《巴尔扎克与现实》，都直接扩大了译作的影响范围。

20世纪60年代，拉丁美洲的现代主义文学，突然就像在安第斯山脉上，爆发了一次持续的、令人眼前一亮的地震；又像在加勒比海面上旋起了一股巨大的、秋风扫落叶般的飓风，形成了有史以来最为雄壮的文学奇观。史称拉丁美洲的"文学爆炸"。拉丁美洲文学在20世纪的崛起使得西班牙语文学翻译在中国翻译文学史中占据了重要的地位，事实表明，对拉美文学的译介在中国产生了深刻而巨大的影响。蓬勃的拉丁美洲文学从70年代末开始逐渐介绍到中国，魔幻现实主义就是其中影响较大的一个流派。1979年，沈国正在当年成立的中国西班牙、葡萄牙、拉丁美洲文学研究会上，作了加西亚·马尔克斯生平与创作情况的报告，随后上海译文出版社的戴际安等人，组织出版了

第二章
（后）现代派翻译文学的昌盛与中国先锋小说的兴起

《加西亚·马尔克斯中短篇小说集》。1982年8月，在西拉美文学研究会第一届年会上，赵德明的《拉美新小说初探》，孙家堃的《〈百年孤独〉艺术手法的分析》以及丁文林的《拉美魔幻现实主义和超现实主义》三篇论文，分别从文艺思潮、艺术手法和拉美新小说的总体情况，对魔幻现实主义作了较为全面的分析，对于拉美文学在中国的传播起了重要作用。1983年由沈国正、黄锦炎、陈泉翻译出版的《百年孤独》更在读书界引起了巨大反响。

读者对魔幻现实主义的热情，又进一步激发了西语翻译家们更多地译介魔幻现实主义的积极性。1984年在西安召开了加西亚·马尔克斯暨魔幻现实主义研讨会，从1984年到1994年，魔幻现实主义的代表作品，如盛力夫妇翻译的《这个世界的王国》，黄志良翻译的《总统先生》，刘习良翻译的《玉米人》和《幽灵之家》，吴名棋翻译的《百年孤独》全译本，屠孟超翻译的《佩德罗·帕拉莫》等中译本相继出版。其中影响深刻以至于彻底改变中国人文学观念的是哥伦比亚作家加西亚·马尔克斯的《百年孤独》《没有人给他写信的上校》《格蓝德大妈的葬礼》，阿根廷作家博尔赫斯的《小径分岔的花园》《死亡与罗盘》，墨西哥作家胡安·鲁尔弗的为数不多的中短篇小说，如《佩德罗·巴拉莫》。除译作外，这些伟大作家的访谈录和言论也开始在中国出现。比较著名的是《番石榴飘香》、《科塔萨尔论科塔萨尔》、《作家们的作家》、《批评的激情》以及《文学"爆炸"亲历记》。

对西班牙语翻译做出重要贡献的翻译家是王央乐。在王央乐30多年的翻译实践中，影响最大的当属译博尔赫斯。这位作家在拉美文学和世界文学中具有独特地位，被称为"作家们的作家"。王央乐是中译博尔赫斯的奠基者，早在1979年，《外国文艺》第1期就刊登了王央乐翻译的四部短篇小说：《小径分岔的花园》、《南方》、《马可福音》和《一个无可奈何的奇迹》。《外国文学季刊》1981年第2期他翻译的《梦虎》（外5篇），《外国文艺》1983年第6期刊登了他翻译的四首博氏诗歌。1983年王央乐翻译的《博尔赫斯短篇小说集》由上海译文出版社出版，这是中国第一本博尔赫斯作品集。其中包含42个短篇，据说选自博氏的《世界性丑闻》、《小径分岔的花园》、《手工艺品》、《阿莱夫》、《造物主》、《布罗迪的报告》和《沙之书》7部作品集以及《永久》杂志。

另一个在西班牙语文学翻译方面贡献巨大的人是赵德明，是他最早把加西亚·马尔克斯的《百年孤独》译介到中国。他的翻译面很广，涉及拉美西班牙语地区的大部分作家，其中博尔赫斯、加西亚·马尔克斯、巴尔加斯·略萨是拉美文学最有影响力的文学巨擘。

马尔克斯的《百年孤独》是一部在中国产生了极大影响的小说，1982年小说以节译的形式刊登在《十月》上，译者是赵德明。1984年高长荣以英译本为基础译出《百年孤独》的中译本，由十月文艺出版社出版，被认为是几种中译本中的佼佼者。《百年孤独》另有从西班牙文直接翻译的版本：上海译文出版社出的黄锦炎等的合译版与云南人民出版社的吴健恒版。从20世纪70年代末开始，在翻译文学的推动下中国逐渐形成了拉美文学热。马原、余华、洪峰、残雪、格非、孙甘露等先锋派作家的作品中都或多或少地流露出魔幻现实主义的痕迹。

第二节 （后）现代派翻译文学对中国先锋小说的启示

众所周知西方现代派文学是建立在对现实主义文学批判的基础之上的。下面这些现代派小说家们所发表的艺术宣言清楚地表明了他们对现实主义所持的批判态度：

意识流小说的代言人弗吉尼亚·伍尔夫把当时主导英国文坛的三位著名作家威尔斯、贝内特和高尔斯华绥斥为"物质主义者"，认为现代小说要想发展，"最好还是背离他们，大步走开，即使走到沙漠里去也无妨"[①]；俄国的未

[①] ［英］弗吉尼亚·伍尔夫：《论现代小说》，瞿世镜译，上海译文出版社2000年版，第4页。

第二章
（后）现代派翻译文学的昌盛与中国先锋小说的兴起

来主义作家宣称要从当代的轮船上把普希金、陀思妥耶夫斯基、托尔斯泰之流抛进大海，并从摩天大楼的高处俯视他们的渺小；法国的超现实主义者布勒东表示："现实主义使我极为厌恶，因为它是由于贫乏、简陋、仇恨和浅薄的自我满足而创作出来的"[1]；新小说派作家罗伯-格利耶把目标对准了以巴尔扎克为代表的现实主义艺术，认为这种写作方法在今天"只不过是一个空洞的形式，只能用作令人厌恶的戏仿"[2]。

他们对现实主义的挑战出自这样一些观点：这些现实主义作家都是"物质主义者"，他们把精力和技巧浪费在人们的物质生活这种琐屑、暂时的东西上，从而把心灵这种真正的生活给放跑了[3]；现实主义只满足于给事物的外表和形式做一些记录，因而恰恰离现实"最远，它最能使我们变得贫乏、可悲"[4]；现实主义作家总是赋予自己作品中的故事和人物以貌似真实的客观性，并且采用全知全能的第三人称叙事方式，这些都不再得到现代作家以及读者的信任了，因为"我们已进入怀疑的时代"[5]。

发生在艺术形式上的革命导致西方现代派文学的诞生，它的出现从根本上说是由于西方社会发生了巨变，由传统工业社会走向了后工业社会。全社会出现了理性危机、信仰危机、价值危机和存在危机，而西方现代主义文学正是全方位地反映出了发达资本主义国家这些深刻的社会危机。在这个海德格尔称为"技术主义的行星时代"里，人的境况，如海德格尔所描绘的，是被那种使一切都运转起来的技术从地球上连根拔起，生存和文化同时坠入深渊。在这个坠

---

[1] 转引自柳鸣九编：《未来主义 超现实主义 魔幻现实主义》，中国社会科学出版社1987年版，第242页。

[2] ［法］阿兰·罗伯-格里耶：《快照集·为了一种新小说》，余中先译，人民文学出版社2001年版，第205页。

[3] ［英］弗吉尼亚·伍尔夫：《论现代小说》，瞿世镜译，上海译文出版社2000年版，第6—7页。

[4] ［法］马塞尔·普鲁斯特：《追忆似水年华》（第7卷），徐和瑾、周国强译，译林出版社1991年版，第193页。

[5] ［法］娜塔丽·萨洛特：《怀疑时代·法国作家论文学》，生活·读书·新知三联书店1994年版，第383页。

翻译文学对中国先锋小说的叙事影响

落中,自我、社会、自然、人类、传统、信仰以及思维都在漂浮中失落。在这种无家可归的状态中,人寻找着生存和世界的意义,并在这种寻找中生成新的文化。现代派文学是这种文化的最直接的表现。世界的荒芜和自身的空虚给生命个体带来的痛苦一度是西方现代派文学的唯一源泉。叶芝惊呼:"一切都四散了,再也保不住中心"。在艾略特的荒原上,"大地给助人遗忘的雪覆盖着"。里克尔那永远的孤独者在秋日下终日地"醒着、读着、写着长信。在林荫道上来回/不安地游荡,当着落叶纷飞"。

西方后现代主义文学是在现代主义文学经历了相当长的发展历程以后才出现的诗学。它与现代主义诗学是一种继承和超越的关系,布赖恩·麦克黑尔(Brain McHale)认为是一种"你中有我,我中有你"的关系。① 后现代主义小说在哲学基础、语言观和写作技巧实验方面与现代主义小说都有继承关系。但是后现代主义文学对现代主义文学更多的是超越和反叛,而超越和反叛也表现在哲学基础、语言观和写作技巧等方面。在这些方面,后现代主义比现代主义走得更远。但是,在西方相隔了很长发展时期的两种诗学却几乎是接踵而至地来到20世纪80年代的中国。

虽然当时中国知识界对后现代主义文学还有些含糊不清,但是西方现代派和后现代派文学在20世纪80年代集中译介到中国,给处于社会转型期的中国作家带来了强烈的心理振荡和心灵震撼。这个一度被封锁的"所罗门"的魔瓶盖子揭开了(因为中国在20世纪三四十年代也曾译介过西方现代派文学)。在它们的冲击下,中国的文艺工作者们惊讶地审视过往的一切,这才发现许多被习惯地认为一贯正确、从不怀疑的东西背后都出现一个"不"字,一切都感到混沌,一切都得从头开始检验。于是西方学者所认为的先锋派必须"否定一切"的信条在中国一些作家中引起反响,"任何真正的先锋派(无论新旧)都有一种深深内在的自我否定趋势"。它"兴高采烈地毁灭自己"。② 这些先锋经典的语句在一些作家内心引起共鸣。从怀疑到否定,一批中国作家追

---

① 胡全生:《英美后现代主义小说叙述结构研究》,复旦大学出版社2002年版,第7页。
② Matei Calinescu, *Five Faces of Modernity*, Durham: Duke University Press, 1987, p.124.

第二章
（后）现代派翻译文学的昌盛与中国先锋小说的兴起

随西方现代派文学的反叛精神，开始了自己的文学反叛。可以说现代派（包括后现代派）文学的译介给当时欲求反叛却又"拔剑四顾心茫然"的中国作家提供了一个目标，即文学的方向——中国也应该有自己的现代派文学。

文学界首先表现出的是对"文以载道"的文学传统的反思和批判。自封建社会以来，在中国的正统文化中，文学从未获得自己的独立地位，它总是要依附于社会政治，这就是所谓"文以载道"和"文章合于时而著"的传统，而"道"也不外乎主流意识形态。从"五四"时期到40年代，受西方的影响，中国也产生过现代主义作品，这些作品追求文学的自律性，但到了50年代后期至70年代末期将近30年的时间里，西方现代主义文学被彻底否定，就像惧怕魔鬼似的把现代主义的一点点"魔气"全装进"所罗门"的瓶子里。长期以来，现实主义创作方法是一直在中国文坛占有统治地位的"至尊"，"社会主义现实主义"成为新中国成立以来几乎是唯一的创作方法，一统天下。在那个特定的年代，文学总是带有很强的社会功利和政治功利，而当时的作家们也往往处于两难的境地：一方面，作家们的艺术思维是：小说是一门艺术，小说必须是艺术意义上的小说，而不是政治化或社会化的小说；另一方面，又不能无视小说为政治服务的创作目的这一社会现实，所以作家的艺术创作受到了限制和压抑。在这个时期的文学理论教科书和文学权威经典中不容置疑地写着：文学即人学。这样的文学总是以高度政治化了的"大写的人"为中心。1958年至1961年发表的长篇小说，如《红日》、《林海雪原》、《山乡巨变》、《战斗的青春》、《青春之歌》、《上海的早晨》、《野火春风斗古城》、《苦菜花》、《敌后武工队》、《烈火金刚》、《创业史》、《红岩》无一不塑造了一个大写的人的英雄形象，建立了一个关于"大写的人"的神话。即便是20世纪80年代初期兴起的"寻根文学"也未能脱离塑造一个具有使命感的英雄这一传统。这些创作尽管取得了很高的艺术成就，但是那一时期中国小说创作单一化的现实和较强的政治取向是无法否认的。而且这种"教化"重于"审美"的美学观在全球化影响日益加深和社会变革日益加剧的现实中，对文学的发展起了阻碍的作用，人们在期待和寻找新的创作方法。所以，1981年花城出版社出版的高行健的《现代小说技巧初探》便引起了一番不小的震动，从几位

翻译文学对中国先锋小说的叙事影响

作家有关这本书的通信中，可以清晰地看到刚刚开放的中国文坛的焦渴和需要。冯骥才在给李陀的信中展露出了他初识"现代派"时那种孩子般的兴奋：

> 我急急渴望地要告诉你，我像喝了一大杯味醇的通化葡萄酒那样。刚刚读过高行健的小册《现代小说技巧初探》。如果你还没见到，就请赶紧去找行健要一本看。我听说这是本畅销书，在目前，"现代小说"这块园地还很少有人涉足的情况下，好像在空旷寂寞的天空，忽然放上去一只漂漂亮亮的风筝，多么叫人高兴！①

实际上，在20世纪80年代初，冯骥才在给刘心武的另一封信中也曾表达了这样的焦虑："下一步将踏向何处？"② 这不仅是个困扰他个人写作的问题，而且是困扰他那一辈作家的问题，他们大多是以写"社会问题"起家的。文学与社会的关系问题此时得到重新审视，文学的自身魅力问题得到关注，文学作为自身的命题浮出了水面。而真正解决这个问题的是有着不同阅读经验的新一代作家，他们，用莫言的话说"是读翻译文学长大的"。就在老一辈作家为"下一步踏向何处"而苦恼时，马原、残雪、孙甘露等人以各自不同的方式使中国文学界大吃一惊，此后在余华、格非、苏童、叶兆言、北村等人手中，小说成为越来越复杂的迷宫，越来越"不像小说"。这些新潮小说家以其形式的高度试验性被后来的评论界称为中国的先锋派。这批作家在革命现实主义这个主导叙事的根基发生了动摇的时候以其光怪陆离的先锋叙事向主导叙事掀起了一浪高过一浪的蚕食和冲击。张旭东在《批评的踪迹》中对中国先锋文学有这样的描述：

> ……'新小说'不仅以其外观的新颖震动了日渐惨淡的文学市场，也以其技巧工艺方面的老到圆熟给人带来质量上的信任感和对一种'当代性'或'国际水准'的期待的满足。歧路丛生的旅途，莫

---

① 转引自尹昌龙：《中国百年文学总系——1985 延伸与转折》，山东教育出版社1998年版，第131页。
② 同上书，第133页。

第二章
（后）现代派翻译文学的昌盛与中国先锋小说的兴起

名其妙的悬荡、暴力游戏、性幻想、与陌生人有头无尾的谈话、臆想中重大事件的煞有介事的流水账、对某一鸡毛蒜皮强迫症式的穷追不舍或某种画谜般的事件的奇特图案的恋物癖式的反复摆弄，在所有这些作为语言的工具设计、制造出的消费性故事中我们看到了某种自我意识的劳作的痕迹；那只暗中调动符号和故事片段的手每每暴露出这些语言点彩画的自画像本质。而在这个语言主体自我描摹的游戏冲动之中，时间、空间被肆意切割、组合；从童年回忆到氏族家谱；从地方编年到钦定历史，无一不被那种'虚构'信笔涂改在意义的秩序瓦解之处，那种退为'幻想'的主体把符号、事件的叙事性组合，变成了自我的'纯粹声音'。①

这里我们看到的是先锋文学那特立独行、狂傲不羁的反叛形象。从形式到内容，先锋文学都尝试着向与传统现实主义文学相反的方向前进。作为一种现代主义思潮，先锋派所体现出来的核心艺术精神便是反抗和否定——无论是否定现存的文化体制和社会意识形态，还是反抗陈旧的艺术传统，从本质上说，都是为了逃避一切既定的艺术圭臬，重新激活艺术主体的创造精神，展现人类的现代性意义上的文化追求。所以尤奈斯库说："所谓先锋，就是自由。"② 先锋文学的自由是一种创作主体精神上的自由，是审美形式选择上的自由，是一种怀疑与反抗的自由，是基于先锋作家强劲的探索精神，也取决于先锋作家的心灵的深度与广度。也就是说，一个作家能否成为先锋作家，能否获得这种自由，首先在于他是否拥有足够的精神禀赋以及强劲的探索精神，是否拥有超常的审美能力与反叛勇气。

先锋文学在20世纪80年代的中国形成了特定的所指。它指发端于70年代末的"朦胧诗"并在80年代中期形成中国文学形式实验高潮的新潮小说的

---

① 张旭东：《从"朦胧诗"到"新小说"——新时期文学的阶段论与意识形态》，载《批评的踪迹》，生活·读书·新知三联书店2003年版，第250页。
② ［法］欧仁·尤奈斯库：《法国作家论文学》，王忠琪等译，生活·读书·新知三联书店1994年版，第579页。

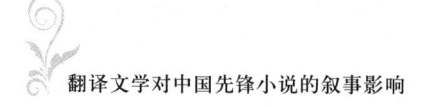

创作运动。它以其反叛的天性，将一个过渡时代的全部混乱和激情记录在一个新的主体的自我叙述中。先锋文学犹如一匹横空出世的野马，在中国文坛疾驰飞奔，掀起黄沙阵阵。它一方面被指责为"消费社会"的洪水猛兽，"个人主义时代"通行的虚无主义和"后现代纪元"的"绝对游戏"；另一方面被恭维成"形式探索"的先锋、"语言试验"的最新成果、超越"人道主义"和"历史主义"的一条康庄大道。两者的共同倾向是把它视为一种美学的选择、价值取向和对政治垄断的语言反叛。

中国的先锋文学本质上就是中国的现代主义文学，20世纪80年代中国社会的转型为中国现代主义文学的诞生提供了适宜的土壤，特别是翻译文学的繁荣使之成为中国现代派文学的直接影响源，而且由于后现代派翻译文学的同时介入，中国先锋文学在形式上兼具了现代派和后现代派的特征。这一点将在后续的章节中作出详细的分析。

第三章
现代派翻译文学对中国先锋小说的叙事影响

第一节 （后）现代主义小说叙事特征及其在翻译文本中的间性存在

西方现代主义是怎样的艺术呢？麦尔科姆·布鲁特勃莱和詹姆士·麦克法兰在《现代主义的称谓和性质》中认为：

> 它是对当代的混乱情景做出反应的一种艺术。它是根据海森堡的"测不准原理"而必然产生的艺术，是作为第一次世界大战中文明和理性的毁灭的结果的艺术，是这个改变了的并被马克思、弗洛伊德和达尔文重新解释过的世界的艺术，是资本主义的艺术和工业化进程不断加速的艺术，是揭示存在的无意义或荒诞的艺术，现代主义是技术的文学。它是由于社会现实的解体和陈旧的因果观念的废弃而产生的艺术，是由于语言方面的共同概念已经受到怀疑而且一切现实都成了主观的虚构之后语言混乱不堪而出现的艺术。由此可见，现代主义是现代化艺术——不管把艺术家与社会割离开是何等生硬，也不管艺术家所表现的艺术态度是何等暧昧。[1]

---

[1] 袁可嘉：《现代主义文学研究》（上），中国社会科学院1989年版，第214—215页。

就小说而言，西方现代主义小说是靠反叛现实主义小说起家的。这里一个最直接的理由就是，现实主义乃是与现代主义小说在时间上最接近的艺术形态，当现代小说家们在20世纪初刚刚登上文坛的时候，占据文坛核心的就是现实主义文学。而通过批判来取代旧的艺术形态，是文学史上流派更替的基本规律。这也正如现实主义取代浪漫主义一样。但是，所不同的是，浪漫主义到现实主义还只是近代小说的内部发展，而从现实主义到现代主义则构成了近代小说到现代小说的彻底转变。

现代小说到底从哪些方面对近代小说进行了变革和创新呢？第一，从小说的表现对象和题材来看，现代主义小说出现了一种"向内转"的倾向，即把目光转向了人们的精神以及意识世界方面。现代主义作家伍尔夫认为，现实主义作家都是"物质主义者"，他们把精力和技巧浪费在人们的物质生活这种琐屑、暂时的东西上，而把心灵这种真正的生活给放跑了。因此，现代主义作家认为真正的"生活"其实是在人们的意识世界当中。第二，现代主义作家的人物观发生了彻底的改变。由于现代主义作家把笔触伸向了人的意识以及潜意识世界，而这个世界则有着十分明显的非理性特征，因而那种具有典型意义的性格特征自然也就无从寻找了。第三，现代小说的情节模式也发生了很大变化。情节的严密性和完整性根本无从谈起。虽然情节没有彻底消亡，但其结构模式却已发生了巨大变化，从理性走向了非理性，从现实走向了超现实，从完整走向了支离破碎，因而，情节在小说艺术中的地位也就大大下降了。第四，现代主义小说的叙事视角发生了彻底的改变。现实主义小说大多采用第三人称全知叙事方式或第一人称回顾性叙事。在第三人称叙事中，上帝般的叙述者向读者仔细交代故事中的一切细节。这样的叙述人不受任何观察视角的限制，对于故事世界一览无余（包括人物心理），同时又无须向读者解释信息的来源。现代主义小说用"非人格化"叙事代替这种全知叙事，它包括叙述者在情感态度上的"不动情"和叙述技巧方面的"不介入"这两个层面。因此，现代小说家尽量采用小说人物的眼光，客观地展示处于人物观察下的现实，使人物在人物意识屏幕上得到最丰富的投射，"以最经济的手段创造最大限度的戏剧

第三章 现代派翻译文学对中国先锋小说的叙事影响

张力"，① 使小说成为"意识的戏剧"②。

后现代主义指的是现代主义运动之后出现的一种诗学。它与现代主义诗学形成了一种继承和超越的关系，布赖恩·麦克黑尔（Brain McHale）认为是一种"你中有我，我中有你"的关系。③ 可以说，现代派的一切写作实验方法，都可以在后现代小说家的作品中见到。在技巧创新方面，现代派的口号是"篇篇新"（Make it new），后现代派的口号则是"篇篇怪"（Make it strange）（赵毅衡语）。④ 但是，后现代主义更多的是对现代主义的超越，也正是因为这些超越才使其成为后现代主义。这些超越是在继承的基础上的超越，所以，它们也表现在哲学观、语言观和写作技巧这几个方面。首先，在对现实的看法这个问题上，现实主义作家认为，外部现实的存在是可以被人脑所认识并在小说中被客观地描述的。然而，对此，现代主义小说家说"难"，后现代主义小说家则干脆说"不"。由于认为"难"，现代主义作家不去捕捉外部客观现实，而是浓墨重彩地表现主观内部现实，即所谓的心理现实。而且，现代主义作家在讲究"顿悟"中仍然表现出了对意义的追求。但是，后现代主义者认为现实本是虚构物，是由文字构成的虚构物。他们将语言是思维的工具的思想彻底颠覆，认为人的思维习惯是受语言支配的，不是人在说话，而是话在说人。在他们的作品中，小说的虚构本质被赤裸裸地展现在读者面前，其目的是要告诉读者别去相信小说再现了客观现实。现代主义小说家虽然不再相信语言可以再现现实，明白言与义之间存在着冲突，但是，他们仍然通过对语言形式的翻新去寻求"一种有意味的形式"。而后现代主义者在对语言进行的革新方面并不带有什么目的，他们奉行的是"什么都行"（Anything goes）。在他们看来，言与义之间不是冲突，而是由于意义的"延迟"而致使言根本无法达义。后现代主义者深受维特根斯坦语言"游戏说"的影响，所以他们的写作只是语

---

① HenryJames, *The Art of Novel: Critical Prefaces*, New York: Scribner, 1978, p. 56.
② Ibid, p. 16.
③ 胡全生：《英美后现代主义小说叙述结构研究》，复旦大学出版社2002年版，第7页。
④ 同上书，第9页。

言的游戏。写作技巧实验上的超越主要是程度上的超越。现代派作家的几乎所有的创作方法都被后现代主义作家所接受、运用，而且有的用得更多、更广、更极端。意识流、内心独白、情节与环境描写的淡化、多角度叙述、多种文体、图文并用、戏仿和拼贴等，都可在后现代主义小说中见到。就人物而言，在法国的新小说那里，出现了以"物"来取代人的现象，作家们不再对人物形象进行细致的表现，取而代之的是对"物"的精细描绘，于是出现了人的"退场"现象，人在传统小说中的核心地位因此一去不复返了。后现代小说不仅没有人物的性格刻画，连基本的人格也缺失了，只有符号化的人影在漂浮。就情节而言，现代主义小说重话语不重情节，情节往往少得可怜，但后现代主义小说中的情节时而少得可怜时而又多得要命。对环境的描写也是，我们在现实主义作品中常见的环境描写被现代派作家否弃但又在后现代派的作品中大量出现，尤其是在那些被称为美国后现代现实主义作家的作品中。这些作家为了使故事显得真实，在细节描写上很下功夫，而情节却极其夸张，表现出了表面的真实与夸张的情节之间的张力。所以，后现代主义作家的细节描写并不是为了真实地再现生活，而只是把这当作一种艺术手段，在根本上接受小说的人工性（artifice），并且在完全意识其人工性的同时，津津乐道虚构的故事。道格拉斯·鲁宾逊（Douglas Robinson）对后现代主义小说的几点总结使我们对此有更深刻的认识：

  一、后现代主义小说企图理解并在艺术上表明艺术并不忠于艺术以外的任何事物。二、后现代主义小说企图打破小说创作中一切外来的随意限制。三、后现代主义小说的基础是，承认在所有言语话语的形式中，在'艺术的'与'科学的'、'虚构的'与'真实的'之间，没有绝对的区别。四、后现代主义小说既肯定人工性又强调小说的自主性（autonomy），因此，不觉中回归到小说的基本形式：如情节、人物、场景、活动、悬念——一句话回归至故事。[①]

[①] 参见胡全生：《英美后现代主义小说叙述结构研究》，复旦大学出版社2002年版，第12页。

第三章
现代派翻译文学对中国先锋小说的叙事影响

现代主义和后现代主义的外国文学作品经翻译后成为中国的现代派翻译文学,依据前文所论述的文化间性,西方现代主义和后现代主义小说的叙事特征经过翻译以后往往是以文化间性的方式存在于翻译文本之中,因为翻译本质上是原语与译语彼此渗透的过程,也是意义和意义所承载的文化彼此渗透的过程。例如,在中国影响较大的米兰·昆德拉的小说由于触及一些政治的敏感之处,在翻译过程中便发生了改写。在韩少功译的《生命中不能承受之轻》(1987年版)中删去了第6章第16节的300多字。《不朽》中也采用了"各种党派"或"政治党派"等模糊化表达方式。这些删节使得原文的思想力量大大削弱了。对昆德拉的改写,不仅仅表现在译文的变动上,也表现在评论的引导上。中国当代的评论者在谈昆德拉的时候,不便触及敏感的地方,只能将其形上化,大谈其"哲理性"。由于其中政治含义被压抑了,米兰·昆德拉在中国的形象就模糊了。而"性"这一米兰·昆德拉用来揭示捷克民族摆脱斯大林政治的出口,也失去了历史的含义,成了中国当代作家乐此不疲的话题。所以,米兰·昆德拉在中国是以"哲理性"的化身和写"性"高手而产生影响的。[1]

下文将循着文化间性这个核心概念论证现代派翻译文学与与中国先锋小说叙事之间的影响关系。在本书的上编,我们充分论证了翻译文学的文化间性,而这种文化间性并非文本中静止的存在,当翻译文学被阅读的时候,它们之所以能够产生影响以及事实上产生的影响都有赖于其自身的文化间性身份,因为翻译文学的影响潜力以及可接受性都离不开文化间性,其所产生的影响就是这种文化间性的扩展和延伸。当我们具体考察现代主义和后现代主义翻译文本在中国文化语境中的接受时,我们发现,作为影响之结果的中国的先锋派文学正是体现了这种文化间性。它与西方(后)现代派文学(其在中国的显现形式便是翻译文学)叙事既有着携手式的并存也有着偷梁换柱式的借用从而成为中国式的现代主义叙事。

下面我们观察一个具体句式所产生的影响。在马尔克斯的《百年孤独》

---

[1] 参见赵稀方:《翻译与新时期话语实践》,中国社会科学出版社2003年版,第146页。

翻译文学对中国先锋小说的叙事影响

里，其著名的"第一句"是这样的：

> 许多年以后，面对行刑队，奥雷良诺·布恩迪亚上校仍会想起他父亲带他去见冰块的那个遥远的下午。

这是个在时间上交叉循环的句子，现在、将来、过去以流动循环的方式，显示出一种封闭的自足性。叙述者的叙事时间的立足点，开始是现在，然后要讲述许多年后将要发生的事情：奥雷良诺·布恩迪亚上校"许多年以后，面对行刑队"的时候，但接着，叙述者又让上校的回忆穿越过现在回到过去，那个"他父亲带他去见冰块的那个遥远的下午"。这种"首尾衔接的时间"（巴尔加斯·略萨语）引起中国先锋作家的强烈兴趣，一时间在中国成了一些先锋作家竞相模仿的句子，如苏童的《1934年的逃亡》、格非的《褐色鸟群》、余华的《难逃劫数》、叶兆言的《枣树的故事》、刘恒的《虚证》、洪峰的《和平年代》中都有该句的汉语变体：

> 很久以后，森林再度回想起这双眼睛时，他妻子在东山婚礼最后时刻的突然爆发也就在预料之中了。（余华《难逃劫数》）东山在那个绵绵阴雨之晨走入这条小巷时，他不知道已经走入了那个老中医的视线。因此在此后的一段日子里，他也就无法看到命运所暗示的不幸……

> 直到很久以前，沙子依然能够清晰地回忆起那天上午东山敲开他房门的情景。东山当初的形象使躺在被窝里的沙子大吃一惊。（余华《难逃劫数》）

> 此后多年祖母蒋氏喜欢对人回味那场百年难遇的大火……

> 我设想1934年枫杨树女人们都蜕变成母兽，但多年以后她们会不会集结在村头晒太阳，温和而苍老，遥想1934年？（苏童：《1934年的逃亡》）

> 这些事离我很久很远了，但是当我每次重温许多年前的阳光和空气，我仿佛伸手就触摸到它，我无法不回忆往事，即使在这样一个平常而宁静的夜晚棋不向我提起它，"水边"的那些候鸟也会叠映出它

第三章 现代派翻译文学对中国先锋小说的叙事影响

们清晰的影子。我在决定如何向棋叙述那些事时,颇费了一点踌躇,因为它不仅涉及我本人,也涉及我在"水边"正在写作中的那本书,以及许多年以前,我的死于脑溢血的妻子。(格非:《褐色鸟群》)

岫云有一种果真应验的感觉。正像十年以后,她看着白脸把驳壳枪往怀里一塞产生的奇异恐惧感一样……(叶兆言《枣树的故事》)

多少年来,岫云一直觉得当年她和尔汉一起返回乡下,是个最大的错误……

尔勇多年以后回想起来,都觉得曾经辉煌一时的白脸,实在愚不可及……(叶兆言《枣树的故事》)

……她不止一次这么对人说,对毫不相干的人说,甚至在后来和白脸打得火热的日子,也一样唠唠叨叨。(叶兆言《枣树的故事》)

作家采访尔勇的那个下午,姑娘坟上的青草勉强遮住黄土。她是一年前的春天死的……(叶兆言《枣树的故事》)

在《百年孤独》中,这种时间的表述方式多次出现。如:

几个月后,面对行刑队,阿卡迪奥定会重新回忆起课堂里那茫然失措的脚步声和伴着长椅的磕磕碰碰的相碰声,记起在屋里一团漆黑中最后触到一个丰腴的肉体和感觉到有一棵心脏搏动而产生的空气的颤动。

若干年之后,当他在病榻上奄奄一息的时候,奥雷良诺第二一定会记得6月份一个阴雨连绵的下午,他踏进房去看他儿子出生的情景。

反复引用这些语句,旨在说明隐含作者(叙述者)对未来发生的一切,现在(叙述时间)已经预知,而现在和未来又都有着历史的投影。这种循环往复的时间观,是马尔克斯的历史循环论和宿命论的世界观的一种具体体现。这种句式与全书构成一个统一的整体,因为《百年孤独》全书就是一个自足的、封闭的大圆圈,正如巴尔加斯·略萨所言:"(《百年孤独》是由)许多圆圈组成了一个大圆圈,圆圈套着圆圈,重重叠叠,但直径各不相同。"(转引自李德恩，1996）而先锋作家对此句式的借鉴却不是从小说的主题出发的，可以说与主题无涉。这些雷同的句式的真实目的是要造成叙事时间和故事时间的分离。故事时间与叙事时间之间的时间差标示了故事与叙事之间的离异。叙事通常是故事结束后的追述，叙事是消费过去。仅仅在少量的小说中，两种时间是重叠的。欧洲语言都是讲究时态的，所以语言中清楚地显示了当下叙述与过往事件的时间缝隙。相形之下，汉语小说很少有意显示两种时间的差异。汉语动词没有时态变化，只能诉诸特定的时间词来表示故事时间。因此，在翻译过程中原文通过形态变化产生的时态语义在汉语中都只能通过时间状语来表述，而先锋作家们正是从中感受到这种叙事的特殊效果。他们乐于为之的是将叙事时间从故事时间中剥离出来，而马尔克斯句式的翻译体使他们找到了一种调整话语与故事之间的距离的恰当方式。我们看到诸如此类的句子，突然凭空插入叙事时间，打断了人们忘情于故事的阅读心理，让读者从故事返回叙事。可以说这些汉语变体已经脱离了原句式的主题内涵，成为一种小说创作的形式技巧。这种表面上的形式模仿其实却另有目的，中国先锋作家们当时所追求的正是这种炫技式的叙事。

第二节　真实观的影响

真实观的改变是现代主义小说区别于现实主义小说的首要特征。中国的先锋小说家正是从现代派翻译文学的文本中获得了这种关于心灵的真实性的启发，他们认为现实主义经过了辉煌的跋涉之后，其就事论事的创作手法最终把文学的想象力送上了医院的病床。

在《虚伪的作品》一文中，先锋作家余华对19世纪现实主义小说的真实性所带来的对想象力的禁锢做了批评：

第三章
现代派翻译文学对中国先锋小说的叙事影响

罗伯-格里耶认为文学的不断改变主要在于真实性概念在不断改变。19世纪文学造就出来的读者有其共同的特点，那就是世界对他们而言已经完成和固定下来。他们在各种已经得出的答案里安全地完成阅读行为，他们沉浸在不断被重复的事件的陈旧冒险里。他们拒绝新的冒险，因为他们怀疑新的冒险是否值得。对他们来说一条街道意味着交通、行走这类大众的概念。而街道上的泥迹，他们也会立刻赋予"不干净"、"没有清扫"之类固定的想法。文学所表达的仅仅是一些大众的经验时，其自身的革命就无法避免。①

现实主义文学的真实性意味着对事物进行客观的描述，意味着对常规和秩序的遵循。这种叙事方法使读者获得的只能是事件的外貌，失去的却是事物内部的广阔含义。同时这种就事论事的写作态度也抹杀了作家应有的才华。余华宣称，作为一个作家，他"所有的努力都是为了更加接近真实"。当他在努力探索一种更接近于真实的形式时，他选择了现代主义，一种他认为能够使想象力重新获得自由的"虚伪的形式"：

当我发现以往的那种就事论事的写作态度只能导致发现的真实以后，我就必须去寻找新的表达方式。寻找的结果使我不再忠诚所描绘事务的形态，我开始使用一种虚伪的形式。这种形式背离了现状世界提供给我的秩序和逻辑，然而却使我更自由地接近了真实。②

为什么虚伪的形式能使他更接近于真实呢？因为这种似乎不忠于客观现实的形式反映的是心灵的真实。余华所言的"虚伪的形式"最初在他的作品里表现为对事物外表的背离、对常识和秩序的怀疑，也就是指他要拒绝各种先验的秩序，还原世界的自在状态，并发掘出埋藏在常规经验之下的东西来。在他1986年和1987年写的《一九八六》《河边的错误》和《现实一种》三部作品里都表现出作家对常识和秩序的极大怀疑。凡是常识认为是不可能的，在他的

---

① 余华：《我能否相信自己》，人民日报出版社1998年版，第160页。
② 同上书，第160页。

作品里是坚实的事实，常识认为是可能的，在他的作品里不会出现。这一时期的余华"迷上了暴力"，他认为与秩序相比，现实世界的混乱更加体现了一种真实。"暴力因为其形式充满激情，它的力量源自人内心的渴望，所以它使我心醉神迷……在暴力和混乱面前，文明只是一句口号，秩序成了装饰"。[①] 余华对常识化的现实生活的怀疑导致他对另一部分现实的重视从而直接诱发了他有关暴力和混乱的极端化想法。例如，在《一九八六》中，他描写了一个在"文革"中被抄家关押的小镇小学教师，逃出监狱后发疯流浪20年，最后回到小镇上。镇上没有人注意到他的归来，每个人闹腾腾地过自己的小日子。只有他已改嫁多年的妻子与女儿感到莫名的恐怖在逼近。而这个曾经业余研究中国刑法史的教师现在被历史所控制，在幻觉中对周围的人群施加酷刑，而最后则用破刀、锯条等对自己施行劓、刖、宫、凌迟。在令人战栗的血腥中，幻觉的疯狂变成现实的疯狂。

虽然这一时期的作品以反常识、反秩序为特征，但是作品的结构大体还是对事实框架的模仿，情节和段落之间的关系基本上是递进和连接的关系，它们之间具有某种现实的必然性。

1988年他开始写《世事如烟》时，其结构已经放弃了对事实框架的模仿：

> 我有关世界结构的思考已经确立，并开始脱离现状世界提供的依据。我发现了世界里一个无法眼见的整体的存在，在这个整体里，世界自身的规律也开始清晰起来。……这个思考让我意识到，现状世界出现的一切偶然因素，都有着必然的前提。因此，当我在作品中展现事实时，必然因素已不再统治我，偶然的因素则异常地活跃起来。[②]

所以在《世事如烟》这部小说中，人与人、人与物、物与物；情节与情节，细节与细节的连接都显得若即若离，时隐时现。他认为这样才能够体现命运的力量，即世界自身的规律。这个世界不是人们眼见的世界而是人们的精神

[①] 余华：《我能否相信自己》，人民日报出版社1998年版，第162页。
[②] 同上书，第169页。

第三章
现代派翻译文学对中国先锋小说的叙事影响

感知的世界。因为余华认为"对于任何个体来说,真实存在的只能是他的精神","在人的精神世界里,一切常识提供的价值都开始摇摇欲坠,一切旧有的顺序都将获得新的意义。在那里,时间固有的意义被取消。10年前的往事可以排列在5年的往事之后,然后再引出6年前的往事。同样这三件往事,在另一种环境时间里再度回想时,它们又将重新组合,从而展示新的含义。"①

我们看到余华由此开始认识到心灵的真实性与时间的关系。他说:"时间的意义在于它随时都可以重新结构世界,也就是说,世界在时间的每一次重新构建之后,都将出现新的姿态。"② 而这种排列和重新排列都是由记忆来完成的,所以遵循的是记忆的逻辑或心灵的逻辑。在《此文献给少女杨柳》这部小说中,他开始以时间为结构,尝试着用时间分裂、时间重叠、时间错位等方法进行叙事。他说这仿佛进入了一个全新的世界,让他感到了极大的快乐。

以上分析我们清楚地看到,余华所要寻找的更接近真实的写作方法就是现代主义的方法。他的真实观也是现代主义的。成长期间的作家余华面对古今中外浩若烟海的小说传统,他选择了被他称为外国文学的翻译文学:

> 我一下子面对了浩如烟海的文学,我要面对外国文学,中国古典文学和中国的现代文学,我失去了阅读的秩序,如同在海上看不见陆地的漂浮。我的阅读更像是生存中的挣扎,最后我选择了外国文学。我的选择是一位作家的选择,或者说是为了写作的选择,而不是生活态度和人生感受的选择。因为只有在外国文学里,我才真正了解写作的技巧。……然而作为一个中国作家我却有幸让外国文学抚养成人。除了我们自己的语言,我不懂其他任何语言,但是我们中国有一些很好的翻译家,我很想在这里列举出他们的名字,可是时间不允许我这样做。我就是通过他们出色的翻译,才得以知道我们世界上的文学是多么辉煌。③

---

① 余华:《我能否相信自己》,人民日报出版社1998年版,第164页。
② 同上书,第170页。
③ 同上书,第193页。

翻译文学对中国先锋小说的叙事影响

1999年新世纪出版社推出了一套丛书《影响我的10部短篇小说》，其中余华、莫言、皮皮均选了一篇卡夫卡的小说。

在影响余华的10部短篇小说里，有卡夫卡的《在流放地》。余华说：

> 我之所以选择《在流放地》，是因为卡夫卡这部作品留在叙述上的刻度最为清晰，我所指的是一个作家叙述时产生力量的支点在什么地方？……《在流放地》清晰地展示了卡夫卡叙述中伸展出去的枝叶，在对那架杀人机器细致入微的描写里，这位作家表达出了和巴尔扎克同样准确的现实感，这样的现实感也在故事的其他部分不断涌现，正是这些拥有了现实依据的描述，才构成卡夫卡故事的地基。事实上他所有的作品都是如此，致使人们更容易被大厦的荒诞性所吸引，从而忽略了建筑材料的适用性。①

这里余华敏锐地捕捉到了构成卡夫卡小说特点的是其整体的荒诞性和细节的真实性。这使他大受启发，以致他的小说叙事也常常是在冷静真切的细节描写背后缺少整体上的逻辑关系，让人看起来虚幻不定，难以捉摸。

面对卡夫卡的作品，余华说：

> 我像个孩子，小心翼翼地抓住它们的衣角，模仿着它们的步伐，在实践的长河里缓缓走去，那是温暖和百感交集的旅程。它们将我带走，然后让我独自一人回去。当我回来之后，才知道它们永远和我在一起了。②

1986年对余华有着特别的意义，因为在这一年里，他遇到了卡夫卡，一个偶然的机会使他搞到了一本《卡夫卡小说选》，不久的一个夜晚，他读到了《乡村医生》。他说：

> 那部短篇使我大吃一惊。事情就是这样简单，在我即将沦为文学

---

① 余华：《卡夫卡和K》，载《读书》1999年第12期。
② 同上。

第三章
现代派翻译文学对中国先锋小说的叙事影响

迷信的殉葬品时,卡夫卡在川端康成的屠刀下拯救了我。(因为,在此之前,余华除了川端的作品之外,排斥了几乎所有别的作家)我把这理解为命运的一次恩赐。《乡村医生》让我感到作家在面对形式时可以是自由自在的,形式似乎是'无政府主义'的,作家没有必要依赖一种直接的、既定的观念去理解形式。在某种意义上说,作家完全可以依据自己心情是否愉快来决定形式是否愉悦。在我想象力和情绪力日益枯竭的时候,卡夫卡解放了我。使我在三年多时间里建立起来的一套写作方法在一夜之间成了一堆破烂。①

由此我们看到,这就是"虚伪的形式"的思想渊源。这个短篇对他的深刻启发是:学会把握形式的自由,形式不必受到内容的束缚,它是自由的。而这种启悟可能来自类似这样的描写:

> 玫瑰红色,有许多暗点,深处呈黑色,周边泛浅,如同嫩软的颗粒,不均匀地出现瘀血,像露天煤矿一样张开着。这是远看的情况,近看则更为严重。谁会见此而不惊叫呢?在伤口深处,有许多和我小手指头一样大小的虫蛹,身体紫红,同时又沾满血污,它们正用白色的小头和无数的小腿蠕动着爬向亮处。可怜的小伙子,你已经无可救药。我找到了你硕大的伤口,你身上这朵鲜花送你走向死亡。(卡夫卡:《乡村医生》)

一个血淋淋的场面被写得如此轻松沉静,尤其是伤口与玫瑰花的隐喻。在这里,我们看到形式背叛了内容,在沉重的内容面前,形式依然自由自在地轻松快乐着。这一点深刻地影响了余华,在他后来许多血腥场面的描写中都透露出一种冷静超然甚至是审美的愉悦和荒诞式的幽默。一方面是残酷血腥的场面,另一方面是冷静超然地对这个场面的细节描绘:

> 她看到的是东山的形象支离破碎后,在液体里一块一块地浮出,

---

① 余华:《川端康成和卡夫卡的遗产》,载《外国文学评论》1990年第2期。

那情形惨不忍睹。然而正是这情形,使盘旋于露珠头顶的不安开始烟消云散。露珠开始意识到手中的小瓶正是自己今后幸福的保障。(《难逃劫数》)

"行行好,先一刀刺死她吧。"

店主说:"不成,这样肉不鲜。"

……柳生看着店主的利斧猛劈下去,听得咔嚓一声,骨头被砍断了,一股血溅开来,溅得店主一脸都是。……这当儿女人奔入棚内,拿起一把放在地上的利刀,朝幼女胸口猛刺。(《古典爱情》)

这种漠然的描写使得残酷更加残酷,这几乎成为余华的主要叙述风格。

但是余华对卡夫卡的继承却是朝着不同方向的继承。原因是卡夫卡的形式最终表达的是荒诞和绝望,而余华只是用这种形式进行反抗。卡夫卡面对的是工业文明造成的西方人的精神困境,所谓荒诞主要指人类生存的无目的性,虽然无目的、无意义却还要活着,这便是荒诞了。人变成了甲虫,那是卡夫卡荒诞式的生存体验。他有悖常理的话语也体现的是荒诞:"没有人能够唱得像那些处于地狱最深处的人那样纯洁。凡是我们以为是天使的歌唱,那是他们的歌唱。"[1] 即使在他的临终遗言中,也表现出了他心中那个世界的荒谬性,他要求护理他的克劳普施托克博士继续大剂量给他用吗啡,说:"杀了我吧,不然你就是凶手。"他要表现的是那种无可名状的生存的荒诞性,他既不渲染暴力,也不描写天灾人祸,流露出的却是无边的绝望。卡夫卡的模糊性恰好应对了现实本来的混沌,进入卡夫卡的世界宛若进入"无物之阵",他用最简单的笔触描画了人类最深刻的精神迷津。

而余华面对的现实是中国社会在经历的一段特殊的历史时期之后开始反省的现状,他所面临的困境是一个前现代民族历史转折时期的困境。在旧的秩序风蚀剥落,新的秩序仍处于变动不居的历史时期,余华用一种类似于卡夫卡的

---

[1] [德]卡夫卡:《致密伦娜的情书》,载《卡夫卡全集》(第10卷),维利·哈斯编,叶廷芳、黎奇译,河北教育出版社1996年版,第385页。

第三章
现代派翻译文学对中国先锋小说的叙事影响

"虚伪的形式"对渗透在各种生活常规中的文化秩序进行反抗。他认为在文明和秩序的背后更加真实存在的是历史的暴力和人性的残酷。"余华的惯用方式是：先在作品中确立一个寄寓在残忍本性之上的基始结构，然后将有关情感、价值、信仰的崇高事物诉诸于人物的形而下冲动，以此来展开他那漠然的叙述"。① 与卡夫卡一样，余华也用寓言的方式写作，他的《一九八六》和《往事和刑法》中出现的古代刑具这一历史意象所秉承的寓意是中国古代历史和"文革"历史的残酷性。同样的刑罚机器也出现在卡夫卡的《在流放地》中。如果说余华对中国古代历史和"文革"历史做了抽象性总结，那么卡夫卡则成功地预言了人类的厄运。相形之下，余华的痛苦还没有能抽象到卡夫卡那样表达人类痛苦的精神高度，他常常诉诸于一种形而下的冲动，当无法驾驭心中的绝望时，余华就会走向宿命。更重要的不同是，余华对现实的反抗不是源自内心里的彻底绝望而是出于对另一种现实的向往和呼唤。在这一点上，余华与他的同乡，中国现代文学伟大的先行者鲁迅相同，正如批评家李劼曾评论的那样："在新潮小说创作，甚至在整个中国文学中，余华是一个最有代表性的鲁迅精神的继承者和发扬者。"② 他们小说中思考的共同点就是中国传统文化的意义构筑体系在一个势必现代化的社会里不得不风蚀剥落的结局，这是中国社会现代性的吁求。

余华的写作方式无疑是一个中国作家在受到现代派翻译文学影响后的选择，尽管他声称"我的选择是一位作家的选择；或者说是为了写作的选择，而不是生活态度和人生感受的选择"③。但是选择这种"虚伪的形式"使他感到最能够表现自己所感受到的"真实"，一种主观的真实。在这样的真实里，作家对现实的体验，就余华而言，人与现实的紧张关系才能得到尽情的宣泄，因此他选择的形式表达的依然是自己的人生感受和生活态度。只是这种形式背

---

① 谢有顺：《绝望：存在的深渊处境》，载《文艺评论》1999 年第 6 期。
② 赵毅衡：《非语义化的凯旋——细读余华》，载《生存游戏的水圈》，北京大学出版社 1994 年版，第 252 页。
③ 余华：《我能否相信自己》，人民日报出版社 1998 年版，第 193 页。

后的意义既具有中国特定历史文化语境中的作家的个人经验也具有知识分子这个群体的集体经验，总之，先锋作家的写作是受外来影响的文化创造，是文化互动的产物，是文化间性使然。而在外国同行眼里，余华在把现代主义写进中国文学的同时也把中国文化里的道学精神赋予了世界，因此在2002年接受澳大利亚悬念句子文学奖时①，他获得詹姆斯·乔伊斯基金会这样的颁奖词：

> 你的中篇和短篇反映了现代主义的多个侧面，它们体现了深刻的人文关怀，并把这种有关人类生存状态的关怀回归到最基本最朴实的自然界，正是这种特质把它们与詹姆斯·乔伊斯以及塞缪尔等西方先锋文学作家的作品联系起来。……现在，有一种全世界都比较普遍的观点，认为与生俱来的人类的掠夺天性导致了环境的不断损毁。而你，一位中国作家赋予21世纪的生活以道学的精神，由此带来一种全新的视野……

第三节 叙事时间的影响

"时间是小说的一个主要组成部分。我认为时间同故事和人物具有同等重要的价值。凡是我所能想到的真正懂得或者本能地懂得小说技巧的作家，很少有人不对时间因素加以戏剧性地利用的。"② 伊丽莎白·鲍温在《小说的技巧》一文中所言可以说是每一个小说家的共识。时间这一要素直接决定了作家如何展开叙事。可以说"叙事时间"隐藏了小说方法论的全部内容，是小说叙述

---

① 2002年的悬念句子文学奖由澳大利亚与爱尔兰共同主办，詹姆斯·乔伊斯基金会荣誉授予。余华是获得此项奖项的首位中国作家，参见余华：《世事如烟》，上海文艺出版社2003年版，第5页。

② ［英］伊丽莎白·鲍温：《小说家的技巧》，载《世界文学》1979年第1期。

第三章
现代派翻译文学对中国先锋小说的叙事影响

最原始的层面，同时又是小说形式最尖端的操作规程，因此本质上它既是叙事技术的开端又是终点。也正是在叙事时间上现代主义和后现代主义小说与现实主义小说有着根本性的改变。由于叙事时间的改变使得现代主义和后现代主义小说呈现出的一个显著特征就是对故事的削弱或消解。下面的讨论就从故事、情节等概念开始。

一、现代主义小说的话语突显和故事削弱及情节的极端化

这里，我们首先要区分这样几个概念：事件、情节、故事和话语。事件一般是指具有一定物理性质和社会性质的现实存在，它占据一定的外在时间和空间，简单说就是实际发生的事。而故事中的事件具有虚构性和对真实事件的模仿性的特点。20世纪初，俄国形式主义理论家什克洛夫斯基和艾亨·鲍姆最早提出了"故事内容或故事素材"与"情节"的区分。他们认为"故事"是指按照实际时间、因果关系排列的事件，如"国王死了，王后（因为悲伤）也死了"就构成了一个故事。"情节"则是对这些素材的艺术处理或形式上的加工。"情节"一词的含义比传统的指作品的表达方式有所扩大，特别指大的篇章结构上的叙述技巧，尤指叙述者在时间上对故事的重新安排，如插叙、倒叙等，而每一种安排都会产生一个不同的情节，进而大量的情节就可以从同一个故事中衍生出来。法国的俄裔叙述学家托多洛夫由此出发，提出了"故事"与"话语"的区分，并以此来区分叙事作品的素材与表达形式。在此，"话语"与"情节"的指代范围基本一致。[①]

这种形式主义的情节观在结构主义叙述学模式中又进一步得到解释。西摩·查特曼指出：结构主义认为每部叙事作品都有两个组成部分：其一是"故事"，即作品中的内容；其二是"话语"，即表达方式或叙述内容的手法。他认为，与形式主义有关"故事"与"情节"的区分相对应，在结构主义的"故事"与"话语"的区分中，情节属于"话语"这一层次，它是在话语这个层面上对故事时间的重新组合。"每一种组合都会产生一种不同的情节，而很

---

① 参见申丹：《叙述学与小说文体学研究》，北京大学出版社2001年版，第14页。

翻译文学对中国先锋小说的叙事影响

多不同的情节可源于同一故事。"① 照此，我们就可以推导出这样的关系式：故事→情节→话语。

可见，故事具有不同于话语的独立性，而情节，依据俄国形式主义者托马舍夫斯基（B. Tomashevsky）的观点，是作品中的故事事件②，话语则是作品中故事的表达方式。由此，我们来看故事与话语在现实主义小说和现代主义小说中关系的变化。在传统现实主义小说中，话语与故事是一致的，两者彼此接近。越是手法简单的叙事，话语就越趋向于与故事合而为一；反之，手法复杂的叙事就越显出话语与故事的分离。例如，历史和新闻纪实虽然从叙事学角度看，都是叙事范畴，但其话语构成与故事基本上是重叠的。因此，这种叙事与什克洛夫斯基所主张的作为语言艺术的叙事作品的"陌生化"叙事技巧是恰恰相反的。以形式主义著称的现代派小说，其话语与故事趋向于彼此分离，话语不再屈从于故事而是获得了对事件以及对在此基础上的产生的故事的重构的权力。所以，它可以是写实形态的，也可以是抒情形态的，还可以是变形的梦幻形态的。因此，"话语"在现代主义小说中获得了故事在传统现实主义小说中的地位。

现实主义作品中，情节是小说的脊椎，支撑起整个小说。故事情节有着完整的"头、身、尾"，事件之间有着因果联系和时间之序；现代主义作品中的情节开始淡化，情节事件已不那么重要，事物好像在"原地踏步"，没有什么进展和变化，直至"顿悟"出现。此时，情节的功能不再提出问题和回答问题，不在设谜，而在于揭示事物的状态，因此时间之序和因果关系已显得不重要，重要的是关心人物的内心世界，揭示他们的经验和意识，展示他们的孤独与焦虑，但不刻画性格。与现代主义小说家相比，后现代主义小说家对待情节的态度趋向极端，他们不仅疏远而且背离情节。克莱尔·汉森（Clare Hanson）

---

① Seymour Chatman: *Story and Discourse*, Ithaca and London: Cornell University Press. 1978, p.47.
② 托马舍夫斯基："故事是按实际时间、因果顺序连接的事件。情节不同于故事，虽然它也包含同样的事件，但这些事件是按作品中的顺序表达出来的。"转引自申丹：《叙述学与小说文体学研究》，北京大学出版社2001年版，第44页。

148

说道:"后现代主义小说中的情节,常常要么少得可怜,要么多得疯狂。"①

"少得可怜"与"多得疯狂"这两个极端实际上都是对情节的背离。无论是现代主义者还是后现代主义者,都认为情节的头、身、尾都是人为的结果,这种人为带来的最大的不幸是:混乱无序的经验之流因为叙述化的需要给强加上了一种秩序,故而破坏了事物的本来面目。坚持相对主义和不确定性的后现代主义者是无论如何也不会因为情节而给事物强加上一个顺序的。所以,后现代主义小说中有时"多得疯狂"的情节往往是彼此消解,相互矛盾,显现了极强的不确定性。例如,库弗的《保姆》中就有这种"多得疯狂"的情节。全书以108节的形式出现,没有分标题,如此众多的段落之间少有联系,显得极其松散,叙述者像一个啰唆的老妇人,东拉西扯,不知所云,而读者不像是在读小说,倒像是在看电视并不停地变换频道,显示出一幅幅不相关联的画面,使得这108节虽被收在同一部小说里,却无法形成一个结构严密的整体,更无传统小说那样的一个主题和中心,成为一幅巨大的后现代主义拼贴画:所有的情节像碎片一样地散落在小说的各个角落,发着各自的声音,形成一个多元的结构系统,象征着混乱无序、纷繁复杂的现实生活,留下巨大的想象和重组空间。没有了时间序和因果逻辑,情节事件独立出现,孤零零的成了一个个碎片。

对线性故事的消解主要有两种方法:一是叙事时间分割故事时间;二是空间化叙事。故事时间,是指小说中讲述的故事和事件的先后顺序。小说中的故事肯定有一个先后发展的时间顺序,这就是故事时间。叙述时间指小说中对故事和事件发生顺序重新排列所需的时间,简单说就是叙述者讲述这些故事所需要的时间。在原初的故事中,时间是按先后顺序发展的,而对这些故事的讲述是可以根据叙述者的安排进行倒叙、预叙或插叙等重新排列的。虽然在传统小说中也有这样的重新排列,但是故事的主体部分还是按照时间顺序发展的。而

---

① 胡全生:《英美后现代主义小说叙述结构研究》,复旦大学出版2002年版,第93页。

翻译文学对中国先锋小说的叙事影响

在现代主义作品中叙述者经常对故事时间进行任意切割，如在福克纳的《喧哗与骚动》中班吉和昆丁的叙事是有故事和情节的，但是被这两个叙事者割裂得支离破碎。两个人讲述的故事可以跨越很多年，但是叙事时间都集中在不到一天的时间里。在这样的小说里，时间真正成了一种有意味的形式。空间化叙事是通过对瞬间的展开描述造成有画面感的时间停滞或定格。卡尔维诺的"时间零"理论阐明了现代小说叙事结构的这一显著特征及其与传统小说的区别。什么是"时间零"呢？比如，一个猎手去森林狩猎，一头雄狮扑了过来。猎手急忙向狮子射出一箭，一个惊心动魄的瞬间出现了：

> 雄狮纵身跃起，羽箭在空中飞鸣。这一瞬间，犹如电影中的定格一样，呈现出一个绝对的时间。卡尔维诺把它称为"时间零"。这一瞬间以后，存在着两种可能性：狮子张开血盆大口，咬断猎手的喉管，吞噬他的血肉；也可能羽箭射个正着，狮子挣扎一番，一命呜呼。但那都是发生于时间零之后的事件，也就是说，进入了时间一、时间二、时间三。至于狮子跃起与利箭射出以前，那都是发生于时间零以前，即时间负一、时间负二、时间负三。①

以情节和故事取胜的传统小说遵循的是线性时间和因果关系，更注重故事的来龙去脉，即关注于"时间零"之前或之后的事情。而在现代小说家看来，唯有"时间零"才是值得小说家倾注热情的时刻，它是命运悬而未决的时刻，可以引发作家和读者的多重想象，是一个魅力无限的小说空间。"时间零"也恰恰表达了小说空间形式的理论，"时间零"是一个绝对时间，是时间的定格，表现的恰恰是空间，就像一幅照片凝固的是一个瞬间一样。因此，现代主义小说实现了从时间性叙事向空间性叙事的转变。这种转变的关键就是用心理时间的空间性结构取代物理时间的线性结构。那么现代主义小说的空间形式是怎样的呢？它表现为两个方面：一是时间流程的中止。一般来说，在意识流小说中有大量的试图中止时间流程的瞬间性描述。在《现代小说的空间形式》

---

① 吕同六：《卡尔维诺的神奇世界·寒冬夜行人》，安徽文艺出版社1993年版，第8页。

第三章
现代派翻译文学对中国先锋小说的叙事影响

中,弗兰克认为,乔伊斯的《尤利西斯》和普鲁斯特的《追忆似水年华》都是具有空间形式的小说。这就是说,小说中的时间停止在那里,或者进展得非常缓慢,这时,小说进行的似乎不再是叙事,而是大量细节的片断的呈现。萨特所分析的福克纳小说中的"现在"正是由一个个瞬间构成,而且是没有未来性的纯粹现在。从这个意义上说,福克纳的一个个"现在"的瞬间也正是空间。也就是说,通过对瞬间的细节化描述,现代主义作家实现了时间的空间化。[①] 二是并置的结构。时间性叙事强调的是事物进展的顺序,它提供一个充满逻辑思辨意味的清晰整体。而空间性叙事提供的则是一个混沌的整体。这个混沌的整体是通过一系列的并置和并列结构建立的。这些并置和并列的部分彼此之间并没有内在的联系。因为它叙述的不是现实世界的真实图景和人物的命运,而是现代人碎片化的生存状态或者瞬息万变、时空交错的心理流程。现代社会如福科所认为的那样,处在一个同时性(simualtaneity)和并置性(juxtaposition)的时代;人们所经历和感受的世界可能是一个点与点之间互相连接、团与团之间互相缠绕的网络,而更少的是传统意义上经由时间长期演化而成的物质存在。[②] 弗兰克的《现代小说中的空间形式》和列维-施特劳斯的《神话的结构研究》一样,都在说明如果人们试图寻找从一个部分到另一个部分的连续性,是没有意义的。施特劳斯强调的"一组组的关系"和"新的时间所指"与弗兰克所说的"词组"和"并置"概念一样,都是否定了作为确定结构的顺序的功能。这就决定了现代小说总体上的反逻辑性。

二、中国先锋小说的瞬间性叙事及故事情节的淡化

对中国的先锋小说家而言,小说应该是"一种有意味的形式",这一认同表明他们的小说创作理念发生了革命性的变化,由关注小说写什么转向关注小说怎么写。中国的先锋小说从某种意义上说是一场形式主义的革命,他们的创

[①] 参见[美]约瑟夫·弗兰克等:《现代小说的空间形式》,秦林芳编译,北京大学出版社1991年版。

[②] [法]米歇尔·福柯:《不同空间的正文与上下文》,载《都市与文化·后现代性与地理学的政治》,上海教育出版社2001年版,第18—19页。

翻译文学对中国先锋小说的叙事影响

作往往变成一种在语言、结构、意向和文本生成过程等形式方面的表演,这种表演展示的不仅是他们借鉴来的现代主义和后现代主义小说创作的形式技巧,也许还有他们的创作在初次与西方现代主义文学对接时的焦躁和稚拙,同时也有他们以创作的形式对中国文化的思考。

事实上,先锋小说是由时间着手从而引发一场叙事方法的革命。

余华在有关世界结构的探索中发现了时间的奥秘——它是作为世界的另一种结构:

> 世界是所发生的一切,这所发生的一切的框架便是时间。因此,时间代表了一个过去的完整的世界。当然这里的时间已经不再是现实意义上的时间,它没有固定的顺序关系。它应当是纷繁复杂的过去世界的随意性很强的规律。[1]

显然余华的时间观念是现代主义者的心理时间观。他接着又说,时间的意义在于它随时可以重新构建世界,把过去的事实通过时间重新排列,如果能够同时排列出几种新的关系,那么就将出现几种不同的新意义。[2]

在《世事如烟》这部作品里,叙事将故事情节穿插得七零八落,情节片断相互交错、重叠,同一情节出现在几个叙事层面上,而且同一叙事层面的情节段也不是一个相对完整的情节单元,而是被分割成若干片断。叙事常常从一个情节契机跳到另一个情节契机,没有任何的过渡就转到另一件事情的叙述上,而另一件事情同样没能得到完整的交代,叙事便又跳到第三件事情上,或回到原有的故事上。以小说中司机的故事为例,他的故事从梦开始。他梦见他的卡车从一个灰衣女人身上轧过去了,他醒来听到母亲和4的父亲的对话,这个对话成为后面4的故事的契机,同时也是算命先生故事的引子。司机的母亲听完儿子的梦后就将儿子带到算命先生那里。(叙事在此无端地插入了瞎子的感觉片断,这个片断与司机的故事线索毫无瓜葛,却是4的故事不可或缺的一

---

[1] 余华:《我能否相信自己》,人民日报出版社1998年版,第170页。
[2] 同上书。

第三章
现代派翻译文学对中国先锋小说的叙事影响

部分,它有待于后来的展开)司机进入算命先生的家,看到五只凶狠的公鸡和梦中的灰衣女人朝他走来。之后,算命先生破译了他的梦,于是母亲取出一元钱放到算命先生的手上,司机看到算命先生的手只剩下白骨。这里的五只公鸡和算命先生的手,都将在后面的叙事中引出一连串算命先生的恶性故事,而灰衣女人在算命先生处出现则是司机故事发展的伏笔,又是灰衣女人自身的故事的一个中介……整部小说就是采取这样一种交错勾连的叙事法,让各种各样的世事犬牙交错,将同一时间里发生的事还原其共时状态,存在于事件之间的只是一个相互触发的契机而不是一条因果链。余华说这部作品中的人物、情节之间时隐时现、若即若离的关系体现命运的力量和世界自身的规律。

在西方小说文本中,我们也可以看到这种情节片段相互交织的手法。最明显的就是法国新小说作家克洛德·西蒙的《弗兰德公路》。这部小说主要讲述4位主人公在第二次世界大战中的经历。故事情节并不复杂,主要事件有:战前的赛马场面以及依格莱兹亚和科里娜之间若有若无的暧昧关系、战争期间雷谢克那谜一般的死亡、佐治和布吕姆等人在战败国后的逃亡过程以及在战俘营中的生活、战后佐治与科里娜的幽会和偷情,其间还穿插着佐治、布吕姆和以格莱兹亚对谢雷克那位祖先之死的反复推敲和想象。这部小说的情节尽管十分简单,但是这些情节要素之间的组合关系却十分复杂:对于同一个情节,作者让同一个人物反复进行叙述,有时又让不同的人物从不同视角进行叙述,也就是让同一情节出现在不同的叙事层面上。而所有这些叙述又都随时会被其他情节要素打断,造成不完整的叙述,这样不同的情节片段就重叠、交织在一起了,构成了一种回环往复的结构。

这两部小说结构的相似之处在于作者都采用了叙事时间切割故事时间的手法。与《弗兰德公路》不同,《世事如烟》在将叙事转到下一个情节时,作者往往让这个情节负有多重的叙事使命,一个情节段经常是前一个情节的消解,又是自身情节的进展,同时还是第三个情节段的因子。另外,《弗兰德公路》采用了第一人称和第三人称的交替叙事,《世事如烟》则没有这样的叙事视角的转换,而是统一的第三人称视角。

对于消解故事的另一手法"时间零"概念,先锋作家北村是这样认识的:

翻译文学对中国先锋小说的叙事影响

到底是历史由现在构成还是现在存在于历史之中，这里一定有一种选择。我选择前者，所以我只相信瞬间是唯一真实的，我全部使用现在进行时态，因为作者、叙述者、叙述对象和读者在文本中具有一种时间，也就是说他们都只能经历这一种时间，而不会大于这种时间。这种时间既没有明确的中心，因此，也无所谓起始和结束。有中心，这结构可能就废了。不少文本中的物象包括人，对于我都是来历不明的，我感兴趣的只是秩序问题，是一些片段如何构成表象。①

北村所说的"没有起始和结束的时间"只能是"当下"时间，也就是"瞬间"，他要描述的是在某个瞬间某些事物和人"相会"的偶然性或者说事物在某个时刻呈现出的表象。

北村的《陈守存冗长的一天》中，守卫弹药库的基干民兵陈守存的一声枪响之后，在不断重复的细节描述中，时间似乎停止在枪响的瞬间，这一瞬间在反复的叙述中被无限地拖延，与刘柳的偷情，红衫人的中弹……，都似真似幻。这冗长的一天不过是枪响时的幻想瞬间。在这一瞬间，叙述不断地回头照应。在重复中也有差异和错位，从而使时间在叙述循环中造成迷乱以再现人们感知的现实事物纷乱的表象。以重复使时间凝固，使故事时间的一维性，变为叙述时间的多维性。

在世界文学中，以奇特的想象让时间凝固的著名作品就是博尔赫斯的《秘密奇迹》。小说以作家亚罗米尔·赫拉迪克被德国秘密警察处死前的心态展开故事。为了完成自己的诗剧《仇敌》，他乞求上帝再给他一年的时间。他在梦中得到了上帝的恩准。于是临刑前，出现了这样的秘密奇迹：

行刑队站成一排。赫拉迪克背靠营房的墙壁站着，等待开枪。……
军士长一声吆喝，发出最后的命令。

物质世界凝固了。

枪口朝赫拉迪克集中，但即将杀他的士兵一动不动。军士长举起

---

① 北村：《格非与北村的通信》，载《文学角》1989年第2期。

第三章 现代派翻译文学对中国先锋小说的叙事影响

的手臂停滞在一个没有完成的姿势上。一只蜜蜂在后院地砖上的影子也固定不动。风像立正似的停住。赫拉迪克试图喊叫，发出声音，扭动一下手。他明白自己动弹不得。他听不到这个受遏制的世界的最轻微的声息。他想：我在地狱里。我疯了。时间已经停滞……

为了完成手头的工作，他请求上帝赐给他整整一年的时间，无所不能的上帝恩准了一年。上帝为他施展了一个秘密奇迹：德国的枪弹本应在确定的时刻结束他的生命，但在他的思想里，发布命令和执行命令的间隔持续了整整一年。

……他殚精竭虑、一动不动、秘密地在时间的范畴里营造无形的迷宫。他把第三幕改写了两次。删除了某些过于明显的象征：如一再重复的钟声和音乐声。没有任何干扰。有的地方删删减减，有的地方加以拓展；有时恢复了最早的构思。他对那个后院和兵营甚至产生了好感；士兵中间的一张脸促使他改变了对勒默斯塔特性格的概念。他发现福楼拜深恶痛绝的同音重复只是视觉的迷信：是书写文字的弱点和麻烦，口头文字就没有这种问题……他结束了剧本：只缺一个性质形容词了。终于找到了那个词；雨滴在他面颊上流下来。他发狂似地喊了一声，扭过脸，四倍的枪弹把他打倒在地。

从举枪瞄准到发射枪弹到中弹身亡，整个过程就是一个瞬间，博尔赫斯（借助上帝的安排）让这一瞬间在他的小说主人公的思维里持续了整整一年，在这一年中，主人公殚精竭虑完成了他的剧本。在生命的最后一瞬，生命的主人完成了本该是在安静的书房里完成的剧本创作，在他无法掌控自己生命的最后一瞬，他依然操控着剧中人物命运。这一对时间的奇思妙想让客观的一瞬间在人的主观思维中停留了一年之久，无疑是心理时间与物理时间的对抗，让读者产生了关于时间、生命、死亡的哲学思考。博尔赫斯以小说形式表达时间观念影响了北村。北村曾说："我还注意到了博尔赫斯，不过我对他不了解，我只是被他的过程迷住了，我不知道这个瞎眼的家伙是怎样使这个没有目的的过程充满了乌托邦的魔力的，因为当时我还不能完全领会他与这个现实的紧张关

155

系到底到了什么程度。"① 北村所说的过程就是指故事的叙述过程。在他的《陈守存冗长的一天》中,对枪响的瞬间进行了大量的重复叙述,造成了一个瞬间的停滞。北村从博尔赫斯那里得到的启发是故事里的时间是可以凝固的,凝固在一个瞬间,博尔赫斯以幻想的方式使一个时刻凝固,而北村采用的是重复叙述的方式。北村也许并不十分理解博尔赫斯的时间哲学,但是他认为只有瞬间才是唯一的真实,对瞬间的叙述才能还原事物共时性的存在,他感兴趣的不是事物的来龙去脉,而是一些事物的片断如何构成了表象。

同样,另一种使时间空间化的方法是采用"空间并置"。并置有多种,如马原在《冈底斯的诱惑》中采用的不同叙述的结构并置,展开了几个完全不同的故事:20世纪50年代初进藏的老作家的故事,猎人穷布与喜马拉雅山雪人的故事,陆高、姚亮看天葬的故事,顿珠、顿月兄弟的故事。这些故事都具有相对的独立性,单独看都是历时性的。但马原将这些故事相互切割穿插,每个故事都被分割成多块,然后将这些小块交叉组合。但是这些故事是各自独立的、互不相干的。而且具体的某个故事中也有着许多前后矛盾、指向模糊的故事情节。如老作家在一次神秘的远游中看到了一个"巨大的羊头",它是神秘的宗教偶像,还是史前生物的化石,抑或老作家的妄想症所产生的幻觉?穷布确信自己碰到了"喜马拉雅山雪人",但叙述者马上告诉我们,关于这种雪人的存在并没有科学的证据;不识一字的顿珠在失踪一个月(他自己只觉得出去了一天)后,突然能唱全部的史诗《格萨尔王传》,叙述人对这件事有遗传的、神话的、唯物的种种解释,但没有一种解释能说服其他解释的持有者——类似于这有头无尾、抽去了因果链条的故事片断,拼合起来就构成了小说的大体。而且由于将不同的叙述交叉并置起来,故事的线性结构被打破了,读者失去了对故事的完整感,而感受到了由此展开的空间画面。

四个表面上不相关联的故事共时并列呈现,这也就是弗兰克所说的"橘瓣"结构,各个故事一瓣一瓣地以比邻方式紧挨着,而且并不四处发散,而

---

① 北村:《我与文学的冲突》,载《中国作家面面观》,华东师范大学出版社2002年版,第199页。

是集中在橘核——"冈底斯的诱惑"——这唯一的主题上。

第四节 叙事视角的影响

一、现代主义和后现代主义小说的限制性叙事视角和纯客观性叙事视角

现代主义小说由现实主义的全知叙事向限制性叙事或纯客观性叙事的转变的一个直接的后果就是作者的隐身。在全知叙事中，叙述者无处不在，无所不知，有权力知道并说出书中任何一个人都不可能知道的秘密。拉伯克称之为"全知叙事"，托多罗夫称之为"叙述者＞人物"，热奈特称之为"零焦点叙事"。这种叙事视角充分体现了传统小说理论中关于作者与作品之间关系的体认。

在传统现实主义小说那里，作者与作品之间被认为只存在这样一种关系——即创造者与被创造者的关系、主体与客体之间的关系或"父与子"的关系。所以，18世纪和19世纪的小说作者是作为与自然或社会客体相对的主体而出现的，读者也因此看到的是，浪漫主义小说的作者在小说中张扬自己的激情和理念，而现实主义小说的作者则宣示自己的道德观和价值观。这种人的主体意识来自西方传统哲学中的人本主义。在西方，与神本论相对的是人本论，18世纪德国哲学家费尔巴哈率先在《哲学原理》中提出了"人本主义"（或译为"人文主义""人道主义"）他说："神的主体是理性，而理性的主体是人。"他的人本思想这样宣称："我的第一思想是上帝、第二个思想是理性、第三个也是最后一个思想是人。"[①] 浪漫主义和现实主义就是在这种理性和主

---

① ［德］费尔巴哈：《费尔巴哈哲学著作选集》（上卷），荣震华等译，商务印书馆1984年版，第247页。

翻译文学对中国先锋小说的叙事影响

体性的统一的规范下的文学形式。在19世纪，主体还处于蒸蒸日上的黄金时代，虽然有了以波德莱尔所开创的对主体之人性进行审丑的思潮，但是那时的主体/作者还是兴致勃勃的乐观派。尤其是浪漫主义一代，其英雄主义和精英主义在小说中表露无疑。当历史跨入20世纪的门槛，"主体的黄昏"便也随之到来。小说作者在失去上帝的支撑以后，也逐渐失去了单子式的人（主体）的支撑。人也不过是一种存在，因此小说的作者不得不降身以求，去表现那个虚空的"此在"。此时的作者不再以上帝般的全知叙述者的角色介入小说之中，而是采用了隐身、自我限制等策略。在乔伊斯的《一个青年艺术家的画像》中，他不无讽刺地告诉人们：作者已退到其作品的后面了，"艺术家就像创世主一样，停留在他的作品之内、之后或之外，人们看不见他，他已使自己升华而失去了存在，他毫不在意地在一旁修剪着指甲。"① 这是个"冷漠的"作者，艺术家的主体性在逐渐消失。此时他已不再关心如何将他对世界明白无疑的看法施加给读者，他所运用的技巧是要使自己具有多样的眼光和智慧，以使读者也为了自己的缘由去观察，并发现他自己的现实。为了体现其"不动情"、"不介入"的立场，他往往采用限制性叙事或纯客观性叙事的策略。在限制性叙事中，叙述者知道的与人物所知道的一样多，人物不知道的，叙述者无权叙说。叙述者可以是一个人，也可采用第三人称。拉伯克称之为"视点叙事"，托多罗夫称之为"叙述者＝人物"，热奈特称之为"内焦点叙事"。例如，福克纳小说《喧哗与骚动》的四个部分，每个部分都由不同的叙事者讲述，而第一部分叙事者的选择在世界现代小说史上可能是空前绝后的，因为这个叫班吉的叙事者是个白痴。纯客观性叙事中的叙述者只描写人物所看到和听到的，不作主观评价，也不分析人物心理。这种叙事被拉伯克称之为"戏剧式"，托多罗夫称之为"叙述者＜人物"，热奈特称之为"外焦点叙事"。限制性和纯客观性叙事的采用便导致了隐含作者概念的产生，真实的作者隐身在了这个叙述者的背后。隐含作者（implied author）是由布斯提出来的：

---

① ［爱尔兰］詹姆斯·乔伊斯：《一个青年艺术家的画像》，黄雨石译，外国文学出版社1983年版，第55页。

第三章
现代派翻译文学对中国先锋小说的叙事影响

> 隐含的作者(作者的"第二个自我")——即使那种叙述者未被戏剧化的小说,也创造了一个置于场景之后的作者的化身,不论他是作为舞台监督、木偶操纵人,或是默不作声修剪指甲而无动于衷的神。这个隐含的作者始终与"真实的人"不同——不管我们把他当作什么——当他创造自己的作品时,他也创造了一种自己的优越的替身,一个"第二自我"。①

这个隐含作者与实际的作者有很大的不同,他是作者创造出来的一个"第二个"自我,是真实作者"所选择的东西的总和",而且是"中立的"。布斯指出:"作者的客观性意味着一种对所有价值的中立态度,一种无偏见地报道一切善恶的企图。"② 现实中的作者总是有一种倾向性;隐含作者就可以超越真实作者的这种倾向性,而专注于发现应该表现在艺术中的整体形式。一个真实作者还可以由多个隐含作者,在不同的作品中,真实作者都会指派一个隐含作者或第二个自我出来,代行其职。隐含作者的概念更加明晰了小说的虚构性的本质,它切断了作品与真实作者的联系,能够使文本朝着纯粹化方向迈进。

二、中国先锋小说的限制性叙事角度

陈平原在《中国小说叙事模式的转变》一书中认为:

> 在20世纪初西方小说大量涌入中国之前,中国小说家、小说理论家并没有形成突破全知叙事的自觉意识,尽管在实际创作中出现过一些采用限制叙事的作品。③

《中国小说叙事模式的转变》研究的是"新小说"和五四现代派小

---

① [美] W. C. 布斯:《小说修辞学》,华明、胡晓苏、周宪译,北京大学出版社1987年版,第169页。
② 同上书,第77页。
③ 陈平原:《小说的书面化倾向与叙事模式的转变》,载王晓明编:《二十世纪中国文学史论》(第1卷),东方出版社1997年版,第63页。

说,"五四"时期是历史上中西方文化交流、碰撞和融合的时期,中国出现了现代派小说的萌芽。只是由于历史的原因,中国的现代派小说没有得到发展和继承,而是从20世纪40年代以后就从中国文坛销声匿迹了,直至20世纪80年代先锋小说的诞生。新时期中国先锋作家在反叛传统的写作观念和小说写作模式时,他们最初所致力的一场"技术"革命就是小说的叙事视角革命,即人称的革命。因为,正如帕西·拉伯克所说的"在小说技巧中,我把视角问题——叙事者与故事之间的关系——看作最复杂的方法问题。"[1] 先锋作家用"第一人称叙事"向传统的第三人称全知叙事发出了挑战。某种意义上,他们正是以那个"第一人称""我"来占领文坛和读者的。马原的《虚构》中的"我就是那个叫马原的汉人"几乎成了经典句式。"我叫苏童"也反复出现在《1934年的逃亡》等苏童的小说中。而余华、叶兆言、洪峰、吕新、潘军也都在他们的小说文本中大量采用第一人称叙事。第一人称限制性叙事使得先锋作家可以更好地表现自己的反叛姿态和艺术个性。它反叛的首先是第三人称全知叙事这个理性主义时代最权威的叙事模式,它在中国的社会主义现实主义文学中占有绝对的地位,这种叙事适用于开拓小说深层结构中的普遍性的理性道德主题,但同时这样的叙事视角又把小说文本限定在一种千篇一律的道德话语结构中了,离开了深度模式,它的意义将无从落实。而先锋作家们的意图就是要铲除这个"深度"神话,力求把小说叙事从"道德化"理性的束缚中解放出来。而第一人称限制性叙事可以使"我"的心灵世界即非理性世界充分展示出来,可以表达一个更本真的感性世界和更直观的物的世界,可以让事物的存在"凌驾于企图把它们归于任何体系的理论阐述之上"(罗伯·格里耶语)以"我"的眼光去确认这个感性的世界,存在的本真性和"物性"才能真正呈现。

在先锋小说家中,余华以其"情感的零度"叙事著称。而获得这种叙事的手法除了某种特定的语言风格就是采用限制性叙事视角。这就是说,小说只

---

[1] 转引自陈平原:《中国小说叙事模式的转变》,北京大学出版社2003年版,第62页。

第三章
现代派翻译文学对中国先锋小说的叙事影响

写叙述者所能观察到的情形,叙述者能看到什么决定了小说能叙述什么,这种"客观之眼"的运用以余华最为突出。余华的所谓的"虚伪的形式",也就是指他要拒绝各种先验的秩序,还原世界的自在状态。

余华在《现实一种》的叙述中尽管采用的是第三人称全知叙事,但其语调有时仅仅像一架超然的录音机,偶尔镶上一点低调的讥讽,其中心视角频繁地从一个人物转移到另一个人物。作品中的人物他或她只看,但是不去联想、理解、感受、思考或寻找意义,甚至连纯粹的身体的感受也常常以视觉意象的措辞来体验和传达:

(老女人说)"我的胃里好像在长出青苔来。"于是兄弟俩便想起蚯蚓爬过的那种青苔,生长在井沿和破旧的墙脚,那些有些发光的绿色。

几段之后:

(皮皮)太矮,于是就仰起头来看着窗玻璃,屋外的雨水打在玻璃上,像蚯蚓一样扭动着滑下来。

这时早饭已经结束。山岗看着妻子用抹布擦着桌子。山峰则看着妻子抱着孩子走进了卧室,门没关上,不一会儿妻子又走了出来,妻子走出来后走进了厨房。山峰便转回头来,看见嫂嫂擦着桌子的手,那手背上有几条静脉时隐时现。山峰看了一会儿才抬起头来,他望着窗玻璃上纵横交叉的水珠对山岗说:"这雨好像下了100年了。

当婴儿的母亲发现她的儿子死了躺在地上的时候,她先注意到是血看起来不像是真的,然后看看灿烂的天空,最后才走进屋里。她的眼睛开始搜索房间,从柜子上晃过,又从圆桌玻璃上滑到沙发上,又从那儿找到屋子其余的地方,最后才看到摇篮,只通过空的摇篮的视觉印象才想起躺在屋外的孩子:

她在一把椅子上坐了下来,眼睛开始在屋内搜查起来。她的目光从刚才的柜子上晃过,又从圆桌的玻璃上滑下,斜到那只双人沙发里,接着目光又从沙发上跳出来到了房上。然后她才看到摇篮。这时她猛然一惊,立刻跳起来。摇篮里空空荡荡,没有她的儿子。于是她蓦然想起躺在屋外的孩子,她疯一般地冲到屋外,可是来到儿子身旁又不知所措了。

在这样的对突发事件的叙述中,读者感到的是某种东西的缺失——人物的心理感受的缺失。关于人物心理活动的描写,余华说过这样一段话:

在这里,我想表达的是一个在我心中盘踞了 12 年之久的认识,那就是心理描写的不可靠。尤其是当人物面临突如其来的幸福和意想不到的困境时,对人物的任何心理分析都会局限人物的真实内心,因为内心在丰富的时候是无法表达的。当心理描写不能在内心最为丰富的时候出来滔滔不绝地发言,它在内心清闲时的言论其实已经不重要了。

这似乎是叙述史上最大的难题,我个人的写作曾经被它困扰了很久,是威廉·福克纳解放了我,当人物最需要内心表达的时候,我学会了让人物的心脏停止跳动,同时让他们的眼睛睁开,让他们的耳朵竖起来,让他们的身体活跃起来,我知道了这时候人物的状态比什么都重要,因为只有它才真正具有了表达丰富内心的能力。[①]

通过这段话,我们了解到《现实一种》中的人物内心情感的缺失是作者有意为之的叙述。可以说这是一种不写心理活动的心理活动描写。余华说这是他从福克纳那里学来的,然后在海明威和罗伯-格里耶那里得到了完善。最使他难忘的阅读经历来自百叶窗后面的"眼睛",这里余华指的是格里耶的小说《嫉妒》。在这部被称为"视觉小说"的叙述中,作者采用一个隐匿的第一人称视角,即隐藏在百叶窗后面的"丈夫"的视角来描述进入他的视野的女主人公,他的妻子阿 A 和邻居弗兰克的活动。这个隐匿的叙述者在观察,一切都取决于他的观察视野,他能看到什么决定了小说能叙述什么。小说记录的其实只是丈夫眼睛所能看到的。下面这个场景是蜈蚣被捻死的过程:

[①] 余华:《我能否相信自己》,人民日报出版社 1998 年版,第 40—41 页。

第三章
现代派翻译文学对中国先锋小说的叙事影响

尽管光线很暗，还是可以在正对着阿A的墙壁上看到一只中等大小的蜈蚣（有手指般长短）。眼下，它停在那里不动，但是它的身体的方向标明了它的路线：从走廊方向的地面出发，爬向墙角的天花板。它的许多爪子伸展着，很容易辨认出来，尤其是它身体的后半部分。如果再仔细地观察一下，还可以看出那两根摆来摆去的触须。

自从发现了这只蜈蚣，阿A一直没动：她直挺挺地坐在椅子里，双手平放在碟子两侧的台布上，两只眼睛大睁着盯在墙上。嘴巴没有紧闭，也许在轻微地发抖。

弗兰克什么也没有说，再次看了看阿A。随后，他无声地从椅子里站起身，手里依然拿着餐巾。他一边揉弄着餐巾，一边凑到墙边。

阿A似乎喘得更紧了；或者这也许是一种错觉。她的左手渐渐地握紧餐刀。蜈蚣的两根触须加紧摆动着。

突然，那虫子把身子一弯，全速向斜下方的地面爬去，而与此同时，揉成一团的餐巾以更快的速度按了下去。

纤细的手指攥紧了刀柄；但是脸上的表情依然很镇定。弗兰克把餐巾从墙上抬起来，用脚在地板上继续踩着什么。

在大约离地一米高的墙上，留下了一块墨斑，呈一个扭曲的小弓形状，样子像一个句号，一半比较模糊，周围环绕着更为细小的痕迹，阿A的目光仍然没有从上面移开。

捻死蜈蚣的细节被作者写得非常具体，整个过程像电影镜头的频繁切换，一会儿是蜈蚣的特写，一会儿是阿A的眼睛、手和嘴巴的特写，一会儿变成了弗兰克揉弄餐巾的特写。一个个的细部特写呈现了"物"的自主性，有取代人的主体性的迹象。在描写过程中，作者始终强调的是目光，阿A的目光，还有叙事者观察的目光，而叙事者的观察正是一种进行中的观察。这种呈现物的自主性的描述被评论界称为"客观主义"或"写作的零度"，然而罗伯-格里耶的写作是否真的不关注人物的内心世界呢？从小说的题目来看《嫉妒》就是一部表现人物心理的小说，如米歇尔所言"在《嫉妒》里，一切事情都

163

翻译文学对中国先锋小说的叙事影响

是在一个内心蕴藏着某种激情的人的目光下进行的。"① 罗伯-格里耶也指出小说的叙事者并不是一个冷静观察的人,恰恰相反,他是"所有人当中最不中立、最不不偏不倚的人;不仅如此,他还永远是一个卷入无休止的热烈探索中的人,他的视像甚至常常变形,他的想象甚至进入接近疯狂的境地"。② 实际上,正是因为"嫉妒"化为一种用目光测量的物质形式,它才真正无处不在,小说中所有场景中的对物的描写,最终都指向"嫉妒"。如此一来,一部客观上写"物",写视觉、场景的小说一下子变成了一部心理小说。这种技巧,对余华影响很大。他在《内心之死》一文中对格里耶的叙述方式倍加赞赏:"一切的描述都显示了罗伯-格里耶对眼睛的忠诚,他让叙述关闭了内心和情感之门,仅仅是看到而已,此外什么都没有,仿佛是一架摄影机在工作,而且还没有咝咝声。正因如此,罗伯-格里耶的《嫉妒》才有可能成为嫉妒之海。"③ 所以,我们在余华的作品中看见他在表现人物心理时如何"让他们的心脏停止跳动,同时让他们的眼睛睁开,让他们的耳朵竖起来,让他们的身体活跃起来",如《现实一种》里对"看"的描述,皮皮对四种滴水声的感觉,《世事如烟》里瞎子对少女的声音的感觉。透过这些感觉的叙述,读者自然去想象人物的内心,这是一种远离心理的心理描写,成为了余华的写作风格。但是必须指出的是,余华最终要在自己的作品中表现的是人的精神,这才是他认为的真实,而并非"物"的自主性,这一点与罗伯-格里耶有本质的不同。

另外,第一人称的个人化视角使"记忆"成为叙事资源,便于对"历史"进行随心所欲的消解。格非的小说《青黄》被视为最为后现代的小说,被批评家加上了"颠覆"、"消解"、"游戏"、"虚构"等一连串后现代称谓。在《青黄》中,作者确乎要将历史解构成了不定的碎片,瓦解意义的完整性,但是事与愿违,正如张旭东所分析的,小说中历史真实性的瓦解是在作者"我"

---

① [法] 米歇尔·莱蒙:《法国现代小说史》,上海译文出版社1995年版,第339—340页。
② [法] 罗伯-格里耶:《新小说》,工人出版社1987年版,第522—523页。
③ 余华:《我能否相信自己》,人民日报出版社1998年版,第27页。

第三章
现代派翻译文学对中国先锋小说的叙事影响

的蓄意中完成的,故而伴随着历史真实的瓦解的是自我主体性的生成,这与西方后现代主义"自我"的消解同样有本质的不同。下面我们具体分析《青黄》的第一人称叙事如何在幻想的平面上实现"自我"的追寻。

在《青黄》这部小说里,叙事者"我"在对"青黄"这个"充满魅惑"的词的意义探索中听任自己沿着意识的迷途走了下去。在叙述中一个故事引向另一个故事,一个事件引向另一个事件,而终结和确定性却变得无可着落了。"青黄"到底是一部记录九姓渔户妓女的史书,还是渔户妓女的分类,还是某良种狗的名称抑或多年生玄参科草本植物,不得而知,因为叙述的片断分别引向不同的结论。而叙事者"我"似乎与这样的消解性虚构达成一种默契。"我"从容地享用着意义的悬浮游荡,因为任何一条小路都会使他改变初衷,让他神思恍惚但却心甘情愿地走向另一个未知点;任何一个暗示都引起他过于慷慨地联想,似乎他就是来搜寻细枝末节以便清静无为地沉溺于幻想。然而正是在这种飘浮不定中,全文点缀着自我感觉式的描述,如第三节的开头自画像式的叙述:

> 我的调查一无进展。时间的长河总是悄无声息地淹没一切,但记忆却常常将那些早已深入河底的碎片浮出水面,就像青草丛雪地里重新凸现出来。在麦村的日子里,我在白天像游魂一般四处飘荡,追索往昔的蛛迹,却把一个又一个的黑夜消耗在对遥远过去的玄想之中。

类似的叙述出现在第四节和第六节的开头:

> 站在那堵行将倾圮的院墙下,我对一只木制的稻箱凝视了很久。这是一座很大的院子,隔着墙头上那些在风中摇摆的马齿草,我能看见村后隐隐约约的一线青山和大片大片洁净的田野。秋风挟着半黄的树叶飘进院子,带来了寒冷的消息。

> 夜晚,我坐在面粉加工厂冰凉的磅秤上,注视着窗外急速移动的乌云和闪烁的树影,一夜未睡。对于现在看来完全可能是谭教授杜撰的那个词,我丧失了所有的兴趣。而传说中那个事件的片断——一排稀稀落落的房屋,一片柳树林,一块空地,却时常混杂着童年的记忆一起侵入我的梦中。

翻译文学对中国先锋小说的叙事影响

"自我"与其说被叙事"消解"了不如说被叙事编制了出来。这里存在着这样的逻辑:"自我"在虚构的自由中获得了解放,意识越是充分地放任自己沉浸在"纯虚构"的逻辑中,它就越把握了自身的自由状态。实际上,先锋作家是通过语言获得"自我"的幻想式解放。关于"自我"与语言的建设性关系,张旭东在《自我意识的童话——格非与实验小说的几个母题》一文中从"自我"出发,对当代文学进行了一番简略的意识史的考察。他认为自"五四"以来,创作者对"自我"的认识并没有同那种集体经验中的"自我"形象区分开来,这种认识一直分裂为两个对立的方面:一方面是自我的外在规定,即它的社会历史的存在方式;另一方面是所谓的内在价值,即自然的或理想的人性内涵。他认为"五四"时期具有现代主义意识的"自我"与新时期"新潮诗"(如诗中以"我"著称的杨炼的诗歌)中的"自我"对"我"的理解没有超出这个历史的框架。这一"自我"作为一个形而上的存在并没有与语言结成一个实质性的同盟,仍然是"超语言"的经验的自我。而这种"超语言"的"自我"与那种"前语言"的叙述者(指现实主义和浪漫主义作品中的叙述者)都未能摆脱个人经验的直接性。它不是一个语言的主体,而是一个现实的主体,也就是说,它是一个经验的自我,而不是语言的自我。

而在余华和格非等新潮小说家的作品中"自我"发生了实质性的变化。因为我们无法离开叙事语言来认识余华和格非这样的作者,这并不意味着他们的语言带有他们的个性标记,而是意味着我们仅仅通过语言才能感知那个特定的主体的存在,或者说这个主体是暗含在语言之中,并由语言结构出来,在语言之外一无所剩。[①]

如何理解先锋小说的这种"语言的自我"呢?对于"语言的自我"可以贴上后现代性的标签,笔者认为,正是这一"语言的自我"反映了中国先锋小说后现代性的特殊性或者说一种中国的后现代特征,即现代性与后现代性的杂糅。因为"自我"意识,"自我"追寻,无论是经验的,还是语言的,都是

[①] 参见张旭东:《后现代主义与当代中国》,载《批评的踪迹》,生活·读书·新知三联书店 2003 年版,第 295 页。

对主体性的挖掘和求索,所不同的是"语言之自我"的追寻在先锋小说中获得了后现代主义式的语言游戏的外观。例如,在格非的《青黄》中,对记忆的殚精竭虑的追踪以及内心经验的视觉的现实化充当了"自我"在时间中的维持自身的基本手段——现代主义;但同时,虚构的不可还原性又把那种内在的紧张焦虑撒播到叙事网络的表层,从而使那种追踪具备了游戏的外观——后现代主义。所以先锋小说的叙事迷宫中"自我"并没有像在西方后现代主义叙事中那样终结,而是一种再生。因此我们认为,第一人称的限制性叙事视角在中国的先锋小说中就不仅是个形式技巧的问题,它体现了中国作家"自我"追寻的新的阶段——一个精神自由的"自我"。这是中国当代小说的历史处境所决定的。

第五节　元小说结构形式的影响

一、元小说结构

西方后现代主义小说在艺术表现上最主要的特征是元小说、互文性、戏仿和拼贴。由于后现代主义者认为现实是在语言中体现的,现实世界存在于语言之中,因此,对小说创作本身的探索就是探索生活世界如何在语言(小说文本)中被虚构,这也就是人们所说的后现代主义小说具有的本体论意义。所以,元小说是后现代主义小说一个最重要的表现形式。关于元小说有如下一些定义:

元小说的显著特点是在小说的创作中直接关注小说创作本身。(Larry McCaffery,转引自胡全生 2002:31)

如它现在所命名的,元小说就是关于小说的小说——即自身包含着评论自己的叙述本体或语言本体的小说。(Wenche Ommundsen

1993：Pix.）

如果我谈论陈述本身或它的框架，我就在语言游戏中升了一级，从而把这个陈述的正常意义悬置起来（通常是通过将其放入引号而做到这种悬置）。同样，当作者在一篇故事之内谈论这篇叙事时，他（她）就好像是已经将它放入引号中，从而越出了这篇叙事的边界。于是，这位作者就立刻成了一位理论家，正常情况下处于叙事之外的一切在它之内复制出来。（华莱士·马丁1990）

综上所述，元小说就是"关于小说的小说"，即批评以小说的形式或小说以理论批评的形式出现。元小说一般可以分为三种类型：

（一）自反式元小说

"自反式元小说"在小说的叙事中加入关于小说如何成型的说明和关于小说的评论、理论等。作者在创作过程中往往是一方面作为小说的策划者在虚构故事，另一方面又充当评论家的角色，对小说创作本身作出评述。这两种角色在小说中紧密结合，从而形成了小说中内涵的两种形式，打破了创作与批评的界限。构筑小说，也拆解小说；建立幻想，也揭穿幻想。元小说时刻提醒读者，小说既不是现实本身，也不是现实的影子。小说就是小说，是语言的产物，人类幻想的产物。为了实现这一点，元小说采用的一个特殊手法就是第三人称叙述加带第一人称侵扰叙述（intrusion narrative）。一般而言，叙述者可分为三类：叙述者＞人物；叙述者＝人物；叙述者＜人物。从叙述角度来说，它们又可分为后视角、同视角和外视角。第一类多为现实主义小说所用，叙述者的声音就是作者的声音，作者力求向读者展示所述故事为真。后两者多为现代主义小说所采用，作者已趋隐退，更多的是企求展示人物的内心世界。但在后现代主义小说中，往往见到另一种超然于上述三类之上的叙述者。有人称之为"不速客叙述者"。如《法国中尉的女人》第十二章结尾作者突然站出来说："谁是莎娜？""她来自哪个黑暗的角落？"接着，作者在第十三章开头写道："我不知道。我讲的故事全是想象的。我创作的这些人物总是生存在我的脑子里。如果我至今还假装了解我的人物的心灵，知道他们的内心世界，那只是因

第三章
现代派翻译文学对中国先锋小说的叙事影响

为我正在按照我讲这篇故事时人人都接受的一个常规来创作（正如我采用常规的某些词汇和某'声音'一样），即小说家站在上帝的旁边。小说家是不知道一切的，可他拼命地假装无所不知。然而，我却生活在阿兰·罗伯-格里耶和罗兰·巴尔特的时代：如果说这是一部小说，那绝不是一部现代含义上的小说。"

在这样的叙述模式中，一个自治自立的世界突然由"作者"闯了进来，给人一种突兀感，原因是他来自一个本体上不同的世界，即小说的外部世界。作者的"闯"显然把读者推进了文本创作的漩涡中，也使读者彻底醒悟了他所读的小说的纯属语言的虚构物，而不是什么客观世界的再现。

（二）文本元小说或类戏仿式元小说

此类元小说把某一（些）文本看作将要诞生的小说的前文本，对此或借用，或戏仿。这是一种别具特色的元小说形式，往往能使小说转换视角，借助互文性超越自身，达到意想不到的效果。这类小说的典型代表当数巴塞尔姆的《白雪公主》。小说巧妙地借用了家喻户晓的德国格林童话《白雪公主和七个小矮人》和美国迪斯尼动画片《白雪公主》的故事进行滑稽模仿，以20世纪60年代的语言讲述了一个"白雪公主"和她身边的小矮人的故事，体现了语言的实质和生活反童话的本质。这一本质表现在这样几个方面：首先是传统意义的破产。小说中无论是"公主"、"王子"还是"七个矮人"，所作所为无聊透顶，生活状态百无聊赖，使小说内容充满了混乱、荒谬和无意义。其次是对传统语言的挑战。当各种现代文字和符号包括广告词、数字、菜谱、问卷等在被冠名为《白雪公主》这样看似古典题材的小说中陆续出现时，读者在震惊的同时也感到了强烈对比所带来的震撼。这部小说，"巧妙地避开了一切发现它的'意义'的企图，也抵制了一切在小说中寻找明白的'内涵'的努力。"（查尔斯·哈利斯1987：180）通过对古典文本的戏仿，将其中的传统价值如统一、完整、秩序和逻辑统统予以消解。

（三）寓言式元小说

此类元小说借助于探讨小说自身的创作过程表达小说家对客观世界经验的

看法。在这类小说中，作家有寓意寄予其中。1984 年，帕特里夏·沃（Patricia Waugh）在《元小说：自我意识小说的理论与实践》一书中说，尽管"元小说"一词似乎出自加斯之口，但是，诸如"元政治"、"元修辞"、"元戏剧"这样的词汇却使人们想起20 世纪60 年代以来，人们更普遍的文化兴趣在于关心人类是如何反映、创造和思考他们的世界的经验。而元小说就是通过严肃的自我探索来探讨这样的问题，一方面利用世界是本书这一传统比喻，另一方面又常以当代哲学、语言或文学理论的词语来重新塑造这个世界。她进一步说："如果作为个人我们现在关心的是'角色'而不是'自我'，那么小说人物的研究就可能提供一种理解小说之外的世界的主观创造的有用模式。如果我们对这个世界的了解现在是被看作要借助语言来思索，那么文学作品——完全由语言所创造的种种世界——则成为了解'现实'本身之创造的有用模式。"（Patricia Waugh 1984：2 - 3）

小说家通过小说文本创造来表达一种自我意识，也就是用一种符号体系及虚构的结构来表现小说家的经验世界。他们调动现实、虚构与幻想，使小说脱离了本身题材的束缚，成为承载种种符号的体系和虚构结构。例如，品钦小说中的符号系统和追寻模式就是这种寓言式元小说的体现。品钦充分调动了符号体系，已具有象征意义的符号帮助扩大了小说的时空，使小说延伸成一个虚幻的宇宙世界。这一符号系统中有物理概念"熵"，折射宇宙的混乱和生活的衰败；有"V"这样人类自己的发明，却又牢牢地控制了人类的生存和生活；有被标为49 号拍卖品的一套邮票，使人的一生充满疑虑，却终成不解之谜；还有毫不留情地毁灭人类的V - 2——"万有引力之虹"等。这套符号系统加之始终萦绕在小说中的经久不散的追寻气氛，使品钦的小说笼罩在一片含糊之中。小说世界的特点以及宇宙世界的特点合二为一，充满了神秘而不确定的色彩。

不论是第一种元小说中作者经常跳出来向读者大声疾呼"我所创作的是虚构的"，还是第二种元小说的创作基于对某一（些）文本的戏仿抑或第三种元小说借小说创作表达经验世界，元小说与现实世界都没有太多的关系，元小说中的世界是麦克黑尔说的"可能世界"（possible world），是沃（Waugh）所说的"更替世界"(alternative world),无论是"可能世界"还是"更替世界"均为作者的主观世界,它们与现实仅存的联系也就是小说对现实生活的寓意了。

所以,关于元小说最根本的概念是它言及的不是外部世界,不是'现实'而是文本或其他小说。那么,戏仿和拼贴也就自然而然地成为它们的艺术手段和方法,而互文性也就成了它们的本质特征。

二、中国先锋小说的元小说结构

在中国先锋作家的创作中,元小说的形式得到广泛运用。在马原的众多的小说文本中,马原常以一个作者的身份突然闯进正在叙述的故事中,发表关于小说结构和意图的一番议论。早在1985年《冈底斯的诱惑》中,马原在小说的第十五节,讨论起小说的构思:

a. 关于结构。这似乎是三个单独成立的故事,其中很少内在联系。这是个纯技术性问题,我们下面设法解决一下。

b. 关于线索。顿月截至第一部分,后来就莫名其妙地断线,没戏了,他到底为什么没给尼姆写信?为什么没出现在后面的情节当中?又一个技术问题,一并解决吧。

c. 遗留问题。设想一下,顿月回来了,兄弟之间,顿月与嫂子尼姆之间会发生什么?三个人物的动机如何解释?

第三个问题涉及技术和技巧两个方面。

在这之后的《虚构》中也说:

毫无疑问,我只是要借助这个住满病人的小村庄做背景。我需要使用这7天时间里得到的观察结果,然后我再去编排一个耸人听闻的故事。

在《上下都很平坦》中还说:

这本书里要讲的故事早就开始讲了,那时我比现在年轻,可能比现在更相信我能一丝不苟地还原真实。现在我不那么相信了,我像个

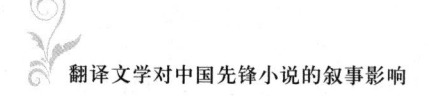

局外人一样更相信我虚构的那些远离所谓真实的幻想故事。

马原在这里把自己为什么要这么虚构的苦衷全抖了出来，他时刻提醒读者注意他这是在虚构，他一边讲故事，一边暴露讲故事的技术性，拆解讲故事的手段。如赵毅衡所说："把傀儡戏的全套牵线班子都推到前台，对叙述机制来个彻底的露迹。"[①] 这种一边建立"框架"，一边打破"框架"的叙事结构是典型的自反式元小说。

马原之后另一个得"元小说"精髓的作家是洪峰。在他的《极地之侧》中，"我"频繁地变换身份，一会儿是叙述人"我"，一会儿是洪峰（作者），一会儿又是主人公（章晖或其他）。而开头两段着意点明小说创作技巧的话是典型的元小说手法：

> 在我所有糟糕的和不糟糕的故事里边，时间地点人物等因素充其量是出于讲述的需要。换句话说，你别太追究细节。这样大家都轻松。
>
> 有个叫马原和叫程永新的人写信来说你这篇小说写得短写得好而且写得比别人好。我可以写短——我说话吃力自然做不来长文章，但我不敢保证这篇东西好更不敢保证它比别人的好。

此外，在小说中间，作者还时常插入"这是洪峰的想象"、"你马上会想到：这女孩和洪峰之间要有故事开始"、"后来的事情证明洪峰对了"之类旨在阐释小说何以这样叙述的话。显然，这种对于讲述过程的讲述是对叙述本质的暴露，也是对小说似真效果的颠覆。

这种元小说技巧在苏童、叶兆言、格非、潘军、吕新等先锋作家的小说中都有十分娴熟的运用。此处不一一列举。

西方某些后现代主义作家不仅戏仿某个（些）具体的文本，而且把整个世界看成一个大的文本，对其中的文化进行模拟戏仿，如博尔赫斯的大部分小说就是这种小说。赵毅衡也有这样的观点："一切把人与世界联系起来的意义

[①] 赵毅衡：《当说者被说的时候：比较叙述学导论》，中国人民大学出版社1998年版，第269页。

第三章
现代派翻译文学对中国先锋小说的叙事影响

体系——意识、想象、经验、认识、人际关系、历史、社会、文化、意识形态等,都可以被视为文本,因为它们组织并传达意义。"① 在这些小说中间,传统的叙述形式和叙述程序虽然被严格遵守,但其结果是受到无情的嘲弄并瓦解。

在中国先锋小说中,余华、叶兆言、格非的一些小说也具有这种文本或类文本式元小说的特征。赵毅衡在《非语义化的凯旋——细读余华》一文中认为余华的大部分小说就是这种戏仿式或寓言式写作。余华戏仿的对象是中国文化中各种表意权力占垄断地位的文类。《一九八六年》、《往事与惩罚》透露出历史的血腥味儿,是对中国文化中意义权力最高的文类的抨击,是反历史。正史中充满着对帝王将相的歌功颂德和对失败者及牺牲者的遗忘。历史本是中国文化中"意义权威"最高的文体,"六经皆史",经不如史。因此,历史成为余华的小说中首先需要颠覆的对象。

《西北风呼啸的中午》、《世事如烟》是对中国"孝为先"伦理的颠覆,是反《孝经》。百善之首的"孝"在这两部作品中被彻底逆转。在《西北风呼啸的中午》里,一个凶汉踹开"我"的房门,强迫"我"为素不相识的朋友吊唁,行礼如仪,强迫"我"承认死者的母亲是"我"的母亲。在《世事如烟》中,90多岁的"算命先生"克儿子以增自己的寿,奸幼女以采阴补阳。

《现实一种》是对中国家族伦理的无情颠覆,是反《家训》。在那个大家庭里,兄弟之间相互残杀,以消灭对方的子嗣为目的。然而,这"延续血脉"的动机却引出一个令人意外的结局:

> 山岗身上最得意的应该是睾丸了,尿医生将他的睾丸移植在一个因车祸而睾丸被碾碎的年轻人身上。不久之后,年轻人居然结婚了,而且他妻子立刻就怀孕,10个月后生下一个十分壮实的儿子。这一点山峰的妻子万万没有料到,是她成全了山岗,山岗后继有人了。②

---

① 赵毅衡:《当说者被说的时候:比较叙述学导论》,中国人民大学出版社1998年版,第265页。
② 转引自赵毅衡:《非语义化的凯旋——细读余华》,载《生存游戏的水圈》,北京大学出版社1994年版,第259页。

在另一批作品中，余华戏仿的是中国文化中对群众控制力最强的通俗文类。《鲜血梅花》是反武侠小说。从作品的外在结构看，《鲜血梅花》有着武侠小说的最普通化的包装形态：其一，复仇；其二，悬念；其三，传奇性。然而，透过这一系列武侠小说的表面形态，余华真正要做的是对以上这三者进行拆除的工作。富有传奇色彩的梅花剑，偏偏握在没有半点武功的阮海阔手中；没有半点武功的阮海阔要找的杀父仇人却是武林数一数二的高手，这巨大的矛盾构成了阮海阔的生存背景，并显现了他生存目的的某种荒诞感。他唯一能做的是不断地寻找，不断地走路，寻找什么已经不再重要了，行为本身构成了目的。因而，阮海阔为父报仇的使命也就被轻易地改变了，他最终代人打探消息去了。这时，余华也完成了他的颠覆：哪儿还有什么传奇性？整个过程只是一个少年郎精神和肉体的漂泊。

《河边的错误》是反公案小说或反侦探小说。小说里有着曲折的情节，河边离奇的谋杀案一再发生，而更离奇的是一个工厂的工程师每次都在场目击，他也因此成为警方侦查案件的主要线索。这局面几乎使这个工程师发疯，他预感到自己又将目击一次谋杀，他的想象会又一次成为无法忍受的现实，为了打破这命运的陷阱，他自杀了。警官发现凶手是一个疯子，他的杀人毫无动机可言。公案小说或侦探小说最重视的就是动机和因果，所有的悬念和疑惑都会在最后真相大白。余华有意打破这个因果链，动机被疯狂所取代，所有悬念都失去了意义。[①]

似乎是与余华相呼应，叶兆言的《艳歌》可视为一部反言情小说。一见钟情、相见恨晚、三角恋爱、缠绵不能自拔、巧遇……这一系列言情小说的模式与规范在《艳歌》里应有尽有。然而，只有当结尾处"阳光像一幅油画"时，叶兆言才放出他的"特洛伊木马"：所言已非情，尴尬才是生存的本真境界。

格非的小说《大年》和《风琴》也是这种类文本式元小说。虽然故事的

[①] 参见赵毅衡：《非语义化的凯旋——细读余华》，载《生存游戏的水圈》，北京大学出版社1994年版，第260—261页。

背景设定在近代史上,但却不是真正的历史。历史像是作家手中的一块陶泥,可以任意揉搓捏弄,历史在格非的小说里再次成了戏仿模拟的对象。

西方后现代主义意义上的元小说是"关于小说的小说",它表现的是一种"可能世界"或作者的主观世界,它颠覆或拆除的也是关于人类生存的一些普遍性的问题。但是在中国的先锋小说中,元小说成为一种用来颠覆和反抗的手段和技巧,所有的颠覆和反抗都有明确的目标。余华的反抗虽然借用了元小说戏仿的形式但是他所秉承的精神却是"五四"作家的文化批判精神。余华对中国文化意义构筑的敏感以及他强烈的颠覆欲望,使他超越了"五四"作家,他的批判不止停留在题意的平面上,以情节来针砭这个或那个社会现象,由于元小说形式的运用,他的小说指向了控制文化中一切意义的元语言,指向了文化的意义构筑方式。而最重要的是,余华等先锋作家的颠覆行为不仅有着明确的目标,也有着明确的目的,那就是对新的文化体系的构建。这就使它带上了现代性的色彩从而与西方后现代主义小说为颠覆而颠覆的游戏目的有了根本的不同。通过上面的分析我们看到了中国先锋小说在具有西方后现代主义小说的多种形式技巧及某种精神内涵的同时更具有中国文化语境下的不同意义。这便是影响和接受所展示的文化间性,反映了翻译文本接受的规律性,正如翻译文本本身的文化间性特质一样,它们在新的文化语境中的接受也是以间性的方式发生着。

第六节　西方批评话语的译介和中国形式主义批评话语的构建

先锋小说作为中国的形式主义文本,它的出现不仅是现代主义和后现代主义翻译文本的影响,还有一个重要的影响源就是西方形式主义批评话语的译介以及中国评论界对西方批评话语的接受所形成的中国形式主义批评话语。从形成规模上讲，文本实践形成规模在先，批评话语形成规模在后。但在时间上有交错，先锋小说的创作高潮是在 1985 年至 1987 年，而对西方形式主义批评的译介从 20 世纪 80 年代初期就开始了，但直到 1986 年以后西方形式主义和结构主义的权威理论著作才得以翻译出版。而中国形式批评则基本上是随着 80 年代以后西方形式主义理论的大量引进自觉深入的。

1980 年袁可嘉翻译出罗兰·巴特的《结构主义——一种活动》一文，在《文艺理论研究》1980 年第 2 期上刊出。曹庸译出了艾略特的《传统与个人才能》，发表于《外国文艺》1980 年第 3 期上。同年，李幼蒸翻译的比利时人布洛克曼的《结构主义：莫斯科—布拉格—巴黎》一书，由商务印书馆出版。次年，杨周翰先生专门撰写了《新批评派的启示》一文，以西方新批评派理论阐释王蒙等人的形式实践。自此以后，西方形式主义理论在中国的传播更为深入。张隆溪 1983 年在《读书》上连载了《现代西方文论略览》。这些文章包括《艺术上的旗帜——俄国形式主义和捷克结构主义》、《作品本体崇拜——论英美新批评》、《语言的牢笼——结构主义语言学和人类学》、《诗的解剖——结构主义诗论》、《故事下面的故事——结构主义叙事学》等，涉及俄国形式主义、法国结构主义、英美新批评等西方形式主义的所有部分。

西方理论的引进促进了中国传统社会学批评模式的转型。1984 年中国最早的形式主义批评开始出现，这就是南帆发表于《文学评论》1984 年第 4 期上的文章《论小说的心理——情绪模式》。同年，季红真的《文学批评中的系统方法和结构原则》首次以西方结构主义的深层结构和表层结构二元对立的方法分析鲁迅的作品《药》。这两篇文章可以看作中国形式主义批评的起步。也就是在这一年，西方形式主义的原著开始译介过来。一是刘象愚、邢培明、陈圣生、李哲明翻译的韦勒克、沃伦的《文学理论》。该书将文学研究分为"外部研究"和"内部研究"，着眼于社会环境、时代精神、作家传记及心理学的研究都是对文学的"外部研究"，而更加重要的研究是"内部研究"，即研究构成艺术品各个层面的结构。这些层面是（1）声音层面；（2）意义单元；（3）意象和隐喻（即所有文体风格中可表现诗的核心部分）；（4）存在于象征和象征系统中的诗的特殊"世界"等。很明显，"内部研究"就是文本研

第三章
现代派翻译文学对中国先锋小说的叙事影响

究。该书以"材料"/"结构"代替传统的"形式"/"内容"的二分法,区别日常语言和文学语言等思想对中国的作家和评论家都极具新鲜感和启发性。二是倪连声翻译的皮亚杰的《结构主义》,这部书可以说是结构主义的理论基础,它的译出与当时国内流行的三论有关,结构主义与系统论有重合之处。而真正比较具体的结构主义文论,是1984年第4期《外国文学报道》上的三篇译文:一是罗兰·巴特的《叙事作品结构分析导论》;二是托多罗夫的《叙事作为话语》;三是格雷马斯的《叙述信息》。三位结构主义代表人物的文章的译介可以让中国读者基本上了解结构主义的理论和分析方法。① 这三篇文章后来都被反复运用,成为中国叙事批评的重要资料。

这时中国的叙事批评也迈开了前进的步伐。南帆的《小说技巧十年》,把批评的眼光从题材内容转移到形式技巧上。程德培的《受指与能指的双重角色——关于小说的叙述者》和《叙述语言的功能及局限——新时期小说变迁思考之一》两篇文章则更为具体地从"叙述者"和"叙述语言"的角度来研究20世纪80年代以来的小说创作。

随着批评的深入,西方形式批评话语不断得到译介。1986年索绪尔的《普通语言学教程》由高名凯先生译出。这本书的出版让中国批评界找到了结构主义的源头。1987年由瞿铁鹏翻译的特伦斯·霍克斯的《结构主义和符号学》出版,印数达10万册。1988年,罗兰·巴特的结构主义文学理论文选《符号学原理》由李幼蒸翻译出版。1989年,两部俄国形式主义文论同时出版:一是由蔡鸿滨翻译的法国的托多罗夫选编的《俄国形式主义文选》;二是我国学者方珊等人翻译的《俄国形式主义文论选》。1990年,由王文融翻译的热拉尔·热奈特的《叙事话语新叙事话语》。1988年赵毅衡选编出版了《"新批评"文集》。② 至此,中国对西方形式主义和结构主义批评有了比较全面的了解,并在消化西方理论的同时构建自己的形式主义批评话语。而批评话语的构建对于中国的形式主义文学起到了相辅相成的作用。

---

① 参见赵稀方:《翻译与新时期话语实践》,中国社会科学出版社2003年版,第84页。
② 赵稀方:《翻译与新时期话语实践》,中国社会科学出版社2003年版,第86—88页。

翻译文学对中国先锋小说的叙事影响

时值20世纪80年代中期,中国形式主义文学实验愈演愈烈。在博尔赫斯和罗伯-格里耶的小说叙事的影响下,出现了以马原为代表的具有明显后现代主义叙事特征的先锋小说。这批小说的出现,竟使接触西方形式主义批评话语时间不长的中国批评界一时失语,因为后现代主义毕竟与现代主义的表现形式不同。虽然在(20世纪)80年代初对后现代主义有零星介绍,如《外国文学报道》1980年第3期上刊载了约翰·巴斯的文章《补充的文学:后现代主主义小说》的译文。董鼎山也在《读书》1980年第12期上撰写文章介绍西方后现代派小说,但是并没有引起国内对后现代主义小说的重视。直到先锋小说的横空出世,才让中国批评界对后现代主义有所顿悟,接着西方后现代文化理论开始大量地得到译介,其中最有代表性的是王岳川和尚水编的《后现代主义与美学》,这本书萃选了西方后现代文化理论的代表性著作,包括贝尔、哈贝马斯、利奥塔、罗蒂、詹姆斯、福柯、纽曼等人的论文和著作选编。该书对中国后现代批评话语的形成起了重要的作用。不久,王岳川出版了理论研究专著《后现代主义文化研究》,这本中国最早的、最权威的后现代理论阐述主要是对西方诸位理论家的理论概述。①

在把西方的后现代叙事理论运用于中国的先锋小说的批评时,评论界有着不同的声音。

王宁在《接受与变形——当代先锋小说中的后现代性》一文中归纳了中国当代先锋小说后现代性的六个特征:一是"自我的失落和反主流文化;二是"反对现存的语言习俗";三是"二元对立及其意义的分解";四是"返回原始和怀旧取向";五是"精英文学与通俗文学之界限的模糊";六是"嘲弄模仿和对暴力的反讽式描写"。王宁认为,中国当代先锋小说的后现代性表明后现代主义毕竟走进了中国,它虽然与一种特殊的生活方式和价值观念相联系,但是它也与某种精神复杂性和历史性相联系。"作为'后现代'社会之于人类文艺和思想的挑战的回应,它往往倒意味着或迟或早在后进国家或第三世界'独特发展的'文化中将要出现的历史可能性。"但是,王宁也认为,尽管

---

① 参见赵稀方:《翻译与新时期话语实践》,中国社会科学出版社2003年版,第104页。

第三章
现代派翻译文学对中国先锋小说的叙事影响

"后现代技巧"在先锋文本中是一个不争的事实,但是先锋小说的后现代性有其特殊性,因为中国的后现代主义是在"西方后现代主义的影响,传统文化的熏陶,当代生活经验的制约,这三者交互作用下产生的。"①

张旭东在《后现代主义与当代中国》一文中认为,如果以经济基础为理由将后现代在中国贬为无稽之谈,就是忽视了全球范围内的"后现代状况"(利奥塔)对发展中国家和社会主义社会带来的新的挑战和机遇,忽视了全球性的后现代文化环境对消费大众和社会个人产生的深刻影响。"……事实上,中国有大量的文艺作品和文化现象,即使按最拘泥的西方学院式定义,也符合'后现代'的戴帽标准。而更值得中国批评家分析的不是当代中国的文学艺术创作如何借鉴了西方文艺的风格和潮流,而是这些在西方转瞬即逝的风格和潮流如何通过在中国文本里的转世获得了前所未有的历史性。这种历史性并不来自抽象的观念和审美自律性,而是来自当地中国具体的经济、政治、社会、文化现实。我们要追问的不是理论概念体系与现象的机械对应,也不是作为权宜之计的概念的借调,而是现象和理论,或实验和理论间的有机的、辩证的关系。毕竟中国人谈后现代主义,不是为了满足这套理论话语的内在欲望,而是要对当前中国社会文化作出有效分析,对自己所处的历史空间具备反思和批判的能力。"②

这段话肯定了中国具有的一定的"后现代状况"和后现代性文学,强调了后现代主义来到中国以后所获得的前所未有的历史性。也就是说,后现代主义"旅行"到中国与中国文学相结合以后产生了先锋文学,而对其后现代性的分析不应该只是套用西方的后现代理论话语体系中的概念,搞概念体系与现象的机械对等,而是要在借鉴西方话语的同时构建自己的理论话语体系,对中国社会文化作出有效分析。

---

① 王宁:《接受与变形:中国当代先锋小说中的后现代性》,载张义国编:《生存游戏的水圈》,北京大学出版社1994年版,第149页。
② 张旭东:《后现代主义与当代中国》,载《批评的踪迹》,生活·读书·新知三联书店2003年版,第169页。

翻译文学对中国先锋小说的叙事影响

赵稀方在《翻译与新时期话语实践——博尔赫斯热》一文中认为先锋小说是在博尔赫斯等后现代小说的影响下产生的,因此与后者必有相似之处,但这种相似往往只是表面的,用先锋小说证明中国的后现代性,进而断言后现代纪元的到来不能不令人怀疑。他分析了马原小说与博尔赫斯小说在虚构性方面的本质区别,归纳出中国先锋小说与西方后现代小说的根本不同在于中国的先锋小说本质上属于现代性的叙事:

中国的文化语境是初步商品经济中旧的政治权力和文化秩序的消解,这与西方后现代主义的文化背景不属于一个层次。中国先锋小说所要解构的是既定的历史叙事方式,并不是历史本身;所要破坏的只是既定的政治文化中心;并不是一切中心,所要消解的只是旧的意义,并不是一切意义深度。他们对于旧有的价值系统的破坏,对于历史和现实的关注,其实是一种新的意义深度的表现。有一位评论家说得好:"在西方消解的是'不断确立的中心',而在中国消解的是'从未被改变过的中心',这就使得西方的意义消解批判的是'有意义的意义',而中国的意义的消解取消的是'本来就该被取消的意义'。""西方是尝遍了各种意义才对意义本身产生怀疑,而中国则主要是指传统价值体系无以寄托国人现代灵魂所致,所以西方人可以说意义中心不再必要,而中国人则不过是渴望构建一个新的意义来取代传统意义罢了。"[①]

上述学者观点在中国是否在后现代主义这个问题上发生了明显的分歧,表现为王宁、张旭东承认中国的后现代主义而赵稀方则怀疑中国的后现代主义,这也是中国理论界颇具代表性的两种观点。虽然前者持肯定观点后者持否定观点,但是他们都明确地指出了后现代主义来到中国以后在接受过程中被本土化的现象。如王宁认为中国先锋小说的后现代性有其特殊性,因为中国的后现代主义是在"西方后现代主义的影响,传统文化的熏陶,当代生活经验的制约,这三者交互作用下产生的。张旭东认为西方后现代主义的风格和潮流因在中国文本里的转世从而获得了前所未有的历史性。这种历史性并不来自抽象的观念和审美自律性,而是来自当代中国具体的经济、政治、社会、文化现实。赵稀

[①] 参见赵稀方:《翻译与新时期话语实践》,中国社会科学出版社2003年版,第109—110页。

第三章
现代派翻译文学对中国先锋小说的叙事影响

方认为中国先锋小说的后现代叙事特征只是一种表象,其本质上却是一种现代性话语,因为中国先锋小说所要消解的只是旧的意义,并不是一切意义深度。他们对于旧有的价值系统的破坏,对于历史和现实的关注,其实是一种新的意义深度的表现。这是由正处于现代性焦虑中的中国的国情所决定的。由此看来,他们真正发生分歧的地方是,这种本土化了的后现代主义还是不是后现代主义这一问题。如前所述,中国的形式主义批评话语以及后现代主义批评话语都是在西方话语的影响下产生的,虽然有依据中国国情的建构性,但是正如张旭东所言:"在当代中国,严格的、技术性较强的后现代主义理论话语基本上是西方理论的寄生物,因为这套理论的具体分析对象是西方的。其犀利的理论运作(比如现在在西方几乎已经是家喻户晓的'解构'),无论怎样'反传统',都牢牢地吸附在西方思想观念的历史地形上(如从柏拉图到尼采的形而上学传统、启蒙运动和法国大革命、实证科学,等等)"[1] 站在这样的话语体系上来看待中国的"后现代主义"文本,有的学者在西方后现代主义文本的参照下看到的是它们之间的不同,而有的学者则强调了西方后现代主义模式在容纳了富有民族特色的文学实践后所保留的后现代性。这两种观点其实并没有根本的不同,只是分别强调了同一事物的不同方面,而这不同的方面实际就是文化间性的双方。因为西方后现代主义是经由翻译来到中国的,对后现代主义的接受在很大程度上是对翻译文本的接受,因此笔者认为应该站在文化间性的立场上来看待中国对后现代主义的接受。我们在前文论证了文化间性的产生来自翻译的不透明性。翻译的不透明性所带来的结果正如德里达在自己的书《书写与差异》的中文版面世时对译者所说的那样:"从某种角度上说,它会变成另一本书。即便最忠实原文的翻译也是无限地远离原著、无限地区别于原著的,而这很妙。因为,翻译在一种新的躯体、新的文化中打开了文本的崭新历史。"[2] 译著与原著的差异就在于译著获得了在"一种新的躯体、新的文化

---

[1] 张旭东:《后现代主义与当代中国》,载《批评的踪迹》,生活·读书·新知三联书店2003年版,第169页。

[2] [法]雅克·德里达:《书写与差异》,生活·读书·新知三联书店2001年版。

翻译文学对中国先锋小说的叙事影响

中被打开"的经历,这种经历所带来的特性就是文化间性。文化间性不仅在译本中结晶,而且还会经由译本传递给译语文化中的其他文本。中国的先锋小说就是一个鲜明的例子。本章在前几个问题的论述中都试图说明先锋小说与西方后现代主义的文本在叙事特征上的相似之处同时也试图证明它们的不同之处,即发生变异的情况。这同与异就是间性的存在。笔者认为,正是先锋小说文本中所蕴含的文化间性才使得学者们的观点产生分歧,分歧就在于有的强调"同",如王宁、张旭东,有的强调"异",如赵稀方。任何一种理论或文学话语经由翻译旅行到另一文化体系中就不可避免地带上了文化间性,而特别是像后现代主义这种被西方学者强调与某种特殊的生活方式和观念相联系,"后现代主义的代码与一种特殊的生活方式和观念相联系,这也包括拉丁美洲在内的西方世界是常见的。文学上对无选择性的偏好与丰裕的生活条件所提供的某种'选择的困扰'是相符的。……鉴于此因或其他因素,在中国赞同性地接受后现代主义是不可想象的"(佛克马语)①,所以,后现代主义在中国的命名也是颇费周折的,但是笔者认为也许命名并不是至关重要的,因为关键不在于如何套用西方后现代主义理论话语体系,而在于如何借鉴西方并建构自己的话语体系对中国的后现代主义作出有效的分析,而文化间性就是在建构中国的后现代批评话语时的一个关键词。

本章从叙事的角度分析了的中国先锋派小说与西方现代主义和后现代主义小说的共同特征。中国的先锋小说不仅具有西方现代主义小说的标志性特征,如心理时间取代物理时间的叙述方式和人物的碎片化和喜剧性而且具有后现代主义小说主要特点如元小说的叙事结构、戏仿、互文性、语言游戏等。正如朱水涌总结的那样:"他们的叙事既有着西方现代主义精英叙事的痕迹,又弥漫着西方后现代消解精英叙述的影子,在一种对现代主义和后现代主义都含混不清的情况下,体验式地于文化裂缝中进行着先锋叙事的实验,企图建立叙事自

---

① 转引自王宁:《接受与变形:中国当代先锋小说中的后现代性》,载张义国编:《生存游戏的水圈》,北京大学出版社1994年版,第149页。

身的意义模式,以此对接当代的西方文学和崛起的拉美文学。"① 可以肯定,中国先锋小说的诞生,是中国当代作家在西方的现代主义和后现代主义几乎是接踵而至的思潮对中国文学的冲击和挑战下,回答"活,还是不活"的哈姆雷特式的追问时所给出的答案,是他们在现代性焦虑的驱使下所作出的反传统的选择的结果。我们知道西方现代主义和后现代主义几乎是在20世纪80年代的翻译高潮中同时来到了中国,在中国特殊的历史政治文化背景中被接受、误读并产生影响的。

---

① 朱水涌:《叙事与对话——比较视野下的中国现代文学》,南京大学出版社2007年版,第160页。

第四章

翻译文学的影响个案研究

——博尔赫斯小说对马原小说的叙事影响

第一节 博尔赫斯与中国当代先锋写作

一、博尔赫斯——一位喜欢中国文化的世界性作家

博尔赫斯，这个一向被称为"作家们的作家"的阿根廷人，是20世纪少有的反过来影响了欧美现代派和后现代派的大作家。法国著名作家安德烈·莫洛亚早在60年代就指出："……博尔赫斯是位只写小文章的大作家。小文章而成大气候，在于其智慧的光芒、设想的丰富和文笔的简练，文笔像数学一样简练。"[①] 美国著名文学评论家约翰·勃拉绪伍德将博尔赫斯视为美国文学的分水岭，他说："一位研究美国文学的学者把美国文学分为两个时期：博尔赫斯之前和博尔赫斯之后，我觉得此说不无道理。"[②] 世界文学评论界对博尔赫斯到底归属什么文学流派一直争论不休，有说博尔赫斯是"幻想派"文学的代

---

① [法]安德烈·莫洛亚：《从阿拉贡到蒙泰朗》，巴黎学院书屋1967年版，转引自林一安：《博尔赫斯全集》汉译本总序：《走进本真的博尔赫斯》，浙江文艺出版社1999年版。
② [美]约翰·勃拉绪伍德：《20世纪西班牙语美洲长篇小说》，封四，墨西哥文化基金出版社1984年版。

第四章
翻译文学的影响个案研究

表人物,也有将他说成后现代主义文学的鼻祖,还有极端主义、表现主义、先锋派、魔幻现实主义、神秘主义……五花八门,不一而足。其实,正如林一安所说的:"无论'幻想'也好,还是'后现代'也好,这些都是评论家给他贴上的卷标,这些卷标对活生生的博尔赫斯的作品来说,也许都是不够的。博尔赫斯的意义在于他用他的创造性天才,开创了一片只属于他自己的文学新天地,属于那种开一代先河的作家,从而成为20世纪60年代拉美文学爆炸中的代表人物,他的独特正在于他的创造性,就是他可以游刃有余地在东西方各种千奇百怪的文化典籍中寻求灵感,并以他自己的方式创作出作品,因而成为了一个影响了20世纪人类文学发展的大作家"。[①]

博尔赫斯非凡的影响力不仅来自他的作品的创造性,还来自博尔赫斯作品中鲜明的世界性,莫洛亚说他是一位没有"精神祖国的世界性作家"。这使得他与拉美文学之间的关系变得颇为微妙。像略萨这样的拉丁美洲的作家,坚持认为博尔赫斯的作品是拉丁美洲文学的自然延续,博尔赫斯是拉丁美洲文学的杰出代表。而墨西哥诗人1991年诺贝尔奖得主帕斯也对否认博尔赫斯拉美作家身份的观点做过驳斥:"欧洲人对博尔赫斯的世界性大为惊愕,但他们当中没有一个人认识到这种世界主义只是、也只能是一个拉丁美洲人的观点。拉丁美洲的独特性属于欧洲式样,我的意思是,它是另一种西方的格调,一种非欧洲的格调。"[②] 事实上,拉美文学始终就存在着西班牙文学、土著文化和欧洲文化的冲突与融会,而博尔赫斯更多地代表了对欧美文化的选择。他始终对欧洲文学充满了特殊的情感。虽然人们总是习惯性地称他为拉丁美洲作家,可从本质上来说博尔赫斯是他自称的"欧洲作家"。这个"欧洲作家"有其特定含义,用他自己的话说,"在欧洲,那里的作家是法国、意大利、芬兰、德国、英国作家,但是他们从来不承认自己是欧洲作家。我们却相反,我们有我们的一大群幽灵,我们是唯一可以认为欧洲是一个新单位的作家,我们是仅有的真正的欧洲作家。""我是一个西方作家,西方诗人。我是这个没落的文明世

[①] "就博尔赫斯对林一安的访谈"www.rongshuxia.com/channels/zj/annbaby/gu.

[②] 转引自陈光孚:《对博尔赫斯创作的解析》,载《外国文学》1985年第5期。

界——西方的代表。"① 虽然，作家自我认同为"欧洲作家"，但作为阿根廷人，拉美文化不可避免地融入他的血液中，而博尔赫斯对东方文化的喜爱尤其是对中国文化和哲学的痴迷，使他的作品带上了东方的神秘主义和直觉思维的特点。博尔赫斯作品的世界性来源于他的阅读，他工作的国立图书馆拥有80万册藏书，而书籍对于博尔赫斯如同生命一般重要，在他被任命为国立图书馆馆长时写下了这样一首诗：

  我心里一直都在暗暗设想，
  天堂应该是图书馆的模样。

  博尔赫斯的博览群书，以及对东西方文化的兼收并蓄使他的文化认同带有复杂性或多元性的特点。这是他成为世界性作家和"作家们的作家"的基础。

  对于中国文化，博尔赫斯深深敬佩，终身保持着浓厚兴趣和热烈的情感。他使用的手杖，原产中国，那是他20世纪70年代末在美国唐人街买到的。他的最后一部著作《地图册》（*Atlas*）的最后一页是一幅照片：博尔赫斯用一只老皱的手抚摸汉碑，"那只手在碑上的流连触摸好似象征了这位几乎失明的老作家对未能访问中国的遗憾，碑刻显然是在日本，但是汉字与手指发生接触的一瞬间把这位拉丁美洲文学天才与中国文化连在了一起。"② 博尔赫斯曾多次表示："不去访问中国，我死不瞑目。""长城我一定要去，我看不见，但是能感受到，我要用手抚摸那宏伟的砖石。"③ 他得知秦始皇兵马俑被发掘的消息时，几乎夜不能寐。可他最终没能踏上他梦想的国度，他通过理雅阁、翟理思等汉学家的译著及冯友兰的英文著作了解中国。他把庄子尊称为"幻想文学"的祖宗（博尔赫斯自己也被视为幻想文学的代表）。他在一首题为《漆手杖》的诗中说："……想起了那位梦见自己变成了蝴蝶、醒来之后却不知道自己是

---

① 转引自陈凯先：《作家们的作家·前言》，云南人民出版社1997年版。
② 董鼎山：《再谈阿根廷大师博尔赫斯》，载《读书》1988年第3期。
③ http：//blog.tianya.cn/blog-703280-1.shtml，2008-12-11。

第四章
翻译文学的影响个案研究

梦见变成蝴蝶的人还是梦见变成人的蝴蝶的庄周。"① 庄子梦醒不知自己是人是蝶,博尔赫斯也在完成一篇作品后忘了到底是"我"还是"博尔赫斯"创作的。在他的小说《圆形废墟里》,魔法师在火神庙的废墟里用梦创造了一个少年,他为少年担心,担心他若知道自己只是别人的幻影一定会万分沮丧,可当火神庙宇的废墟再次遭到火焚时,他发现火焰没有吞噬他的皮肉,而是不烫不灼地抚慰他,淹没了他。他这才知道自己也是一个幻影,另一个人梦中的幻影。这样的梦中之梦不禁令我想起白居易的两句诗:"为当梦是浮生事?为复浮生是梦中?"博尔赫斯的梦与庄周的梦,白居易的梦,居然会如此奇妙地相似。

博尔赫斯是个幻想天才,他能够从所获得的有限的中国文化资料里琢磨出了一些奇怪的东西。他说中国梁代有根君王的令牌,传给新君时会缩短一半,再传又缩短一半,一直传下去。这很可能是博尔赫斯的虚构,他把《庄子》中"一尺之棰,日取其半,万世不竭"的吊诡和秦始皇"传之万世"的狂想捏在一起了。他还依据一篇寓言作品,把韩愈作为影响卡夫卡的第二位先驱(第一位是古希腊的芝诺)。经翻译家王永年先生费心,还原出此文是韩愈的《获麟解》,而钱钟书先生在《中国诗与中国画》②一文中断言博尔赫斯这是在拉郎配。在《约翰·威尔金斯的分析语言》一文中,他借弗朗兹·科恩博士之口,引述一本中国古代叫《天朝仁学广览》的百科全书,谈到中国的动物分类法:a. 属于皇帝的;b. 涂香料的;c. 驯养的;d. 哺乳的;e. 半人半鱼的;f. 远古的;g. 放养的狗;h. 归入此类的;i. 骚动如疯子的;j. 不可胜数的;k. 用驼毛细笔描绘的;l. 等等;m. 破罐而出的;n. 远看如苍蝇的。③ 科恩博士实有其人,他是《红楼梦》的德文译者,而这部《天朝仁学广览》大

---

① 参见新浪"历史文化论坛",http://club.history.sina.com.cn/thread-977715-1-1.html,2006-4-2。
② 钱锺书:《中国诗与中国画》,载《七缀集》,生活·读书·新知三联书店2002年版。
③ [阿根廷]豪尔赫·路易斯·博尔赫斯:《博尔赫斯全集·诗歌卷》(上),王永年、徐鹤林等译,浙江文艺出版社1999年版,第428—429页。

概又是博尔赫斯的虚构。有趣的是，博尔赫斯这段子虚乌有的引文竟成了福柯写作《词与物》一书最初的灵感来源（见福柯《词与物》序言）。

博尔赫斯还给《聊斋志异》写过一篇序，其文字是这样的：

> 这是梦幻的王国，或者更确切地说，是梦魇的画廊和迷宫。死者复活；拜访我们的陌生人顷刻间变成了一只老虎；颇为可爱的姑娘竟是一张青面魔鬼的画皮；一架梯子在天空消失，另一架在井中沉没，因为那里是刽子手、可恶的法官以及师爷们的起居室。①

北京大学教授吴晓东对此点评道："博尔赫斯显然是从幻想文学的角度看《聊斋志异》的，他认为，一个国家的特征在其想象中表现得最为充分。"博尔赫斯认为《聊斋志异》"使人依稀看到一个世界上最古老的文化，同时也看到一种与荒诞的虚构异乎寻常的接近。"所以在博尔赫斯眼里，《聊斋》是名副其实的幻想文学。而吴晓东又指出："当博尔赫斯从'荒诞的虚构'的意义上理解《聊斋》时，我们自己的文学教科书却更强调《聊斋志异》的社会内容，把小说中的神异、幻想、鬼怪故事看成作者影射现实、反映现实的手段。"②

博尔赫斯从西方的视角看中国，加上自己又是一个幻想的天才，很容易把中国神异化。博尔赫斯十分痴迷于他想象中的中国，他的代表作《小径分岔的花园》便借助中国的神秘写了一个扑朔迷离的迷宫故事和故事的迷宫。故事中的中国庭院、月白色的鼓形灯笼、凉亭、中国音乐、《红楼梦》、云南总督、迷宫、分岔的小径……营造了浓郁的中国文化氛围。而由书——花园——迷宫所象征的时间哲学来自一百年前的中国云南总督彭崔，是汉学家斯蒂芬·艾伯特博士剖译了迷宫的秘密，指出书就是那迷宫，一座时间的无形迷宫。艾伯特对彭崔的重孙，小说的主人公余准所说的一段话表明了作者

---

① ［阿根廷］豪尔赫·路易斯·博尔赫斯：《博尔赫斯文集·文论自述卷》，王永年、陈众议等译，海南国际新闻出版中心1996年版，第92页。

② 吴晓东：《从卡夫卡到昆德拉》，生活·读书·新知三联书店2003年版，第220页。

第四章
翻译文学的影响个案研究

的时间哲学,也暗示了他所理解的东方:

> 在所有的虚构小说中,每逢一个人面临几个不同的选择时,总是选择一种可能性,排除其他;在彭崔的错综复杂的小说中,主人公却选择了所有的可能性。这样一来,就产生了许多不同的后世,许多不同的时间,衍生不已、枝叶纷披。
>
> 小径分岔的花园是一个庞大的谜语,或者是寓言故事,谜底是时间。您的祖先和牛顿、叔本华不同的地方是他认为时间没有统一性和绝对性。他认为时间有无数序列,背离的、汇合的和平行的时间组成一张不断增长、错综复杂的网。由互相靠近、分岔、交错或者永远互不干扰的时间组成的网络包含了所有的可能性。我们并不存在于这种时间的大多数里;在某一些里,您存在,而我不存在;在另一些里,我存在,而您不存在;在再一些里,您我都存在。时间是永远交叉着的,直到无可数计的将来。在其中的一个交叉里,我是您的敌人。

这部貌似侦探或历史小说的关于时间的小说被美国学者史景迁(J. Sepence)纳入了世界文学言说中国的线索之中。他在北大的演讲录《文化类同与文化利用——世界文化总体对话中的中国形象》中,从国外文学史中梳理出一条西方作家描绘中国的历史线索。其中还有卡夫卡的《万里长城建造时》(1917)、马尔罗的《人的命运》(1933)、卡内蒂的《迷惘》(1935)、布莱希特的《四川好人》(1940)、巴拉德的《太阳帝国》(1984)、卡尔维诺的《隐形的城市》(1972),还有"把一生中大部分时间用于研究和利用中国"的诗人艾兹拉·庞德的诗作。

博尔赫斯是个文学家,最关注的却是哲学问题,如对人生、宇宙的冥思,时间与永恒、存在的荒谬、人对自身价值的探究和对绝对真理的无望追求。由于对死亡、虚无、偶然、永恒等主题的一味追索,使他的小说表现出某种多层次的深意和"黑洞式的深邃"。具有丰富的哲理意蕴,但同时非理性的因素如情感、直觉、幻觉、下意识、灵感等又影响着这些主题的表现。博尔赫斯深受各种非理性思潮的影响,叔本华的悲观主义、尼采的意志论和虚无主义、博格森的"生命冲动"说及"心理时间"观、弗洛伊德和荣格的"无意识"论等都烙在了博尔赫斯的思想中。值得注意的是,博尔赫斯也研究中国的老庄哲学,并深受其影响。老庄哲学中对宇宙的深刻认识、对人天关系的体悟、对人类本性的揭示无不与博尔赫斯对宇宙的冥思、对时间和永恒的思考,对人类生命在无限循环中走向虚无的揭示有着一种跨越时空的相似。而且他们表达思想的方式也有着惊人的一致,《老子》全书都是以格言的形式写成;《庄子》书中充满了形形色色的寓言和故事,而博尔赫斯把对人类存在的哲理思考融入自由的感觉体验之中,他用小说和诗歌的形式来表达它们,也就是说,他的玄想最终都落实到小说的形式和小说的元素之中。这是一种诗性的哲学,也是哲学化的诗学,与不用思辨用直觉观本质的中国老庄哲学有着形式上的共同之处。张汉行在《外国文学评论》1999年第4期上发表《博尔赫斯与中国》一文中指出,博尔赫斯深入地钻研过《道德经》、《庄子》和《易经》。《道德经》对西方知识界产生了广泛的影响,荣格曾说:"在我看来,对道的追求,对生活意义的追求,在我们中间似乎已成了一种集体现象。"[1] 博尔赫斯也与荣格、卡夫卡等人一样,为《道德经》博大的智慧所折服,《道德经》成为他心目中中国的象征之一。与《道德经》相比,《庄子》更富有文学性,因而更令博尔赫斯倾倒。而《易经》使博尔赫斯沉迷之处,主要在于六十四卦的神秘玄奥与包容一切。他认为,智慧、玄奥、形而上学与文学的统一,这些正是博尔赫斯风格中的重要特征,在这一风格的形成中,不能排除上述中国典籍所造成的影响。在博尔赫斯的阅读与写作生涯中,老庄哲学与自柏拉图至博格森的西方哲学传统殊途同归,对博尔赫斯的人生观及文学观之形成,即使不是最初的生成要素,也是后来的构成要素之一。

综上所述,博尔赫斯本人的中国情结,他的作品中对中国的言说,还有他以寓言表达思想的仿东方式的方式都会使中国的读者在感到神秘玄奥的同时也有某种似曾相识的亲切。这在一定程度上促进了他在中国的接受和影响。

---

[1] 转引自张汉行:《博尔赫斯与中国》,载《外国文学评论》1999年第4期。

第四章
翻译文学的影响个案研究

二、博尔赫斯对中国先锋作家的影响

可以说，没有哪一位作家像博尔赫斯那样在中国得到了如此系统的译介，作为一个后现代主义作家，博尔赫斯来到中国是比较早的。1961年4月的《世界文学》刊登了一则简讯，记叙了阿根廷进步作家召开的一次关于阿根廷小说的座谈会，其中写道：

> ……他（坎托）举出以描写人物心理见称的博尔赫斯和马莱亚为例，他们在作品中反映的现实是畸形的、混乱的，那是因为他们那时候的社会是畸形的、混乱的，因此还是真实的。

这可能是Borges（博尔赫斯）之名在中国的最早出现。

中国的学者开始真正注意博尔赫斯是在1976年，陈凯先是中国最早接触博尔赫斯作品的学者之一，他写过这样一段话：

> 我第一次听到博尔赫斯的名字是在1976年的一个炎热的夏天，就在我即将去墨西哥进修西班牙、拉美文学的前夕，我的从事了一生英美文学教学与研究的父亲陈嘉教授与我进行了长谈，他谈到当时已在欧美享有盛誉而在我国却知之甚少的阿根廷作家豪尔赫·路易斯·博尔赫斯。他建议我若有兴趣和条件研究一下这位被人们誉为"作家们的作家"的作品。[①]

而陈凯先也在两年之后写出了一篇评博尔赫斯小说集《沙之书》的论文。这也许是国内第一篇关于博尔赫斯的专论。

1979年第1期的《外国文艺》上刊登了王央乐译的博氏的四部短篇小说：《交叉小径的花园》、《南方》、《马可福音》、《一个无可奈何的奇迹》。这是博尔赫斯的作品首次介绍给中国读者。

1981年，由中国社会科学院外国文学研究所编辑出版的《世界文学》4月号上有一个博尔赫斯专辑，同时译介了他的三个短篇和五首诗，译者是王永

---

① 陈凯先：《博尔赫斯作品中的独特见解》，载《外国文学》1992年第3期。

年。之后,《当代外国文学》1983年第1期、《外国文学报导》1983年第5期、《外国文学》1985年第5期分别刊出了陈凯先、解崴等译的博氏小说及诗歌。1983年上海译文出版社出版了王央乐翻译的《博尔赫斯短篇小说集》,这本书几乎成为一代先锋派作家的"圣经",影响深远。1986年6月,博尔赫斯逝世。《世界文学》、《外国文学动态》、《外国文学报导》分别刊出了这一消息,并报道了拉美文坛及国际文学界对博氏逝世的反应。作为纪念,《外国文艺》刊载了朱景冬译的《我的回忆》一文,透过此文中国读者对博尔赫斯又有了进一步的了解。1986年之后,对博氏的译介扩大到诗歌、文论、谈话录诸多方面,并且更多地以辑入书籍的形式出版。1986年至1989年间,杂志刊登的有关博尔赫斯的文章共8篇,其中高尚写的《博尔赫斯的世界》一文是第一篇由读者撰写的文章,而此前的有关博氏的文章均出自西语译者兼学者之手,这表明博尔赫斯已受到"中国读者"的关注。

进入20世纪90年代之后,对博尔赫斯的译介仍在继续进行。《外国文学》1992年第5期、海外出版社的汉语杂志《倾向》1995年第5期分别推出了"博尔赫斯特辑"从80年代中期到90年代中后期这十多年间,博尔赫斯几乎所有的作品都被译成了中文,有些还有数种版本。它们通过杂志、选集、出版书等形式在国内大量发行。1996年海南国际新闻出版中心出版了《博尔赫斯文集》,分为小说、文论自述、诗歌随笔三卷本,每本前后都附有中外名家的评论。1999年浙江文艺出版社出版了五卷本的《博尔赫斯全集》,这一全集是根据阿根廷埃梅塞出版社1996年版四卷本《博尔赫斯全集》翻译的,分为小说卷、诗歌卷(上、下)和散文卷(上、下)。从70年代末80年代初开始,"我们是渐渐地、但有步骤地接近博尔赫斯的:先是瞥见作家那稍纵即逝的身影,然后是模糊不清的轮廓,稍后是引人注目的音容笑貌,如今展现在我们面前的,是大师那沉甸甸的五卷雄文,挂着他心爱的漆黑的中国手杖步履蹒跚而坚定地向我们走来……"① 如今我们得以了解一个完整的博尔赫斯,而这一切要归功于几乎整整一代西语学者的努力,应该记住这些名字:王央乐、陈凯

---

① 林一安:《博尔赫斯全集》总序"走进本真的博尔赫斯",浙江文艺出版社1999年版。

第四章
翻译文学的影响个案研究

先、陈众议、赵德明、林一安、陈光孚、李德恩、倪华迪、王永年、朱景冬……在80年代西化热潮中,虽然几乎所有重要的外国作家都被介绍到了中国,但是这介绍是散乱的、菁芜并存的,是缺乏系统的,只有博尔赫斯是个例外,这或许源于中国西语学者及普通读者心中的"博尔赫斯情结"。事实上,博尔赫斯是对中国先锋小说家影响最大的作家之一,也是先锋作家心仪的精神导师。格非回忆过当时的情形:"在80年代中后期的文学圈子里,博尔赫斯这个字仿佛是吸附了某种魔力,闪耀着神奇的光辉,其威力于今天的村上春树大致相当"[①]。

在评论界,提到受博尔赫斯影响最多的作家有马原、洪峰、格非、余华、孙甘露、叶兆言、残雪、苏童和潘军。我们可以很轻松地报出受博尔赫斯影响的一批作品,如马原的《虚构》《冈底斯的诱惑》,格非的《褐色鸟群》《青黄》《迷舟》,余华的《往事与刑罚》《此文献给少女杨柳》,孙甘露的《信使之函》《访问梦境》《请女人猜谜》,叶兆言的《五月的黄昏》,潘军的《流动的沙滩》等,从其作品中最明显地看到受博尔赫斯影响的是马原、格非和洪峰,而余华、叶兆言、苏童等的作品中博氏的影响则有些微妙难言。因为有的影响属于形式技巧方面的借鉴和模仿,有的则属于观念的冲击。例如,苏童曾不止一次提到博尔赫斯对他创作的影响,谈得最多的是以下这段话:"大概是在1984年,我在北师大图书馆的新书卡片盒里翻到书名,我借到了博尔赫斯的小说集,从而深深陷入博尔赫斯的迷宫和陷阱里,一种特殊的立体几何般的小说思维,一种简单而优雅的叙述语言,一种黑洞式的深邃无际的艺术魅力。坦率地说,我不能理解博尔赫斯。我为此迷惑,我无法忘记博尔赫斯对我的冲击。"[②] 可见苏童初遇博尔赫斯时除了震撼还有许多的迷惑,而也许正是这种迷惑中的震撼才更具有挑战性。博尔赫斯和他的叙事迷宫像迷宫一样走进中国作家的视野,开启了一片新的文学空间。

---

① 格非:《博尔赫斯的面孔》,载《十月》2003年第1期。
② 苏童:《寻找灯绳》,江苏文艺出版社1995年版,第145页。

翻译文学对中国先锋小说的叙事影响

第二节　马原的现代叙事与博尔赫斯的影响

一、马原——中国先锋作家们的作家

对作家马原，文学评论界有这样一些评论：

> 马原是新潮小说的扛大旗者，一大批新潮作家都是在他挥动的旗帜的指引下聚集起来投奔新潮文学事业的。[1]

> 20世纪80年代中后期，马原小说的巨翅的投影不但覆盖了几乎整个中国文坛而且成了包括后来成为名噪一时的先锋作家在内的一大批青年作家的叙事蓝本。在马原辍笔8年后的今日，他的名字和作品仍不时地被人们提及。他成了少数很难被人忘却的作家之一。[2]

> 马原是一个真正博览群书，而个人风格又十分突出的作家，在马原身上几乎看到了一位伟大作家所必须具备的所有素质和禀赋。[3]

> 马原是中国最有才华最有哲理悟性的青年小说家，第一个意识到当代小说叙事有着重大缺陷。[4]

> 马原给我们提供的可能性绝不单单是操作上的可能性，而是整个摧毁一种思维方式，他使我们对小说的理解发生了一次革命性的变化。而这种变化绝不意味着他就是引导我们向某一个方向前进。有了这个变化之后，聪明的小说家发现了小说的多种可能性意味着表达方

---

[1] 吴义勤：《中国当代新潮小说论》，江苏文艺出版社1997年版，第18页。
[2] 何立伟：《评马原的〈错误〉》，载《漓江》1997年第2期。
[3] 格非：《十年一日》，载《莽原》1997年第1期。
[4] 张立国：《中国小说家批判之一：马原的风景》，http：//www.xici.net/d3464606.htm，2001-11-26。

第四章
翻译文学的影响个案研究

法的多种可能性,它包括向各个方面的探索。马原的意义就在于他不是教会了我们该怎样做,而是给了我们一个巨大的提醒。他提醒了我们之后,然后我们开始尝试各种各样的一个众目睽睽的入口处。在众多批评家的记忆中,马原小说的出现是一个重要事件。马原的名字如同一只机灵的燕子盘旋于批评家的口吻之间,引致纷纷扬扬的肯定与否定。无论马原是否得到足够的褒扬,人们至少可以从舆论中证实,马原已成功地扮演了一个始作俑者的角色。马原小说的组装技术和迷宫设置在后续而来的另一批小说之间得到了或明或暗的响应。①

马原是个与众不同的作家,他的与众不同不仅因为他是个喜欢自说自话的人(陈村语),更因为他那带着点传奇色彩的生活经历和独特的个性。马原对西藏的热爱也许已超过了世世代代生活在那里的藏民们。他是活在那里的,西藏是他一生中的死结,一辈子都过不去的槛(马原语)。这其中的玄机连他自己都说不清楚,只能归于冥冥之中的神灵,因为离开西藏后的马原一辍笔就是十多年。马原除了喜欢天马行空,还是个特别自信的人,用他自己的话说,是个极端自负的男人。他的《阅读大师》里经常会出现——我和博尔赫斯、我和海明威之类的句子。他自负的极端还表现在他对一些公认大师的看法上。首先他对大师这个称谓的比喻就足以让我们大跌眼镜,他说:大师算个什么东西啊!学着下几年象棋怎么也混个大师、特级大师什么的,现在大师就是廉价货,跟菜场里的大肠、大头菜没有什么差别,都是一回事啊!他说,我讨厌尼采、造物、意志、日月,经天从来不会因为尼采这种小丑说几句什么不敬的话有什么改变。他说:"我对贝多芬的《命运》厌恶至极……"他还说:"我是个浅薄的人……"②

我们今天研究马原、谈论马原,是因为他那在文学史上占有一定地位的几部名篇:《冈底斯的诱惑》、《西海无帆船》、《虚构》、《错误》、《零公里处》、

---

① 南帆:《再叙事:先锋小说的境地》,载《文学评论》1993 年第 3 期。
② 参见《寻找那个叫马原的汉人——先锋作家马原访谈录》,姑苏青锋的 Blog,2006 - 10 - 12。

翻译文学对中国先锋小说的叙事影响

《拉萨生活的三种时间》及《叠纸鹞的三种方法》。他们是中国当代真正意义上的形式主义小说。这些形式主义小说向传统的文学观念和传统的审美习惯做了无声而又强有力的挑战。这种形式主义小说的问世意味着中国先锋小说的成形并标志着中国当代文学的一个历史性转折的最后完成。小说家马原在文学史上的地位源于他独特的个性和独特的经历，但是还有更重要的一点是得益于他创作小说的那个年代——20世纪80年代。80年代初中期，当西方现代主义包括后现代主义作品蜂拥而至的时候，人们一点也吃不准，更不要谈消化之后变成自己的东西了。而马原却因此创造了一种全新的汉语叙事文学的文体。我们不得不承认马原有一个非常强壮的"胃"，有着极好的"消化""吸收"功能，能够把博尔赫斯、略萨、罗伯-格里耶、海明威还有拉格洛芙、菲尔丁等西方现代主义、后现代主义和现实主义大师统统咀嚼消化一番，变成自己的东西。作家格非说过马原是个真正博览群书的人，但无论是在"作家与书或我的书目"中还是在《阅读大师》里，马原津津乐道的都是西方的作品和作家，他公开承认的对其产生影响的作家也都是清一色的西方作家，如博尔赫斯、海明威、拉格洛芙、菲尔丁等。莫言曾说过"我是读翻译文学长大的"。这句话同样适合马原，他曾说他尤其喜欢欧美文学，不大喜欢俄罗斯和革命文学。[①] 可以说是翻译文学滋养了作家马原，特别是西方现代主义和后现代主义作品的译本深刻地影响了这位先锋派的始作俑者。正是这些影响使得马原的小说观念和叙事方式相对于当时的中国文坛来说是个全新的概念。马原创作的转折点是在他去西藏以后。他1982年大学毕业去西藏；1983年，他从西藏回沈阳，带回了四篇小说，包括《拉萨河的女神》、《冈底斯的诱惑》的雏形《西部小曲》以及《儿子没说什么》。他说："到西藏一年，我的写作发生了大变，跟大学时期不一样了。"马原后来又回忆说："西藏先是让我明确了造物主的意志。也就是爱因斯坦所说的'显示自然界和谐和秩序的那种阔大无边的力量。'同

[①] 参见新京报记者访马原录"马原：先锋小说开拓者在理想年代一鸣惊人——中国先锋小说开拓者回顾代表作《冈底斯的诱惑》发表前后"，转载自：首都图书网，发布日期：2006-11-29。

第四章
翻译文学的影响个案研究

时我也是在西藏弄懂了梳理和排列的无穷奥秘,忽然悟到了电影蒙太奇和毕加索的诡异哲学。我因此见识了另一番天地。我在西藏汲取了我一直在寻找的那种能量。"① 《拉萨河的女神》的发表后来被视为先锋文学诞生的标志,虽然在这部作品中马原的小说观念和叙事方式还具有一定的尝试性和稚拙。而他的第二部关于西藏的小说《冈底斯的诱惑》的发表仍然是一波三折,当时《上海文学》的主编李子云觉得小说好是好,可拿不准,不敢轻易发表,后来经过李陀和韩少功的极力推荐最终发表在《上海文学》上。在这部小说中,马原的叙事手法变得成熟了,《拉萨河的女神》中还带有形式化痕迹的"拼版式"结构,在《冈底斯的诱惑》中已变得浑然天成,而且小说的人物和小说的故事被更高的具象性和更深邃的偶然性所推动,展示出变幻无穷的叙述层次和神奇莫测的故事内容。从此,马原的创作渐入佳境。《叠纸鹞的三种方法》、《涂满古怪图案的墙壁》、《拉萨生活的三种时间》、《游神》等,几乎每一本小说都带来一份惊奇。到《虚构》马原达到了他小说创作的高峰。"我就是那个叫马原的汉人,我写小说。"是《虚构》中的第一句话,这个句子成了中国当代文学中影响最为深远的一个经典句式。《错误》、《大师》、《大元和他的寓言》、《旧死》等小说无疑是中国先锋小说的第一批经典作品。直到1987年,马原推出了他唯一一部也是先锋小说界第一部长篇小说——《上下都很平坦》。从那以后,马原基本上封笔(直至2012年长篇小说《牛鬼蛇神》出版)。马原影响和带动了一批更为年轻的作家:洪峰、孙甘露、苏童、潘军、余华、格非、北村、吕新、叶曙明、杨争光等。他们被称为"马原后"作家,是他们把中国的先锋文学推向另一个高潮。

如果说西藏是马原生活中的一个结,那么他生活中还有另外一个结,那就是博尔赫斯。②

二、从博尔赫斯的影响中看马原小说的文化间性

赵稀方在《博尔赫斯·马原·先锋小说》一文的开头说道:"谈中国的后

---

① 参见《寻找那个叫马原的汉人——先锋作家马原访谈录》,姑苏青锋的 Blog,2006 - 10 - 12。
② 参见马原:《阅读大师》,上海文艺出版社2002年版,第261页。

翻译文学对中国先锋小说的叙事影响

现代主义首先要谈马原，谈马原又必须谈博尔赫斯，中国所谓的后现代主义就是从马原模仿博尔赫斯开始的。"① 这里我们暂且搁置两个问题：一是中国的先锋小说是否就是西方意义上的后现代主义文学？二是马原的创作是否仅仅是对博尔赫斯的模仿？有一点可以肯定的是，马原与博尔赫斯的相遇开辟了中国文学史上一个新的转折点。

这源自于马原小说所具有的先锋性，但是笔者认为，这种先锋性的含义并不等于西方后现代主义小说的意义，也不是中国现代小说自身的发展所能自然获得的。马原的小说叙事是文化互动的产物。我们在第一编第一章里讨论了翻译文学的文化间性，指出翻译文学正是依托其文化间性进入了译入语的文化系统中的。进入译入语文化的翻译文学作品在其被接受的过程中或者说在其所产生的影响中仍然以文化间性为表征。马原的创作很鲜明地体现了这种文化间性。马原的小说一方面具有后现代主义的形式技巧，另一方面这些形式技巧的运用又体现为一种现代主义意义上的"有意味的形式"，而这种"意味"则完全是中国文化语境中的意味。笔者认为，形式上与西方后现代主义相类似的叙事方法与该形式的"中国意味"以间性的形式存在于马原的小说里，此类间性的张力与平衡使其作品呈现了新的艺术力量和价值。

（一）博尔赫斯的叙事迷宫与马原的叙事圈套

20世纪80年代初的中国文坛还处于恢复现实主义创作，并开始借鉴西方现代主义创作的时期，博尔赫斯是在这个时候进入中国的。当时的中国文化界并没有搞清楚什么是后现代主义，对于博尔赫斯这种既不是现实主义也不是现代主义的创作方法一时感到难以消化，但是却仍然被他深深吸引。我们没忘记苏童初遇博尔赫斯时所说的话："博尔赫斯具有一种黑洞式的深邃无际的艺术魅力。坦率地说，我不能理解博尔赫斯。我为此迷惑，我无法忘记博尔赫斯对我的冲击。"就是这样一个有点不可思议，又有着不可抗拒的魅力的博尔赫斯几乎成了20世纪80年代中国作家的一块心病，他们感觉到了博尔赫斯的深邃

---

① 赵稀方：《博尔赫斯·马原·先锋小说》，载《小说评论·小说世界随笔》2000年第6期。

第四章
翻译文学的影响个案研究

和辽阔，可是却触及不到他的本真面目，只体会到了他那如阿根廷的潘帕斯草原一样的"一望无际的眩晕"。当时中国文坛对现代主义的探索已经初具成效，出现了以刘索拉的《你别无选择》为代表的中国荒诞派文学；另外，受拉美魔幻现实主义的影响，出现了莫言的《透明的红萝卜》，阿城的《棋王》等寻根派文学的杰作。而马原在他个人的探索过程中，选择了令人望而生畏的博尔赫斯，他是中国第一个借鉴博尔赫斯进行创作的人。马原与博尔赫斯的相遇也许带有一定的偶然性，套用博尔赫斯的时间观就是：在某一些时间里，博尔赫斯存在，而马原不存在；在另一些时间里，马原存在，而博尔赫斯不存在；在再一些时间里，博尔赫斯和马原都存在。时间是永远交叉着的，在其中的一个交叉里，马原和博尔赫斯相遇。如此类推，马原在1983年或1984年的某一天里翻开博尔赫斯的作品开始阅读确实是个偶然性的事件。但是博尔赫斯来到中国却并非出于偶然，有着其必然性因素：一是中国正在大面积地吸收外来文化；二是博尔赫斯是一个影响广泛的杰出作家；三是博尔赫斯是一个成功的第三世界作家；四是博尔赫斯热爱中国文化，这些都使得博尔赫斯可能成为翻译的首选目标。事实也正是如此，博尔赫来到中国后拥有的最早的读者除译者外远不止马原一个，但是马原却是一个特殊的读者，他表现出他独有的敏感和足够的智性，更重要的是他与博尔赫斯有着某种相通和相似，促使他能够将博尔赫斯的迷宫叙事改造成马原的叙事圈套，并将这种叙事置放在藏文化的神秘背景中，从而创造了中国文坛一道独特的马原风景，而马原因此成为中国先锋文学的第一面旗帜，他在中国文学史上既承接着前现代派小说家对传统美学的反叛，又以自己的创作实践为后起的先锋作家开启了"形式实验"的大门。

  马原是在1983年左右最早读到博尔赫斯的小说的，那个短篇叫《玫瑰街角的汉子》，他在2005年出版的《新阅读大师》里专门讲到这个短篇，并承认它对他的短篇的小说《康巴人的营地》和他的代表作《虚构》的影响。他甚至说他的《康巴人的营地》怎么像是在抄博尔赫斯的小说，这一点是他在多年之后重读博尔赫斯时才感觉到的并公开承认的，而在创作小说的当时却全然没有意识到。他说在他写小说的30年里，他根本分不清哪些作家实实在在地影响过他。海明威的影响是显而易见的，拉格洛夫的影响是他再三强调的，

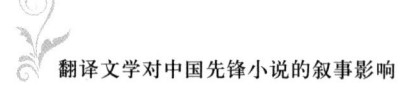

而博尔赫斯的影响他从来不曾提及。他说关于博尔赫斯的记忆也许是躲到记忆这只大口袋的皱褶里去了，往里看的时候找不到，但——他就在那儿。可以说，《康巴人的营地》是一篇博尔赫斯式的男人小说，但是，在此之前马原也写过他认为是百分之百的男人小说，那就是《海边也是一个世界》，而那部小说则是马原式的，因为那是马原在《玫瑰街角的汉子》翻译之前发表的，这说明马原也是一个喜欢写男人小说的作家，所以当阅读到《玫瑰街角的汉子》时，这部更加出色的男人小说自然成了效仿的对象。这两部小说有着风格上的一脉相承，"不单是写杀人的方式，杀人的不露声色，那种预感……"都是博尔赫斯式的，故事同样地发生在充满酒、刀子和鲜血的小酒馆里，只是博尔赫斯小说中关于女人的环节在《康巴人的营地》中被省掉了，而这个被省掉的环节却出现在他的另一部小说里，有人说《虚构》中那个性感的麻风女就是《玫瑰街角的汉子》中的那个小华丽，她们最大的共同点是她们只委身于男人中的强者。

　　马原异常敏锐地把握了博尔赫斯作为一个作家的内里与外在的关系，他认为，读书要读"表"，别先从"里"去阅读，如果把"表"读清晰了，它全部的"里"都被涵盖到其中去了。[①] 马原就是这样去读博尔赫斯的，他由表入里，读出了博尔赫斯的"里"——他是一位哲学家，文学界的维特根斯坦。而实际上马原对博尔赫斯的"表"表现出更强烈的兴趣，换句话说，博尔赫斯对马原的影响更多地表现在叙事方式上。博尔赫斯的"表"——他的小说的一个重要的叙事方式就是在构建某个故事的同时也拆解这个故事。例如，博尔赫斯在写《玫瑰街角的汉子》之后他又写了《胡雷亚斯的故事》。胡雷亚斯在《玫瑰街角的汉子》里是那个受到挑战而不敢应战的失败者，一个背景人物，可是在《胡雷亚斯的故事》里，胡雷亚斯成了主述。在这里面胡雷亚斯对当年的故事做了完全不同的陈述，而且特别有力量的是，他是当年那个事件百分之百的当事人，所以他的陈述已对前一个故事产生了一种直接到不能再直接的颠覆。马原由表入里，认为这是一种小说哲学、小说内里、小说本质的全

[①] 参见马原：《小说》，载《马原文集》（卷四），作家出版社1997年版，第405—411页。

第四章
翻译文学的影响个案研究

新方法论,而这个方法论经常使一个作家看上去高深莫测,看上去比别的作家伟大。马原聪明地掌握了这种方法论,并熟练地运用在自己的创作中。他小说中的人物经常从一个故事窜到另一个故事,使得同一个事件得到多角度的叙述。马原甚至将这种方法扩大化,在他的一系列小说文本中都有一个以"我"或"马原"或"那个叫马原的汉人"等为主人公的叙事结构,其文本与文本之间有一种可以相互参照的显性或隐性联系,以至于我们可以把马原的所有小说乃至文论看作一部篇幅宏大的互文性作品。

迷宫是博尔赫斯小说的母题之一,也是他作品中的独特意象。博尔赫斯把世界看作一个由各种各样的观念和事物堆砌起来的巨大的迷宫,它充满了智性、神秘性和不可知性。在他的小说中,他用文字建造了许多微型迷宫,它们是世界这个巨大迷宫的缩影。通过对叙事迷宫和意义迷宫的设置,博尔赫斯表达了对世界不可知性和人类自身命运的不可把握的思考。也正如苏童所概括的那样:"博尔赫斯——迷宫风格——智慧的哲学和虚拟的现实。"① 博尔赫斯的迷宫叙事主要表现在以下几个方面: (1) 模糊现实与虚构之间的区别;(2) 循环和圆形的时间观;(3) 叙述的不确定性及多重文本;(4) 文本空缺。

叙事圈套是对马原叙事的概括,也是马原小说叙事的最高成就。马原说他从博尔赫斯那里借鉴了一种类似于"套盒"的手法:"与利用逆反心理以达到效果有关的,是每个写作者都密切关注着的多种技法。最常见的是博尔赫斯和我的方法,明确告诉读者,连我们(作者)自己也不能确切认定故事的真实性——这也就是在声称故事是假的,不可信。也就是在强调虚拟。……另外的方法还有一些,如故事里套故事的所谓盒套方法,也是博尔赫斯用得比较多的,原理大致相同"②。所谓"套盒"的方法,巴尔加斯·略萨在名为《中国套盒》一书中做了这样的说明:"这种性质的结构:一个主要故事生发出另外一个或者几个派生出来的故事,为了这个方法得到运转,而不能是个机械的东西(虽然经常是机械性的)。当一个这样的结构在作品中把一个始终如一的意

---

① 苏童:《想到什么说什么》,载《文学角》1985年第6期。
② 马原:《马原文集》(卷四),作家出版社1997年版,第410页。

义——神秘、模糊、复杂——引进到故事内容并且作为必要的部分出现，不是单纯的并置，而是共生或者具有迷人和互相影响效果的联合体的时候，这个手段就有了创造性的效果。"[1] "套盒"式的结构在传统小说中的应用带有一定的机械性，如《一千零一夜》中的"套盒"式结构，而后现代主义小说的"套盒"式结构主要表现为多重文本的运用。博尔赫斯的《小径分岔的花园》就是运用这种"套盒"方法而获得创造性效果的典范。相比较而言，马原在运用"套盒"方法时，更多的是对多重文本进行并置，而不注重文本之间的共生关系和相互影响的效果。马原的叙事圈套与"套盒"式结构有着密切的关系，但除此之外还运用了这样几种方法：（1）抹杀真实与虚构之间的界限（2）打破时间的线性结构，以零碎的同时性组合故事片断（3）取消连贯性，漏失大量的中间环节。由此可见，马原的叙事圈套就是借鉴博尔赫斯的叙事迷宫所建立的中国的叙事迷宫，有所不同的是，博尔赫斯的迷宫是观念的迷宫，是形而上的世界观，而马原的迷宫是一座文学形式的迷宫、方法论的迷宫。可以说，它演变成了一种具有"中国意味"的形式。

（二）取消虚构与真实之间的界限

取消虚构与真实的界限是后现代主义小说的重要特征之一，后现代主义不仅否认现实主义文学所追求的生活的真实性，也否认现代主义文学所追求的心理的真实性，真实性在后现代主义那里被彻底放逐了。真伪二元对立一直是西方传统认知模式之一。中世纪认为神性是真，现象世界是伪；自由资本主义时代认为理性是真，表象是伪；垄断资本主义时代认为非理性是真，理性是伪。而到了后现代主义时代，这种真伪二元对立消失了，后现代主义者认为世界无所谓真，亦无所谓伪，一切不过是语言现象，是文本。在后现代主义的文本里，唯一真实的只有语言，而语言之真也因为缺乏特定的所指变成能指之间相互指设的语言游戏。

取消真实与虚构的界限有两种方法。一种是标签法即明确声言文本的虚构

---

[1] ［秘鲁］巴尔加斯·略萨：《中国套盒》，赵德明译，百花文艺出版社2000年版，第87页。

性，这也是我们曾经讨论过的元小说的方法；博尔赫斯是最早创作元小说的作家之一，从下面的例子里可以看到博尔赫斯如何运用"侵扰式叙述"插进了关于小说创作的说明：

> 我本人在这篇草草写成的东西里也做了一些夸张歪曲，或许还有一些故弄玄虚的单调……（《巴比伦彩票》的结尾）①

> 现在到了我故事中最困难的一点。也许该让读者早知道，故事的情节只是50年前的一次对话，他的原话现在已记不清了，我不打算重复，我只想忠实地总结一下伊雷内奥对我讲的许多故事。间接叙述显得遥远而软弱无力；我明白我的故事会打折扣；我的读者们可以想象那晚断断续续谈话的情形。②

> 在切斯特顿（他撰写了许多优美的神秘故事）和枢密院顾问莱布尼茨（他发明了预先建立的和谐学说）明显的影响下，我想出了这个情节，有朝一日也许会写出来，不过最近下午闲来无事，我先记个梗概。这个故事还有待补充细节，调整修改；有些地方我还不清楚；今天是1944年1月3日，我是这样设想的：

> 故事情节发生于一个被压迫的顽强的国家：波兰、爱尔兰、威尼斯共和国、南美或者巴尔干半岛上某一个国家……说得更确切一些，那是从前的事，尽管说书的是当代人，他讲的却是19世纪中叶或者初叶的事。为了行文方便，我们不妨说地点是爱尔兰，时间是1824年。③

第二种是缝合法，即把虚构和真实缝合在一起，模糊它们之间的边界，作者在现实与梦幻之间自如地游弋或跨越，博尔赫斯显然是这方面的高手。他深深地着迷于两朵著名的玫瑰，这两朵玫瑰花曾强烈地刺激过他的想象力。第一

---

① ［阿根廷］豪尔赫·路易斯·博尔赫斯：《博尔赫斯全集·小说卷》，王永年、陈泉译，浙江文艺出版社1999年版，第108页。
② 同上书，第141页。
③ 同上书，第151页。

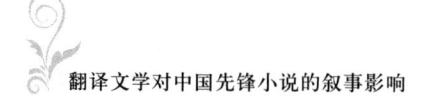

朵玫瑰就是著名的"科勒律治之花",他曾引用科勒律治的一段话:

如果有人梦中曾去过天堂,并且得到一枝花作为曾到过天堂的见证。而当他醒来时,发现这枝花就在他手中……那么,将会是什么情景?①

这朵天堂里来的玫瑰在博尔赫斯眼里是"包含着恐怖的神奇的东西",它既美丽神奇,又有着一种形而上的恐怖。第二朵玫瑰来自英国小说家乔治·威尔斯(1866—1946)《时间机器》中的故事,故事中的主人公亲身去周游未来,回来时"疲惫不堪、满身尘埃,都累垮了;他从分裂成相互仇恨的物种的遥远的人类处归来——那里有游手好闲的哀洛依人,他们居住在岌岌可危的宫殿和满目疮痍的花园里,还有穴居地下的夜视族摩洛克人,后者以前者为食;他归来时两鬓苍苍,手中握着从未来带回来的一朵凋谢了的花。"② 这朵违反常规、尚未出生的未来玫瑰让博尔赫斯觉得"比天堂的鲜花或梦中的鲜花更令人难以置信"。③ 很显然,第一朵玫瑰启发他打破现实与梦幻的界限,因为这朵神奇的玫瑰构成了现实与梦幻之间的一条通道!第二朵玫瑰启发他关于时间的玄想。这两点构成了博尔赫斯小说的主要特色。

一朵科勒律治之花使得现实与梦幻之间的界限变得模糊了,他成了现实与梦幻之间的沟通之途,就像福斯特的短篇小说《天国之车》,设想可以在现实中找到一辆车通向天国,而《哈里·波特》里干脆就设立了一个九又二分之一站台,它是现实世界通向魔幻世界的联结点。这就出现了边界的跨越,这种跨越能够带来奇妙的感受和刺激。如果仅仅描写一个幻想世界,那么再奇妙的描写也都不足为奇,为什么在《一千零一夜》中,丢掉一个神灯或戒指之类的东西谁也不会去注意,因为《一千零一夜》本身就是一个幻想世界,同样作为幻想之物的神灯的丢失,按博尔赫斯的比喻,就"仿佛水消失在水中"、

---

① [阿根廷]豪尔赫·路易斯·博尔赫斯:《博尔赫斯文集·文论自述卷》,王永年、陈众议等译,海南国际新闻出版中心1996年版,第5页。

② [阿根廷]豪尔赫·路易斯·博尔赫斯:《博尔赫斯全集·散文卷》,王永年、林之木译,浙江文艺出版社1999年版,第344页。

③ 同上。

第四章
翻译文学的影响个案研究

"树叶消失在森林里"、"书消失在图书馆里"。而只有跨越才能引起惊奇和震撼的效果，正像托多罗夫在《幻想文学引论》一书中所说："奇幻体允许我们跨越某些不可触及的疆域。"这些疆域除了幻想的疆域之外，还可以引申出许多类型，像同与异，自我与他者，诸种不同的小说类型和母题，以及不同的文类等。其中最具魅惑力的跨越莫过于真实与幻想的界限。而博尔赫斯这样的作家，写作的真正愉悦可能就在跨越边际与缝合缝隙的那一刻（参见吴晓东2003：206）。博尔赫斯在他的许多小说中都心醉地把玩了这朵科勒律治之花，信步游走在现实与幻想之间，留下身后一串串扑朔迷离的形式足迹。

就具体的方法而言，博尔赫斯往往采用极其现实主义的细节来描写故事，有时采用"伪托随笔"的方式，有时用眉批、按语，有时借用《百科全书》或真实的历史记载来使故事看起来真实。例如，《小径分岔的花园》一开始读起来像是一篇侦探故事又像是历史故事，而实际上主题却是关于时间的形而上的思考。博尔赫斯喜欢在进行真实描写时突然笔锋一转，以难以觉察或者突如其来的方式向虚幻转化或者消失在哲学或神学类的思考中。余华在《博尔赫斯的现实》一文中作过这样的评论："博尔赫斯是在用我们熟悉的方式讲述我们熟悉的事物，即使在上述引号里的段落，我们仍然读到了我们的现实：'页码的排列'、'我记住地方'、'合上书'、'我把左手按在封面上'、'把它们临摹下来'①，这些来自生活的经验和动作让我们没有理由产生警惕，恰恰是这时候，令人不安的神秘和虚幻来到了。这正是博尔赫斯最为迷人之处，他在现实与神秘之间来回走动，就像在一座桥上来回踱步一样自然流畅和从容不迫"②，阅读博尔赫斯的小说，我们一不留神就会被作者由现实带入虚幻。例

---

① 引号中的句子摘自阿根廷小说家博尔赫斯的小说《沙之书》，这是一篇关于书籍的故事，从中我们读到了由真实堆积起来的虚幻。一位退休的老人得到了一册无始无终的书："页码的排列引起了我的主意，比如说，逢双的一页印的是四十、五百一十四，接下去却是九百九十九。我翻过那一页，背面的页码有八位数。像字典一样，还有插画：一个钢笔绘制的铁锚……我记住地方，合上书，随即又打开。尽管一页一页地翻阅，铁锚图案却再也找不到了。"（《博尔赫斯全集·小说卷》第465页，浙江文艺出版社1999年版。）

② 余华：《我能否相信自己·余华随笔选》，人民日报出版社1998年版，第59页。

如，在小说《乌尔里卡》的开头博尔赫斯这样写道："我的故事一定忠于事实，或者至少忠于我个人记忆所及的事实。"故事开始于一次雪中散步，结束在旅店的床上。这位名叫乌尔里卡的女子姓什么？哈维尔·奥塔罗拉，也就是叙述中的"我"并不知道。两个人边走边说，互相欣赏着对方的发言，由于过于欣赏，最后"地老天荒的爱情在幽暗中荡漾，我第一次也就是最后一次占有了乌尔里卡的肉体的形象"。为什么在"肉体"的后面还要加上"形象"？从而使刚刚到来的"肉体"的现实随即又变得虚幻了？其实正是因为这个缀在后面的"形象"一词，实现了从现实到虚幻的跨越。将虚幻和现实缝合在一起所产生的审美张力使得博尔赫斯的叙述神秘而迷人。①

　　抹杀真实与虚构之间的界限可以说也是马原小说叙事的一个最显著的特点。有人说那是马原从博尔赫斯那里学来的最厉害的一招。但是，当马原在《冈底斯的诱惑》和《虚构》等小说中将故事情节本身与如何构筑故事的技术性、说明性的情节平行展开时（参见第三章"元小说"部分），他并没有意识到这是所谓的后现代主义"元小说"的手法。他在博尔赫斯的作品里读到这种建构框架并打破框架的形式时，他敏锐地感觉到这是一种方法论，全新的方法论，马原首先是从方法论的角度来理解博尔赫斯的。掌握了这种方法论，马原就在他的小说里玩起了"假作真时真亦假"的叙述圈套。马原不仅娴熟地运用了元小说的侵扰式叙事（见第二章），还在叙述人这里做文章。吴亮在《马原的叙述圈套》一文中分析说，在蓄意制造真假难辨的效果时，马原本人在小说中的露面起了很大的作用。马原在他的许多小说里皆引进了他自己，不像通常虚构小说中的"我"那样只是一个假托或虚拟的人，而"直接"以马原的形象出现了。马原在他的小说里，不仅担负着第一叙述人的角色和职能，而且成了旁观者、目击者、亲历者或较次要的参与者。马原煞有介事地以自叙或回忆的方式来描述自己亲身经历的事件时，不但自己陶醉于其中，并且把观众带入一个真伪难辨的圈套（参见吴亮1994）。当一个真实的人出现在虚构的

---

① 参见［阿根廷］豪尔赫·路易斯·博尔赫斯：《博尔赫斯全集·小说卷》，王永年、陈泉译，浙江文艺出版社1999年版，第395—399页。

第四章
翻译文学的影响个案研究

故事里或者一个虚构的人物与现实中的人物如作者进行对话时,读者只有真假难辨的感觉。在《西海的无帆船》的第 23 节里,小说的主要人物之一姚亮居然从小说里跳出来,义正词严地与马原讨公道:

我在这里声明一下,正儿八经的。

马原先生的这篇小说尽他妈的扯淡。到现在为止,姚某人成了他的木偶了。吃亏的事我一个人包了,这不行。

首先,我肚子上的刀口是 6 岁半割阑尾落的疤,竟让他钻了空子,编了这个云里雾里的故事。没影的事,他顺风扯旗借题发挥;

其次,男子汉大丈夫说不出来就不出来。说我情种也罢,小男人也罢,我不计较;可姚亮也不是专钻女人裤裆的角色,拈花惹草的勾当我从来不干。你们看,搞女人是我姚某和小白,受伤得病的还是我们两个!陆高得了便宜还卖乖;

(小声给你们一点内幕——陆高就是马原本人。是个为自己涂脂抹粉的家伙)

……

虚构世界的人物回到真实世界里,与真实世界的作者进行辩驳,这多少有一点梦中那朵天堂里的玫瑰来到现实中的感觉。

现实与虚构的交替或跨越,马原在其小说《虚构》里将这一手法运用得尤为精湛。小说的第一节是作者关于写作和此次写作的一个开场白,其中他说道:"我其实与别的作家没有本质的不同,我也需要像别的作家一样去观察点什么,然后借助这些观察结果去杜撰。天马行空,前提总得有马有天空。比如,这一次我为了杜撰这个故事,把脑袋掖在腰里钻了七天玛曲村。做一点补充说明,这是个关于麻风病人的故事,玛曲村是国家指定的病区麻风村。"[①]这样的叙述是明确指向真实性的。而就是在开头部分,作者又同时告诉读者:"我讲的只是那里的人,讲那里的环境,讲那个环境里可能有的故事。细心的

---

① 马原:《马原文集》(卷一),作家出版社 1997 年版,第 2 页。

读者不会不发现我用了一个模棱两可的汉语词汇——可能。我想这部分读者也不会没有发现我为什么没有用另外一个汉语动词——发生。我在别人用发生的位置上,用了一个单音汉语词——有。"① 这样的叙述又明确地指向虚构了。在接下来的 3 至 21 节里(第 19 节除外),作者以高度具象和逼真的描写写了他在玛曲村的经历:玛曲村历历在目。玛曲村的居民有自己的生活方式(打篮球、晒太阳、做爱),有自己的偶像(珞巴人的石刻雕像),自己的礼拜方式(一群人围着大树转圈蹀步),自己的神秘性(如哑巴那儿的那顶青天白日军帽)和自己的明朗(那忘记了肉体残缺的爱情)。可是在第 12 节和第 22 节中关于时间的交代,作者便轻轻地将他在玛曲村经历的真实性一笔抹杀掉了。玛曲村顷刻间变成了一个虚妄之乡。

第 12 节里,作者有一段关于时间的交代:"我想知道我到玛曲村几天了,我以为这是件再容易不过的事情,可是我掰着手指算了又算,仍然算不出个一二三来。我的时间观念依赖钟表。我来时匆忙,竟忘了戴手表,我的手表有日历。我记得我是过了'五·一'从拉萨出来的,5 月 2 日,路上走了两天应该是 5 月 3 日。……那么今天应该是第 5 天。"②

小说的第 21 节写他与她分别从玛曲村出来。在结尾第 22 节里,背着行囊的他又累又困,看见了灯光,于是敲开了门,被养路工人安排睡在卡垫上,稀里糊涂一直睡到第二天上午。醒来之后,被告知夜里发生了泥石流,北边的山塌了半边,"我一下子窜起来跑到门边,只见满眼铺天盖地的漂砾,不过漂砾不再滚动了。我再也没有看到玛曲村,我想泥石流一定也把两棵大树翻到漂砾下面去了。"③

接着他听到收音机里传出关于北京工人体育场赛事的报道,因为说的是五四青年足球邀请赛,突然发现时间似乎不对劲,就问师傅今天是什么日子。"块头大的师傅说:'青年节。5 月 4 号。'我机械地重复了一句:'5 月 4

---

① 马原:《马原文集》(卷一),作家出版社 1997 年版,第 2 页。
② 同上书,第 29—30 页。
③ 同上书,第 53—54 页。

第四章
翻译文学的影响个案研究

号'"。故事在这里结束。作者利用这个细节向读者表明玛曲村里的活动在客观时间上并不存在,它是虚构之物。

关于故事的结尾,作者在小说的第 19 节以侵扰式叙事又专门做了一番交代:

> 读者朋友,在讲完这个悲惨故事之前,我得说下面的结尾是杜撰的。我像许多讲故事的人一样,生怕你们中间一些人认起真;因为我住在安定医院(作者在前文交代他住在安定医院里写作)是暂时的,我总要出来,回到你们中间。我个子高大,满脸胡须,我是个有名有姓的男性公民,说不定你们中的好多人会在人群中认出我。我不希望那些认真的人看了故事,就说我与麻风病患者有染,把我当成妖魔鬼怪。我更怕的是所有的公共场所对我关闭,甚至因此把我送到一个类似玛曲村的地方隔离起来。所以有了下面的结尾。①

在这段话之后,作者又向读者交代了故事材料的三个来源:马原夫人转述的麻风病医院的情况;一个法国人写的书《给麻风病人的吻》;一个英国人写的书《一个自行发完病毒的病例》;其余的一些细节来自一位司机的偶然指点,作者收藏的一尊珞巴的石浮雕刻像,曾经去过的某一处砾石滩。

作者一方面对故事虚构性的进行公开说明,另一方面又交代故事材料的来源,似乎又表明故事并非完全子虚乌有,它有来自现实世界的一定根据。需要特别指出的是,作者在关于结尾的说明中,特别指出结尾是杜撰的,言外之意就是故事的开头和中间部分也许未必是杜撰的。最让读者迷惑的是,这个杜撰的结尾到底是指他从玛曲村告别出来还是指他醒来发现了时间的错误即他在玛曲村的经历在时间上并不存在这个细节?读者只能进行破译式的解读。而作者似乎有意为之,因为第 19 节的最后一句话就是:"下面我还得把这个杜撰的结尾给你们。说句悄悄话,我的全部的悲哀和全部的得意都在这一点上。"②

---

① 马原:《马原文集》(卷一),作家出版社 1997 年版,第 48 页。
② 同上书,第 50 页。

马原这种亦真亦假的手段也就是他所说的从博尔赫斯那里学来的关于小说的方法论。由于运用这样的方法论，马原的小说与他同时代的现实主义小说有着很大的区别。现实主义小说是在素材的基础上，努力造成一种真实的幻觉，靠想象赋之以血肉，恢复生动的现实感；与此相反，马原的小说首先设计一个并不存在的故事，以现实的具体事实作它的填充材料，仿佛一个精灵找到了一具肉体。

（三）同一事件的不同叙述

前文中，我们提到了马原《博尔赫斯与我》一文，其中马原谈到博氏的《玫瑰街角的汉子》这篇小说。这篇小说中的一个背景人物胡雷亚斯后来成了博尔赫斯另一个短篇《胡雷亚斯的故事》里的叙述者和主人公。在《胡雷亚斯的故事》里，胡雷亚斯作为当事人之一，对当年发生在《玫瑰街角的汉子》里的故事做了完全不同的叙述。而博尔赫斯在另一篇小说《死于自己迷宫的阿本哈坎－艾尔－波哈里》里安排了两个叙述者，两叙述者讲述的是同一个事件，但却讲了两个不同的故事。双重文本互相补充、互相制约又互相颠覆，形成环环相扣而又诡异多变的迷宫风格。更重要的是，多重叙述彻底展示了文本的虚构性以及叙述的不确定性。

博尔赫斯在对事物的叙述中始终保持着怀疑，这和他在对语言的怀疑中写作是一致的。他的叙述具有非常的不确定性和不稳定性，当我们专注于他所许诺的情节，以为可以达到某种确实的结果时，我们发觉呈现的又是一个否定。我们以为找到了迷宫的出口，结果却不知身处何地。我们以为自己醒了，可仍然是醒在另一个梦里。于是我们可以读到被厄普代克称作"他最具雄心的"长篇论文《时间的新反驳》这样的文章，文中他以百科全书式的渊博，广泛援引了唯心论者贝克莱、怀疑论者休谟、意志论者叔本华、唯物论者卢克莱修、神秘主义者艾克哈特、柏拉图主义者普罗提诺，以及中国的庄周、印度的佛经、犹太法典《密西拿》，来论证时间的不真实和世界的不真实。在读者几乎被他说服的时候，在论文的最后他竟全盘推翻了自己的论证：

然而否认时间的连续，否定'我'，否认天体的宇宙，是表面的

第四章
翻译文学的影响个案研究

绝望和秘密的安慰。我们的归宿（不同于斯威登堡的地狱和西藏神话的地狱）不因为非现实而可怕；却由于不可逆转并坚硬如铁而恐怖。时间是我的构成实体。时间是一条令我沉迷的河流，但我就是河流；时间是一只使我粉身碎骨的虎，但我就是虎；时间是一团吞噬我的烈火，但我就是烈火。世界，很不幸，是真实的；我，很不幸，是博尔赫斯。①

这种悖论式的叙述观照的是他悖论式的世界观和人生观。

甚至他的身份也充满了这样的悖论。他身为国家图书馆的馆长，是盘踞于迷宫中心的主人，那个巨大的怪兽弥诺陶洛斯，同时又是那个英勇的王子忒修斯。博尔赫斯的这一主体双重性，始终缠绕着他。他在多篇作品中写到两个博尔赫斯的对立，相对如梦，充分地表达了这一悖谬状态。有趣的是，他在《长城与书》中解释秦始皇修长城和焚书时，也用了这种思维方式："始皇筑城把帝国围起来，也许是因为他知道这个帝国是不持久的；他焚书，也许是因为他知道这些书是神圣的，书里有整个宇宙或每个人的良知的教导。焚书和筑城可能是相互秘密抵消的行动。"② 我们看到秦始皇要留的是那个他认为不会长久的帝国，而毁掉的是他认为会长存的书籍，这完全是打上了博尔赫斯思想烙印的秦始皇。由此，我们也就不难理解，博尔赫斯为何迷恋芝诺式的悖论。在悖论中寻找理性的裂隙，也许那就是迷宫的出口。

马原把博尔赫斯小说中这种互相颠覆的叙述看成一种小说哲学，大为欣赏，并借鉴到自己的小说中。他在《海边也是一个世界》里写了硬汉陆高和被他视为"弟弟"的爱犬陆二的故事。陆高是农场的知青，性格冷静、强悍而孤傲，除了姚亮（另一知青）几乎没有朋友，但是却经常对着陆二喃喃絮语，为了给陆二省下口粮，他可以把腰带往里扣两个孔。陆高是捕鱼狩猎的好手，捕到的新鲜猎物总是第一个扔给陆二。陆二除了忠诚，还非常勇猛，村里

---

① ［阿根廷］豪尔赫·路易斯·博尔赫斯：《博尔赫斯全集·散文卷》（上），王永年、徐鹤林等译，浙江文艺出版社1999年版，第507—508页。

② 同上书，第337页。

的其他土犬都不是它的对手。一次出猎，第一个撞到枪下的兔子扔给了陆二。此时，附近部队农场的看守场院的退役军犬英古斯碰巧经过，从陆二口中夺走了大半个野味。陆二湿漉漉的嘴巴上一道伤口淌着血，它低吠着，求助地靠在陆高的腿上，眼巴巴地一会儿看看陆高，一会看看大吞大嚼的敌手。英古斯体格十分高大，像只金钱豹，而且凶气十足，看一眼会使任何壮汉不寒而栗，一般的狗都不是陆二的对手，可是此刻，陆二只会呜咽，像是受了极度惊吓。英古斯的主人，农场的炊事兵十分得意，陆高轻蔑地瞟了炊事兵一眼，不耐烦把陆二一脚踢开。这是陆二第一次挨打。陆高和姚亮准备诱杀英古斯。预备了香味扑鼻的烤肉和陷阱，一连几个晚上在英古斯出没的地方狩猎。为了激发陆二的斗志，陆高断了它的口粮，想把它变成一只饥饿的疯狗，扑向敌手。但是，陆二在一阵虚张声势的狂吠之后，与英古斯对峙了不足五秒，就在英古斯向前蹿起的一瞬，陆二怪叫一声，扭头逃开了。为此，陆高在猎杀英古斯之后，又亲手勒死了陆二。马原在差不多过了10年之后，写了《大元和他的寓言》，里面陆高和姚亮在故事发生了20年之后讨论了关于勒死陆二埋陆二的真相。下面是这段谈话的节选：

　　姚亮问：你为什么勒死陆二，能说说吗？
　　陆高说：你一直在跟前，你看呢？
　　姚亮说：陆二怕了，你因此瞧不起它。
　　陆高说：我凭什么瞧不起它，我凭什么？
　　……
　　姚亮说：在你周围时时都可以看到胆怯、苟且、屈辱。你因此杀了几个？没有。你可以处之泰然。为什么这一次你容不得了，因为它是离你最近的一个，你无法处之泰然地轻蔑它，视若不见。你受了震动，那感到自己必须有所反应，于是你杀了它。你首先告诫自己，它是个胆小鬼，你应该是它的反面。你骗了自己，骗过了自己。你要自觉走到反面的意识暴露了更深一层的事实；你怕看到自己沾上怯懦的嫌疑，事实上是你怕了，结果你勒死了陆二。你觉得自己惩罚了怯懦成了英雄，你就此找到了心理平衡。你忘了你生在心理学时代。

　　陆高说：是你忘了根本就没有陆高陆二，连姚亮这个名字都是你杜撰的。想象成了造化。①

陆高的话颠覆了整个故事。这还没完，在《上下都很平坦》这部小说里，马原又对此事提供另一种说法：

　　后来的事，看过我的《海边也是一个世界》的读者都知道了。连着3夜，第三夜终于套着了。小说里写的是套的英古斯，说陆二跟英古斯对峙一下后夹着尾巴跑回来，都是我瞎说。这样说了以后，再说陆高勒死陆二就可以把故事讲活，讲出弹性。事实是陆高连着3天没喂陆二，陆二饿极了。连续出动也使陆高姚亮疲劳到了极点。姚亮当时瞌睡得很厉害，陆二一定看出这是个机会，偷偷地过沟扑向那香喷喷的烤猪肉（是陆高专门花两元钱上集市买的钓饵）。结果，被勒死的是陆高的爱犬。这就是真相。②

马原小说中的人物是交错的（博尔赫斯小说中的人物也是交错的）——这个小说中的主要人物变成另一个小说里的次要人物，而次要人物又突然变成别的小说里的主要人物。他们经常要共同面对过去小说里面发生过的事件，对曾经的故事重新叙述，进行颠覆。

（四）对线性时间的消解

"万物是时间的容器，万物是时间的刻度，万物的内部都是时间。诸如此类的判断我们还可以列举下去。这说明，在世界中，时间是最终支配一切的神明。而时间的流逝便成为死亡的同义词。其实不是时间在流逝，时间只是我们自身消失所带来的幻觉。时间从过去、现在、未来的单维度流向，使它成了不能两次踏入的河流。因此，反抗时间的暴政成为了人类灵魂的内在企图和渴

---

① 马原：《马原文集》（卷二），作家出版社1997年版，第408—409页。
② 马原：《马原文集》（卷四），作家出版社1997年版，第198页。

望。普鲁斯特如此,艾略特也是如此……"① 而博尔赫斯则用语言向我们展示了反抗线性时间统治的又一壮举。简单地说,他所频繁使用的原型意象,如镜子、迷宫、地图、巴别塔图书馆、连环谋杀、同名人物反复、交叉的小径等,都可看作对"直线"的扭曲,使之成为循环和圆形。

在博尔赫斯高深莫测的时间观念中,笔者归纳出三点:一是时间的循环和轮回;二是时间只有现在;三是时间是一座迷宫。在《循环时间》里,他归纳了"永恒回复"的三种基本方式。第一种归之于柏拉图——七个速度不等的行星速度平衡后,就会回到它们的出发点。那么,如果天体周期是循环性的,宇宙也该如此;每个柏拉图年之后,同一个人就会再生,而且完成同样的命运。第二种解释归于尼采,以代数原理为基础——数量有限的力,不足以实现无限数量的变化。而第三种方式,则是博尔赫斯所提出的"相近不相同的循环概念",它认为人类生存是个不变常数。因此,一个瞬间就是所有的瞬间,而一个人的命运也就是宇宙的命运。② 在《对时间的新驳斥》中他否定了时间的连续性。他借用叔本华的论断和佛教论著《清静道经》来否认时间的过去和未来。叔本华认为:"意志出现的方式只能是现在,而非过去或未来;过去和未来的存在只是为了观念,并且只是出于联结必须遵循理智原理的悟性的缘故。谁也没有在过去生活过,谁也不会在未来生活:现在就是全部生活的形式,就是一种任何邪恶都不能剥夺的拥有……时间犹如一个不停地旋转的圆圈:下旋的弧就是过去,上旋的弧则是未来;上层有一个触及切线的不可分割的点,这就是现在。这个不宽广的点同切线一样固定不动,作为客体的接触标记,其形式就是带有主体的时间,而主体没有形式,因为其不属于可认知的范畴,是认知的先决条件。"③《清静道经》里有同样的思想:"一个生命的持续时间同一个意念的持续时间一样。比如,一个车轮在旋转时只有一个点触及大

---

① 马永波:《对线性时间的消解——博尔赫斯的时间循环观念》,载《当代小说》2003年第5期。
② [阿根廷] 豪尔赫·路易斯·博尔赫斯:《博尔赫斯全集·散文卷》(上),王永年、徐鹤林等译,浙江文艺出版社1999年版,第291—293页。
③ 同上书,第507页。

第四章
翻译文学的影响个案研究

地,生命的持续时间如同一个意念的持续时间。""一个过去时刻的人曾经活过,但现在没有活着,将来也不会生活;一个未来时刻的人将来会活,但过去没有活过,现在也没有活着;一个现在时刻的人活着,但过去没有活过,将来也不会生活。"① 由此可见,时间对博尔赫斯来说不是什么从过去流到现在再流到未来的时间之流,时间和意念一样只有现在。博尔赫斯从芝诺悖论"飞矢不动"中领悟到了"时间不动"。在《小径分岔的花园》这部关于时间的小说中,他用文学的语言说"时间由无数系列,背离的、汇合的和平行的时间织成一张不断增长、错综复杂的网。由互相靠拢、分歧、交错或者永远互不干扰的时间织成的网络包含了所有的可能性。"② 这张错综复杂的网络就是时间的迷宫。从这三点来看,博尔赫斯的时间形式都带有深刻的"圆形"痕迹,这是博尔赫斯时空轮回和存在虚无的观念的体现。简单的圆形之间两两相交或无数圆交错缠绕,从一点出发,面向任何一种时间行进的可能性,都是最终回到终点。从起点到终点构成概念上的大圆形,但其间的纠缠之复杂如同一张网,无所不在地笼罩着所有的命运。

最能体现时间循环观念的小说作品是《沙之书》,这本书像沙一样,无始无终:"他让我找第一页。我把左手按在书面上,大拇指几乎贴着食指去揭书页。白费劲:封面和手指间总是有好几页。仿佛是从书里冒出来。现在再找最后一页。我照样失败;我目瞪口呆。""我想把它付之一炬,但怕一本无限的书烧起来也无休无止,使整个地球乌烟瘴气。"③ 这本无始无终的书象征着一个巨大的轮回——整个宇宙无休无止地循环往复。最能体现意念时间的作品是《秘密奇迹》,小说中,作家赫拉迪克被盖世太保判决于10天后即3月29日上午9点执行枪决,可他的一部剧作《仇敌》还没写完,于是他在黑暗中祈求

---

① [阿根廷] 豪尔赫·路易斯·博尔赫斯:《博尔赫斯全集·散文卷》(上),王永年、徐鹤林等译,浙江文艺出版社1999年版,第507页。
② [阿根廷] 豪尔赫·路易斯·博尔赫斯:《博尔赫斯全集·小说卷》,王永年、陈泉等译,浙江文艺出版社1999年版,第132页。
③ 同上书,第467、467页。

215

翻译文学对中国先锋小说的叙事影响

上帝:"我好歹还存在,我不是您的重复或疏忽之一,我以《仇敌》作者的身份而存在。那部剧本可以成为我和您的证明,为了写完它,我还需要一年的时间。世纪和时间都属于您,请赐给我一年的日子吧。"① 果然,上帝给了他一个秘密奇迹:让德国人按时的枪弹从发布命令到执行命令,在他的思想里延续了整整一年。等他写完剧本的最后一个字,行刑队的枪声也响了——"哈罗米尔·赫拉迪克死于3月29日9点02分。"② 在这里,客观时间并没有丝毫改变,变的只是赫拉迪克心中受制于上帝的主观时间。这种时间观,博尔赫斯曾经引用《古兰经》中一段文字加以说明:"故真主使他在死亡的状况下逗留了一百年,然后使他复活。他说:'你逗留了多久?'他说:'我逗留了一日或不到一日。'"③ 也许可以揣测,他创作《秘密奇迹》的最初动机正缘于此。最能体现时间迷宫观念的作品是《小径分岔的花园》。无论是小说本身的套盒式的结构,还是汉学家阿尔伯特博士所居住的中国式的小径分岔的花园,还是阿尔伯特正在研究的同名小说《小径分岔的花园》,还是花园和书共同象征的迷宫,所有这些的最终指向都是时间。

博尔赫斯的时间循环论对过去、现在和将来缺乏明显的区别,它就像一条链环,先后承接,循环往复、周而复始。持时间循环论的博尔赫斯及拉丁美洲作家和将时间空间化的法国新小说派等现代主义作家构成文学史上反抗线性叙事的两大流派。所谓时间空间化就是中止时间的流程,过去、现在和将来可以同时出现于小说进程的某一瞬间。这两种时间观和叙事方式对中国先锋派作家都产生了很大的影响。马原比同时期作家更早懂得小说叙事时间是一种区别性特征,更早地了解了改变小说的叙事时间的意义,也更早地在自己的创作中借鉴了西方现代主义和后现代主义小说的叙事方式。从马原的小说叙事时间来看,马原同时受到了上述两大流派的影响。在《涂满古怪图案的墙壁》这个

---

① [阿根廷]豪尔赫·路易斯·博尔赫斯:《博尔赫斯全集·小说卷》,王永年、陈泉等译,浙江文艺出版社1999年版,第169页。
② 同上书,第172页。
③ 同上书,第166页。

第四章
翻译文学的影响个案研究

短篇中,姚亮死后留下一部遗稿叫《佛陀法乘外经》,而《涂满古怪图案的墙壁》这篇小说本身与小说中的《佛陀法乘外经》成为互相指涉、相互解释的文本。如在小说的开头,马原引用了《佛陀法乘外经》:"有些人出于自尊,喜欢用似乎充满象征的神兮兮的语言,写可以从后面从中间任何地方起读的小说,再为小说命名一个——诸如涂满古怪图案的墙壁——这样莫测高深的标题。他们说为了寻求理解,这话同样令人难以理解。"[①] 这说明这篇名为《涂满古怪图案的墙壁》的小说有着圆形的结构,它可以从任何一部分开始阅读。而在小说的第12节里,作者又用不同于正文的字体叙述了《佛陀法乘外经》:"陆高终于发现这部手稿与他正在读的另一本阿根廷人博尔赫斯所著的叫《沙之书》的书非常相似,同样没有接续的页码没有逻辑序列的叙述有的只是一节一段的对发生过的正在发生的必然要发生的事件的叙述。陆高在这本手稿中曾经读到的部分他要重新读时就找不到了他后来知道所有的记述的只能出现一次,就像标出的页码一样,可能前一页是十三位数而接下来的那一页只有一个零,由阿拉伯数字和另外一些鲜为人知的只有极少数人的民族所使用的计数方法。"[②]《佛陀法乘外经》也是和《沙之书》一样的无始无终的圆形的书,里面记录着《涂满古怪图案的墙壁》里发生过的、正在发生的和必然要发生的事件。可以这样认为,这篇小说是马原受《沙之书》的启发而作的,一部可以从任何地方开始阅读的书,全书是由一节一段的故事片断构成,之间没有逻辑的序列,也没有时间的顺序。

而另一个短篇《拉萨生活的三种时间》正如名字所示,主角是时间。"开头一看就能看出博尔赫斯的那种哲学意味"(马原语)。在这个短篇里,马原想说说三天里发生的事。昨天、今天、明天,不是从昨天或今天说起,而是从明天说起。三天即三种。小说从明天开始,然后回到昨天,由昨天再到今天,又到明天。明天的故事主要讲了"我"在零点以后去转八角街,卖银器的康巴汉子阿旺自称是"我"的朋友并把昂贵的镶有红珊瑚的银器赠送给"我";

[①] 马原:《马原文集》(卷三),作家出版社1997年版,第109页。
[②] 同上书,第120页。

昨天的故事讲了"我"的朋友午黄木家里的天花板总是发出神秘的响声,里面发现熊掌印还有会走动的羊肋骨。而"我"家的天花板不知为什么也响。今天的故事讲"我"、午黄木和子文一行三人到小蚌壳寺寻访密宗高人来解羊肋之谜,结果也不了了之。接着三人到了八角街,遇见买银器的康巴人。这样算是与明天的故事衔接起来,但又有所不同。为什么说开头一看就有博尔赫斯的那种哲学意味呢?因为博尔赫斯写过一个非常著名的小说《另一个人》又译《另一个我》或《另一个博尔赫斯》。一个非常短的小说,里面写1969年博尔赫斯在一个公园里坐着的时候,另一个年轻人也坐到这个长椅上。博尔赫斯问他:"你是乌拉圭人还是阿根廷人?"小伙子说:"我是阿根廷人。"博尔赫斯又问:"你是不是在日内瓦住过?"小伙子说:"是啊,我从1914年就一直住在这儿。"博尔赫斯就说:"那你一定叫博尔赫斯了。"也就是说,七十多岁的博尔赫斯碰到了二十多岁的博尔赫斯。然后他们俩开始聊天,"我"知道他,他不知道"我"。这时候"我"突然有一个疑问,"我"是不是在做梦。马原在《博尔赫斯与我》一文中说:"博尔赫斯把50年前的自己和今天的自己放到一起。我没有拉那么大的时间距离,我(在《拉萨生活的三种时间里》中)把明天的马原、今天的马原和昨天的马原放到一起。博尔赫斯给了他们一条长椅,事实上我在时间的把戏上也放了一条时间的长椅,让明天的马原、今天的马原和昨天的马原坐到了一起。博尔赫斯是把过去和现在两者放在了一起。我站在巨人的肩膀上,索性把明天也拉过来了。"[①] 在博尔赫斯的时间观念里,时间包含了所有的可能性,当时间发生弯曲的时候,将来发生的事情就有可能与现在发生的事情同时出现,如果时间真的可以弯曲,我想我们就可以听见自己在墙外的脚步声。那么,70岁的博尔赫斯当然可以与20岁的博尔赫斯交谈,明天的马原自然也能遇见昨天或今天的马原。

(五)文本"空缺"

西方文论中有"空白"理论。波兰现象学美学家罗兰·英伽登首先把

[①] 马原:《新阅读大师》,华东师范大学出版社2005年版,第271页。

第四章
翻译文学的影响个案研究

"空白"概念引入西方艺术理论,他指出:不论何种类型的艺术作品都有独特的性质,包含"若干不确定的点"即有明显特性的"空白"。继英伽登之后,德国著名接受美学家沃尔夫冈·伊瑟尔进一步论证了空白是文学作品的基本结构,他认为文学作品的意义与审美潜能蕴藏在空白之中,在提供足够理解信息的前提下,一部作品包含的"空白"越多,审美价值就越高,并且越能激发和调动读者参与创造的积极性,所以文学作品成为一种"召唤结构"。① 也就是说,省略的部分更能引发读者的想象力,看上去的"无"却能蕴藏更丰富的"有"。法国新小说派的代表作家罗伯-格里耶提出了自己的"空白"理论,他认为所谓"空白"是既有省略、缺少的意思,也有缺陷、矛盾、破碎等含义。"空白"是对完整律的反抗和颠覆,"完整"蕴含着时间上的连续性、事理逻辑上的因果关系、体系上的完整无缺、结构上的封闭以及生态上的静止,而"空白"则意味着瞬间性、悖论、破碎、开放和流动。

"空缺"可谓是"空白"的一种,主要指文本中的省略、缺失及"不确定性的点"。文本"空缺"是博尔赫斯设置迷宫叙事的重要手段,文本空缺又叫做"无叙述"。"空缺"构成博尔赫斯的叙述风格,也成就了他的作品的巨大艺术魅力。以《玫瑰街角的汉子》为例,我们可以从中看到博尔赫斯在叙述中的空缺所造成的于朴素中见奇崛的效果。这部小说里,博尔赫斯用准确、简洁的语言不动声色地讲了一个杀人的场面。从雷亚尔第一次走进小酒馆到再次走进酒馆并倒地身亡,整个事件的发展像电影镜头一样迅速切换,作者以酒馆里的"我"为视角,没有做任何心理铺垫描写,只写人物的外部动作。这些失去了心理支撑的动作留给人的印象是毫无缘由的,再加上某些情节的缺失使整个故事有些飘忽不定,看不清楚。故事一开头,雷亚尔走进了这个酒吧里。他在其他客人们的羞辱声中,拨开人群,走到胡雷亚斯的跟前。胡雷亚斯坐在那里,安静、不动声色。他名气很大,大家都知道他杀过人,刀子玩得好,是"神刀"。雷亚尔说你就是胡雷亚斯,都说你刀子玩得好,我们玩玩。这个刚

---

① 参见章国锋:《二十世纪欧美文论名著博览》,中国社会科学出版社1998年版,第287—291页。

才还在任人羞辱的狗屎男人突然从袖子里亮出一把又尖又长的刀子。"我",胡雷亚斯的崇拜者,心想这下可有好瞧的了,他居然敢向胡雷亚斯叫板。就在此时,小华丽冲了出来,她是胡雷亚斯的女人,是个男人见了就想和她上床的女人。她一把拔出胡雷亚斯的刀子,塞到他手上,说你还等什么?一阵静默,紧张得仿佛空气要爆炸似的,大家期待着胡雷亚斯教训这个不知天高地厚的家伙。可是胡雷亚斯却把刀子扔出了窗外。胡雷亚斯走了,失败者只能离开。小华丽立刻挂到雷亚尔的脖子上,成了雷亚尔的女人。这个故事后来的部分是典型的博尔赫斯的方法,读者看不太清楚。故事一开始叙述人就说这件事发生在小华丽成为"我"的女人的那天晚上。小华丽本来是胡雷亚斯的女人,经过一场变故之后成了雷亚尔的女人,怎么会最后又成了"我"的女人呢?在这个过程中博尔赫斯做了一些省略。他只说雷亚尔脖子上挂着小华丽在酒吧狂欢一阵后带着她出去找乐去了。他出去后,突然有一把刀飞一样刺入他巨大的身躯。然后,就在"我们"——还在酒吧热闹的时候,小华丽突然重新闯入酒吧,就像有什么东西在背后追她。大家问谁在追她,接着在她身后闪过了巨大的雷亚尔,他说了一句:"死人",说完就栽倒在地。说这话的时候,雷亚尔还活着,说完就死了。在故事的结尾,"我"搂着小华丽出酒吧后,另一只手从腋下抽出一把长长的刀,上面一点血迹也没有,一点也看不出它曾经做过什么。"我"怎么有机会杀雷亚尔呢?博尔赫斯不说。

　　马原在《康巴人的营地》这部非常短的小说里也主要写了这么一个杀人的场面。故事一开头就透着一种神秘感和宿命感。某个黄昏,"我"不平常地逆时针进入八角街,卷入转经的人流。"我"看到许多人的白眼,给"我"的白眼,因为"我"不知不觉地成了转经的人们的障碍了。"我"意识到"我"不该逆着人流,可是"我"不后悔,"我"知道这是"我"的命数。在逆时针转八角街时,"我"与一行磕着长头进入八角街的年轻人三次擦肩而过,为首的大个子是个独眼,眉心正中有一颗带毛的大瘊子。之后,"我"回到自己的房间,摊开稿纸,却什么也没写。"我"又出来,绕开八角街,来到老密宗院附近的一家四川人开的小酒馆。酒馆里,"我"又见到了磕长头的一行人。我们各喝各的酒。一个头戴红缨的康巴人走进来,他和"我"的目光相遇了,他先来到"我"的跟前。"买自行车吗?"他问"我"。"我"摇头,"我"在想别的。他又走到那一行人跟前,问是否要买自行车,还说是辆新车。"我"听见有人问多少钱?他回答说20元。一辆新车才卖20元,"我"心生怀疑。就在这时,大个子独眼说话了。"你有自行车牌照吗?""你说什么?""我问你有没有牌照。你有牌照我买。"接下来的事发生得那么突然,连"我"也没看清康巴人是怎么拔出刀子的。"我"看到他手一挥,刀子插进了独眼青年的左肋,"我"瞅着他一声没吭就倒下了。其他人转身就跑。康巴人拔了刀子追出去。第二天,"我"听说那独眼青年死了。刀子直插心脏。"我"还听说,杀人的人被抓了。故事的结尾是这两句话:

> 我为什么要逆时针转八角街呢?
> 那以后,我再没去过康巴人营地。

康巴人为什么杀人,可以用一般所谓康巴人一旦拔出刀子来便要见血来解释,也可以用独眼青年的话激怒了康巴汉子来解释,但马原没有提供任何解释,他只在故事中说,"接下来发生的事情与"我"逆时针转八角街有直接关系",可是读者却看不出是什么样的直接关系,只能理解成"我"有着某种神秘的预感。与博尔赫斯一样,马原不做任何心理铺垫式的描写,只记录人物的外部动作。马原很擅长通过情节的断裂、缺失、偶然性的渲染来制造神秘感和不确定性。在《拉萨生活的三种时间》里,羊肋骨为何会走?卖银器的康巴汉子为什么知道"我"家的黑猫有一撮白毛?康巴汉子又为什么把贵重的银器白送给"我",统统都是空缺,是留给读者的谜。重要的是他这样故弄玄虚引起了读者的好奇而不是反感。这里面存在着艺术性,我想马原是成功地运用了省略和空缺。

(六) 后现代主义形式背后的"中国意味"

通过上述的对比,我们可以清晰地看到马原对博尔赫斯的形式的借鉴。这些形式包括元小说方法,取消真实与虚构的界限,打破时间线性结构和多重文本的小说结构等。下面我们要讨论的是这些后现代主义的小说形式技巧在马原小说中的意义。

翻译文学对中国先锋小说的叙事影响

对于纯粹的后现代主义小说,形式和内容是统一的,形式即是内容,在形式以外并没有其他意义。这一点在博尔赫斯的小说里是十分明显的,他认为:"一切形式的特性存在于它们本身,而不在于猜测的'内容'。……一切艺术都力求取得音乐属性,而音乐的属性就是形式。"[①] 在博尔赫斯那里形式和内容是一体的、不分的,他所有的思想最终都落实到他的小说的形式中。那么在马原的小说中,形式和内容是否也取得了高度的统一呢?这一问题在中国批评界是存在着分歧的。有批评者认为,马原的小说叙事其目的已经不是为了有效地叙述一个故事,表达某个思想主题或意义深度,而是走向了叙事本身,所有的技巧和手段都是为了使叙事更加有趣。简言之,它已经成为取消了意义深度的后现代主义的叙事游戏。例如,南帆在《再叙事:先锋小说的境地》一文中认为:

> 马原小说的叙事者有意在故事中间抛头露面,毫无顾忌地证明故事是被人说出来的。这不啻于提醒人们,任何"真实"无非叙事策略所形成的效果。于是,马原小说从故事转向了叙事。马原十分擅长在小说之中制作种种复杂的连环圈套,某些圈套之中的谜团是无解的;这些谜团作为不可释除的悬念保持到终局。但是,很多时候,这些圈套或谜团并非人物行动或者性格对抗必然,它们更像是叙事游戏的产物。故事并未由于这些圈套或谜团而更加深刻了,叙事却因之更为有趣了。……如果说这些叙事策略不过为阅读带来某种程度的不适,那么连续性中断则是对小说叙事成规的一个剧烈颠覆。……这种东鳞西爪的片断凑合将使整部小说不知所云。他们不得不陷入破译式的解读。

但是,这种破译式的解读并未获得令人满意的答案。人们很难在这些零散的片断后面发现一个隐蔽的中心。这些片断并不是出自一个

[①] [阿根廷]豪尔赫·路易斯·博尔赫斯:《博尔赫斯全集·散文卷》(上),王永年、徐鹤林等译,浙江文艺出版社1999年版,第337页。

第四章
翻译文学的影响个案研究

更深的源头。人们慢慢地醒悟过来：马原并不是通过种种复杂深奥的话语结构逼近一个深度。这些片断背后很可能空无一物。这里没有一个深刻的终极意义可供发现。①

从南帆的分析术语中可见，马原的小说已经获得了后现代主义小说的正式命名。南帆在下文中对后现代主义的由来做了进一步的分析。他认为，中国的先锋作家是从"互文"的意义上接受后现代主义的。由于传播技术的高度发达，文本之间的相互影响、模仿、复制轻而易举，形成跨国"互文"现象，这种"互文"现象可能形成越来越快的文化循环。大众传播媒介已经很大程度上将世界文化联网成一个共时性结构。因此，对于中国先锋作家而言，置身于农业文明的气氛中从事后现代主义的写作，也就不足为奇了。

但是，在这个问题上，有学者持不同的观点。赵稀方在《博尔赫斯·马原·先锋小说》一文中认为，"马原完全是从现实性的角度理解博尔赫斯的，与博尔赫斯的后现代立场可以说是南辕北辙。他将博尔赫斯的虚构性手法，理解为一种对读者逆反心理的利用，'与利用逆反以达到效果有关的，是每个写作都密切关注着的多种技法。最常见的是博尔赫斯和我的方法，明确告诉读者，连我们（作者）也不确切认定故事的真实性——这也就是在声称故事是假的，不可信，也就是在强调虚拟。当然这还有一个重要前提，就是提供可信的故事细节，需要丰富的想象力和相当扎实的写实功底。不然一大堆虚飘的情节真的像你所申明的那样虚假，不可信，毫无价值。'"② 赵稀方据此认为，马原声言虚构，是为了利用读者的逆反心理，让读者更加相信叙述的真实性，这样做的目的不是打破所谓的意义深度，恰恰相反，是为了更好地加强意义深度。这与根本没有虚构与意义之分的博尔赫斯无疑有天壤之别。

具体就迷宫叙事而言，在博尔赫斯那里是因为世界是不可知的。在马原那里是怎样的呢？批评界也是有着两种声音。吴亮认为：

---

① 南帆：《再叙事：先锋小说的境地》，载《文学评论》1993年第3期。
② 赵稀方：《博尔赫斯·马原·先锋小说》，载《小说评论·小说世界随笔》2000年第6期。

马原在进行他的故事组装时,没有一次不漏失大量的中间环节,他的想象力恰恰运用在这种漏失的场合。他仿佛是故意保持经验的片断性、此刻性、互不相关性和非逻辑性。这种经验的原样保持在马原的小说里几乎成为刻意追求的效果,比如存心不写原因,存心不写令人满意的结局,存心弄得没头没尾,存心在情节当中抽取掉关键部分。马原的小说在这一点上酷似生活本身——它仅仅激起人们的好奇,却吝啬地很少给好奇以满足。马原不像是卖关子,人为留下所谓的"空白",或者布下迷魂阵,心里对真相一清二楚。不,我想说马原是从来不甚明白他的小说背后隐伏的真相的,一如他对待神秘的八角街本身。他知道了肯定会毫无保留地说出来……马原小说所显现的经验方式,表明了马原承认如下的事实:世界、生活和他人,我们均是无法全部进入的。①

吴亮的观点表明他认为马原与博尔赫斯一样也是一个不可知论者,而赵稀方对此却另有见解。他认为,马原的小说迷宫,也并非如吴亮所说来自马原的"非因果性"、"不可知论"等,这是西方后现代主义的特征,并不是马原的特征。迷宫的构成方式是情节的省略,但省略却有不同:一种是海明威"冰山理论"式的省略,这种省略只是逻辑顺序中的空白,正如从露出海面的一角可以推测出冰山的全貌,这种空白虽然令人费解,但却并不最终影响意义的连续;另一种是博尔赫斯的省略,这种省略是难以填充的,因为博尔赫斯的现实本是不可知的。他认为从实际情况看,马原虽然声称他借鉴了博尔赫斯"套盒"式的方式,但他的迷宫其实是海明威"冰山"理论式的。理由之一是马原说过与博尔赫斯相比,他更欣赏海明威的方法。

综上所述,就马原声称故事的虚构性而言,有论者认为是对真实性的解构;也有论者认为这只是一种技巧和方法,其目的是为了解除读者的戒备心

---

① 吴亮:《马原的叙述圈套》,载张国义编:《生存游戏的水圈》,北京大学出版社1994年版,第215—216页。

第四章
翻译文学的影响个案研究

理,让读者接受一个他愿意认可的虚拟故事,其目的并不是要打破一个意义深度,而是要加强一个意义深度。就迷宫叙事而言,有论者认为这是不可知论的世界观使然,也有论者认为,这只是海明威式的省略,为的是达到一种文体效果,与世界观无涉。总而言之,前者承认了马原的后现代主义写作,后者则认为,马原小说中的后现代主义形式仅仅是一种技巧和方法,这种技巧和方法是对博尔赫斯等作家的模仿,但是其形式背后的意义是不同的。

论述到此,产生了这样两个问题。第一个问题是,马原的写作是否真的就是放弃了一切意义深度的纯粹的形式游戏?第二个问题是,如果说马原的写作仅仅是运用了后现代主义的一些形式技巧,其目的是为了加强另一种意义深度,那么这个意义深度是什么?它在中国文化语境中意味着什么?解构意义深度的后现代主义叙事形式如何在马原的小说中实现意义深度的追寻?笔者认为,依然必须在文化间性的视角上才能看清问题的本质,因为受到外来影响的写作必然是一种文化间性式的写作。无论从翻译文学中借鉴了什么,其目的还是为了书写中国文化。

现在我们来看第一个问题,所谓放弃一切意义深度,是指后现代主义小说的语言游戏性质即能指与所指发生断裂,话语成为一种与现实世界无涉的自我指涉。马原的写作是否真的落入这种后现代主义纯粹的语言游戏中是非常值得怀疑的。我们在绪论中谈到中国的先锋小说缘起于20世纪80年代,先锋小说的缘起是那个历史转型期人们对现代性的诉求。先锋文学最明确的姿态就是对当时占统治地位的现实主义文学的反叛。马原就是这种反叛的先锋人物。就写作目的而言,先锋小说首先反叛的是小说作为"寓体"历来所承载的历史、道德、文化乃至政治的重负,马原的小说努力要回归艺术本身,用他的小说叙事展示作家的审美想象力。"我是那个叫马原的汉人"、"我用汉语讲故事"。在一个道德家、文化家和政治家过剩的文坛上,马原选择做一个说故事者。也正因为此,马原被误认为是一个纯粹形式主义者,他的小说被认为是在形式之外别无他物。其实,马原并非抛弃一切价值和意义,他用反传统的方式写作,其目的是为了确立不同于传统价值的另一种价值。传统小说之所以传统,就在于它用一种确定性的意义命题来制约故事的发展、流动和多向发生,以理性观念的硬壳来束缚活生生的生活形态。马原小说的故事没有在简单设立的价值坐标体系中进行，而是在一种无价值的非理性状态中来构成它的价值意义，虽然马原声称无价值意义，那只不过是为了挣脱理念的囚牢，而这种反叛本身就是一种价值，一种非理性取向的价值。例如，《冈底斯的诱惑》中，探索野人、观看"天葬"、顿珠、顿月和尼姆的"婚姻"故事并列在一起，三天故事线索之间并没有多少逻辑的内在联系，可是整合起来却有一种难以言尽的生命意义。

现在我们讨论第二个问题，马原的叙事形式要表达什么意义？马原之所以被某些批评家称为不可知论者，是因为在他的小说里缺少了代表人们对事物认知的因果链条。我们在马原的小说里看到的常常是事物被经验的片段，其中没有作者的价值判断。他把人的苦难和幸福统统处理成人生的常态，一切都那么寻常、充满偶然性，而导致或喜或悲的直接动因无从寻找，普遍缺乏戏剧性的因果关系。这似乎反映了作者根本不相信自己的判断力，也不相信那种戏剧化艺术对生活的表现力。相反，他相信自己的感觉、自己的经验。他说："在我的个人语言体系中，我觉得事实比真理占有更重要的位置。""事实是人们通过直接经验，最后完成的。"① 因此，他只揭示、表现、叙述而不解释、判断。他总是在认真地随意着，他认真地捕捉稍纵即逝的灵感火花，一些很漂亮、有意味的细节，却又漫不经心地不加选择、不加梳理、不加提炼就给予读者。这实际上就是马原理解的生活，他认为这就是人生的自在状态，它充满着偶然性和不可思议性，充满了丰富、庞杂和混沌。马原的写作于是具有了表现人生自在状态的寓言性质。

把自己投诸现象世界而拒绝对现象世界作出各式各样的推理和判断，这也许并非西方后现代主义的不可知论的表现，而是传统中国人的典型思维方式。与西方传统思维中重"理念"、重"本质"不同，在中国传统思维中，现象世界占据了极重要的地位。道家思想中，万事万物自生自然自足，人为万物之一，没有特权和资格凌驾其他万物之上。笔者认为马原对他所展示的世界基本

---

① 马原：《牛鬼蛇神》，上海文艺出版社2012年版，第29页。

上正是这样的中国式的态度。这种观物的态度在他的长篇《上下都很平坦》中开头的四句话里便隐约可见：我清楚地记得/就在堤坡上/那三色弹子/显得自由自在。马原感兴趣的不是超越具体真实的抽象本体，不是建立在假设基础上的人为的结构和秩序，而是直观于中国人眼中的丰富、庞杂和混沌为一的现象世界。马原小说的叙事抛弃了直线型因果追寻的方式而采用平行故事并置组装法，反映的也正是中国古代哲学对事物整体性的崇尚。这种并置所表现的非逻辑的、非线性的经验在马原看来正是人与世界真实关系的再现。

就马原小说中取消虚构与真实之间的界限而言，这种外表上博尔赫斯式的迷宫叙事从更深层的文化心理来看也体现了东方的虚实相生的文化理念。在中国的古代文化中除了有庄周梦蝶所表现的现实与梦境的混淆。唐传奇、李公佐的《南柯太守传》①中也有着与柯勒律治玫瑰极其相似的意境。

就马原小说里的"空白"或者"省略"而言，无论它们借鉴于博尔赫斯还是海明威抑或罗伯-格里耶，仍然有中国文化的审美底蕴。因为，在中国的古典诗学中，也有着很精深的"空白说"。如传统书论认为，书法是黑白构架的艺术，墨出形，白藏象，"计白以当黑，奇趣乃出"（邓石如语）②，书法的韵致就藏在无墨的"白"之中。中国的画论也说虚实相生，无画处皆成妙境。文论家李调元提出："文章妙处，俱在虚空"；刘熙载认为，"律诗之妙，全在无字处"；王夫之评论盛唐诗歌，"默气所射，四表无穷，无字处皆其意"。总之，中国文论中"空白"是"无象"中的"有象"，"无形"中的"有形"，

---

① 游侠之士淳梦古槐树下入梦，梦中见了两个紫衣使者，自称是槐安国王派来的使臣，邀请他前往。"生不觉下榻整衣，随二吏至门"。出了门，"指古槐穴而去"，就从古槐树下一个洞穴里进去了。从此，飞黄腾达，娶了公主，当上了南柯太守。后来与檀萝国打仗，兵败，公主也死了，又遭谗言迫害，最后被紫衣使者从洞穴送了回来。醒来发现自己仍睡在古槐树下，于是去寻找洞穴，果然找到一个蚂蚁洞，拿斧子来把树根砍掉，发现一个更大的蚂蚁洞，就像一座城池，里面有三寸多长的蚁王和一大群蚂蚁。这就是槐安国都城了。又挖出一洞，格局完全像梦中的南柯郡。挖来挖去，梦中的情形都在蚁洞中应验了。
② 转引自李克和、张唯嘉：《中西"空白"之比较》，载《外国文学研究》2005年第1期。

"空白"中包含着艺术美的极致。① 实际上，中西文论在"空白"观上也存在着上文所言的邂然神交。这种相似也许不该用两种文化的巧合来解释，虽然难以找到直接的影响证据，但是当代西方哲学的非实体主义转向的思想背景主要来自东方，来自周易、道家和佛学的现象诠释。

从上述分析中我们可以作出这样的推测，博尔赫斯是个承继了西方文明的作家，但是他的创作却有一些仿东方的形式，这一方面来自作家本人对中国典籍的阅读也有西方当代哲学受到东方哲学的影响这个原因。马原阅读汉译的博尔赫斯，博尔赫斯的小说叙事与马原的思想便很自然地产生了某种契合，这种契合可以说是影响产生的一个基础，同时也说明了马原是站在中国文化的立场上来理解博尔赫斯的。

博尔赫斯世界观中最深刻的基础是叔本华的悲观主义。叔本华认为人的本质是生存意志，生存意志的本质是欲望；而欲望的本身就是厌烦，它得不到满足和填补时，就是痛苦。而人的欲望是永远满足不了的，一种欲望的满足，又会导致另一种欲望的产生，绝无最终满足的时候。所以人的本质归根结底是痛苦，人生总是一出悲剧。这种悲观主义哲学成为博尔赫斯创作的基础。博尔赫斯对生命本质持悲观怀疑的态度，现实是虚幻的，人生也是虚幻的，他的创作是梦者做梦，他说："唯一存在的人，是梦想的人。"他是一个最懂得为世界悲哀的人，他的世界是美丽而多愁的，而那树荫最深处的忧伤却是一种神秘与虚妄。他认为，人的作品以及人自己，都只是转瞬即逝的时间的外形。除之以外，博尔赫斯怀疑人对世界的认识能力，他相信世界上万事万物的许多奥秘里都体现了神的意志，而人的认识是有限的。他曾在《四个四重奏》中明确地说过，唯有谦卑是无穷无尽的智慧。经验至多带来一种价值有限的认识，而认识只是在事物变化的模式上又加一个旧的模式。人到老年也不一定能获得智慧，真正获得的是谦卑。只有保持对存在奥秘的谦卑，才有可能破除一己的执着，把自己降低到万物一员的本真状态，倾听到"天籁"。

与博尔赫斯彻底的悲观和持不可知论相比，马原的世界并非如此的虚妄。

---

① 参见李克和、张唯嘉：《中西"空白"之比较》，载《外国文学研究》2005 年第 1 期。

第四章
翻译文学的影响个案研究

马原的小说少逻辑和价值判断，是因为他认为这是人强加于事物的，并非事物所固有的。他看世界的方法是现象直观的。他认为感应的而非认知的世界才是真实的。格非在《十年一日》一文中专门提到马原1986年秋末在华东师大的演讲。他说："那天下午重复频率最高的词语是'通神'。在马原的词典里，它既是文学语言的最高境界，又是日常经验通往未知领域的必经之路。当学生要求他对这一概念本身加以解释时，他随即讲了这样一个故事：有一次，他在西藏涉水过河时，预先将两只鞋子仍向对岸。当他抵达河流的对岸，竟然发现两只鞋子整整齐齐地摆在那儿，'就像搁在床边一样……'马原拒绝以'概率'和'偶然'这样的概念解释这一现象。倘若这不是出于冥冥中神祇的意志，那也包含着我们尚不能完全知晓的时间的奥秘。"[①] 由此可见，马原认识世界的方式是"通神"，它应该是一种感应的方式，而不是通过概念去认识世界。与博尔赫斯不同，马原不是一个悲观主义者，相反，他甚至有着理想主义和英雄主义情结。这一主题在他的早期作品包括《冈底斯的诱惑》中有较多的涉及。马原笔下的人物虽然悲苦而孤独，但是他们并不悲观。相反，他们有着超强的忍耐苦难的能力，这种信念来自信仰。马原虽然并不信教，但他热衷于维护宗教的神秘性，而他笔下的此类人物如《叠纸鹞的三种方法》中"住在布达拉宫底下的老太太"、牧神青罗布也都带有某种神性的光彩。他不喜欢尼采，就因为他认为尼采是一个与上帝作战的人。

由此可见，马原借鉴了博尔赫斯的小说形式，但是这些形式在马原小说中的意味是不同于博尔赫斯的，其互文性不仅指向中国传统文化更是作者为表达自己所处的时代诉求的自觉运用。

我们必须承认马原出色地以博尔赫斯的骨架糅入了他所编织的瑰丽的西藏故事——中国神话的血肉和中国文化的精神，它们显得浑然一体。亨利·詹姆斯发明了"地毯里的轮廓"这个说法来指一个作家作品里如秘密签名般反复出现的主题。在此也借用这个比喻，我们可以从马原编织的地毯里清晰地看到博尔赫斯的形式轮廓，所不同的是，马原让这些类似的形式表现出了中国文化

---

① 格非：《十年一日》，载《莽原》1997年第1期。

的意味和中国历史语境下追求文学现代性的主题。

笔者认为,争论马原等先锋作家的作品是不是真正的后现代主义作品这个问题并不重要,重要的是要阐明这种形式借鉴造就的新的叙事形式在中国文化语境中的意义。这种意义正如我们在第三章里所讨论的那样,其本质就是对现实主义文学圭臬的反叛,他们借西方后现代主义文学这块"他山之石"来攻中国文学厚重的功利文化和意识形态的"块垒",让小说回归叙事本身,并且在这种反叛所享受的自由中追寻自我精神的乌托邦,让主体得到张扬。从这个意义上说,中国的先锋小说并不具有取消一切意义深度,拆除一切中心的后现代主义文本的特性,而是那种捣毁旧的原则建立新的原则,拆除旧的意义建立新的意义的对现代性诉求的产物。

第三节　影响发生的心理原因探索

一个值得注意的现象是,马原对自己与博尔赫斯的师承关系却一直讳莫如深,只是近些年态度才变得比较明朗。

格非在《十年一日》一文中记录了马原1986年在华东师大的演讲。演讲过程中,"只有一个学生的提问让马原感到了为难①。他希望马原先生能够描述一下,阿根廷作家博尔赫斯在多大程度上对他的创作构成了影响。马原略一

---

① 格非提到的这个学生就是作家李洱。李洱在《世界文学》2004年第5期上发表了《阅读与写作》一文,也谈到了此事。他说:"中国的先锋派作家的代表人物马原先生来上海讲课。当时我还是个在校学生,我小心翼翼地向马原先生提了一个问题,问博尔赫斯在何种程度上影响了他的写作,他对博尔赫斯的小说有着怎样的看法。我记得马原先生说,他从来没有听说过博尔赫斯这个人。当时小说家格非先生已经留校任教,他在几天之后对我说,马原在课下承认自己说了谎。或许在那个时候,博览群书的马原先生已经意识到,博尔赫斯有可能是一个巨大的陷阱?"

第四章
翻译文学的影响个案研究

思索，便回答说：'我从未听说过这个名字，自然也谈不上什么影响。'这自然使我联想到马尔克斯在面对《百年孤独》与《大师与玛格丽特》之间关系的诘问时所做的回答。所不同的是，马原在几天后就承认自己说了谎。在1986年就看出博尔赫斯和马原小说有着重要联系的人并不多，这也许使他有些吃惊。另外，他似乎对当时远未成熟的中国批评界存有深刻的戒心：一旦你公开承认自己受到了某位作家的影响（尽管这十分自然），批评者则会醉心于这种联系的比较研究，同时它又会反过来强加给作家某种心理暗示，从而损害作家的创造力。因此，我个人完全能够理解，为什么马原在面临诸如此类的提问时，总是列举一些让人不明所以的名字加以搪塞：比如说，拉格洛夫、斯文赫定、毛泽东，还有克里斯蒂。"[①] 后来，马原也在文章中提到此事，并承认自己当时确实在做戏。他说在1986年，面对一百多个喜爱文学的、比他年轻的朋友讲座的时候，他不愿意承认哪个作家直接影响了他。实际上，即使不在这样的公开场合面对这样措手不及的发问，即使在面对自己和读者的文章中，马原依然不愿正视这个问题，他在2002年出版的《阅读大师》中谈到博尔赫斯时说："博尔赫斯是20世纪一位具有非凡影响力的作家，中国有很多作家，包括像余华、格非、残雪，他们都为博尔赫斯所着迷，很多批评家也非常喜欢博尔赫斯。"又说："有一些批评家说我受博尔赫斯影响比较重。博尔赫斯确实是我很喜欢的一个作家，我想他最大的魅力是虚拟，但是我不是。"[②] 他承认博尔赫斯的影响，但是他把这种影响放在一个不太重要的位置上。直到《博尔赫斯与我》一文的发表，我们才看到马原终于正视了这个问题。他说博尔赫斯对他来说是个敏感的名字，博尔赫斯困扰过他，博尔赫斯是他生命中的一个"结"。许多年以后，在他重读博尔赫斯和自己的小说时感觉到某些地方竟然像是在抄博尔赫斯的小说。马原在《博尔赫斯与我》一文中谈到他的小说中交错的人物和对同一事件的相互颠覆的叙述来自博尔赫斯的影响。而这种被影响的意识是在他二十多年以后重读博尔赫斯时才强烈地感觉到的。他说：

---

① 格非：《塞壬的歌声》，上海文艺出版社2001年版，第65页。
② 马原：《阅读大师》，上海文艺出版社2002年版，第248页。

翻译文学对中国先锋小说的叙事影响

"我在完全不自知的情况下,事实上落入了博尔赫斯的陷阱,因为他在此之前早就用过了。在具体的方法论上,在故事的形态上,我都没有真正绕开过博尔赫斯。"①

马原的焦虑就是一种影响的焦虑,这是一个作家在面对自己的"父亲"——影响自己的先辈作家时所表现出的正常状态。美国批评家哈罗德·布鲁姆写过一本影响很大的书《影响的焦虑:一种诗歌理论》。书中阐述了"影响"、"误读"和诗歌创作的关系。影响是布鲁姆的一个重要的批评话语,指一个创作者在面对自己的"先辈"作家时所产生的心理状态,一种试图创新的心理状态。与传统的认识方式不同,布鲁姆所说的文学作家不是那种凭借想象运用语言媒介充分表达自己的作家,而是面对先辈已经取得的文本成果总是试图超越的人。所以,创作实际上是一种文本和文本相互影响、相互阐释、相互作用的写作过程。创作并不在于创作本身,而在于创作者面对的"他者",即被布鲁姆称为"先辈"的作家时是如何做的。更准确地说,创作是一个动力学的互动传递过程,其中充满着布鲁姆所说的压抑、焦虑、渴望、对抗、斗争、颠覆、毁灭等。阅读的过程与创作过程类似,也是一个征服与反征服、压迫与反压迫的斗争。创作和阅读的另外一层含义是一种传承和修正过程。②

布鲁姆认为,在后来的诗人的潜意识里,前驱诗人是一种权威和"优先",是一个爱和竞争的复合体。以此为发轫点,从后来诗人步入诗歌王国时起便开始忍受"第一压抑感"。他无可避免地——有意识或无意识——受到前驱诗人的同化,他的个性遭受着缓慢的消融。为了摆脱前驱诗人的影响阴影,后来诗人就必须极力挣扎,竭尽全力地争取自己的独立地位,争取自己的诗作在诗歌历史上的一席之地。如果没有这种敢于争取永存的"意志力",后来诗人就谈不上取得成功,就不可能成为强者诗人。于是,在压抑感里迸发出一种进行"修正"运作的动力,使得后来的诗人能够顶住前驱和传统的强大力量,

---

① 马原:《新阅读大师》,华东师范大学出版社2005年版,第269页。
② 参见方成:《精神分析与后现代批评话语》,中国社会科学院出版社2001年版,第308页。

第四章
翻译文学的影响个案研究

获得一定程度的独立和胜利。18世纪以来的大诗人——强者诗人——都生活在弥尔顿的阴影下,而当代的英美诗人则生活在这些与弥尔顿进行了殊死搏斗站稳了脚跟的诗坛巨擘的阴影里。布鲁姆认为:"诗的历史是无法和诗的影响截然分开的。因为,一部诗的历史就是诗人中的强者为了廓清自己的想象空间而互相'误读'对方诗的历史。"① 误读就是抗争,具体体现为"修正"(Revisionism),即对前辈诗人的"重新审视""否定"甚至"推翻",含有修改、扬弃的意味,也有创新的意味。布鲁姆设计了六种"修正"的手法,即六种"修正比":(1)"克里纳门"(Clinamen)即对诗的误读或有意误读;(2)"苔瑟拉"(Tessera)这是一种以逆向对照的方式对前驱的续完,诗人以这种方式阅读前驱的诗,从而保留原诗的词语,但使它们别具他义。(3)"克诺西斯"(Knosis)迟来者诗人表面上在放弃他本身的灵感,放弃他想象中的神性,似乎谦卑得不想再自命为诗人了,但是,他的这种"衰退"(ebbing)却是和某一位前驱的"衰退之诗"联系在一起施行的,遂使前驱的灵感和神性也被倾倒一空,结果这迟来者的诗并不显得那样绝对空空如也。(4)"魔鬼化"(Daemonization)一种贬低先辈的创作和阅读类型,它主要是发现某一先辈诗人具有某种特色,然后故意说这个特色属于那个时代从而以归于一般的方法抹杀前驱诗作中的独特性,这样就完成了魔鬼化的运作。(5)"阿斯克西斯"(Askesis)一种旨在达到孤独状态的自我净化运动,用强烈的自我隔离方式与先辈决裂,以求得自我创造力的表现。(6)"阿波弗里达斯"(Apophrades)即"死者的回归",即新诗的成就使前驱诗在我们眼里,仿佛不是前驱者所写,倒是迟来的诗人自己写出了前驱诗人那颇具特色的作品。②

我们可以用布鲁姆的理论来分析马原的焦虑或者说借助布鲁姆的理论从心理层面上探讨马原作品中文化间性的形成。马原和博尔赫斯在小说叙事上的最

---

① [美]哈罗德·布鲁姆:《影响的焦虑——一种诗歌理论》,徐文博译,江苏教育出版社2006年版,第5页。

② 同上书,第15—16页。参见方成:《精神分析与后现代批评话语》,中国社会科学院出版社2001年版,第309页。

大的共同点就是模糊虚构和真实的界限从而造成一种迷宫叙事。但是马原却恰恰要否认这一点："有一些批评家说我受博尔赫斯影响比较重。博尔赫斯确实是我很喜欢的一个作家，我想他最大的魅力是虚拟，但是我不是。"① 这正如布鲁姆所言："奇哉！他们身处父亲的庇荫而不认识他。"马原的心态与史蒂文森面对自己的前辈所产生的焦虑如出一辙：

> 当然，我并不否认我也来自"过去"，但是，这个"过去"是属于我自己的过去，上面并没有打上诸如柯勒律治和华兹华斯等人的标记。我不知道有什么人对于我具有特别的重要意义。我的"现实——想象复合体"完全属于我自己，虽然我在别人身上也看到过它。②

对此，布鲁姆认为他最好把最后几个字改为"恰恰因为我在别人身上也看到过它"。而马原明确否认的"虚拟"也恰恰是他的一些主要作品的特色。博尔赫斯在马原心中所引起的焦虑使得马原在自己的创作中尽可能地对博尔赫斯进行"修正"，而由于博尔赫斯是一尊来自西方世界的神，马原对他的"修正"就是竭力使创作的文本看起来像是中国作家的作品。根据布鲁姆的理论，每一个"强者诗人"都会为了自己的独创性而与前驱诗人作着殊死的抗争，他们成功的反抗就在于"修正比"的艺术价值。如果缺少卓越的"修正比"，而仅仅是"让强者诗人毫无缺损地回归，这样的回归就会使迟来者陷入穷困境地，使他们在人们的记忆中（如果人们还记得他们）必然成为最终的贫困者——永远无法克服的想象的贫困。"③（布鲁姆2006：147）"叶芝和史蒂文斯是本世纪的最强的诗人，而勃朗宁和狄金森是19世纪后期的最强诗人。他们都生动地体现了修正比的最精妙的功能。他们都获得了一种风格，使他们获得并保持了领先于他们的前驱者的地位，从而几乎推翻了时间的专制独裁。我们可以认为，在某些惊人的时刻，他们被他们的前驱者所模仿。"这里谈的就

---

① 马原：《阅读大师》，上海文艺出版社2002年版，248页。
② 转引自［美］哈罗德·布鲁姆：《影响的焦虑——一种诗歌理论》，徐文博译，江苏教育出版社2006年版，第7页。
③ 同上书，第147页。

第四章
翻译文学的影响个案研究

是第六种"修正比"。这种错觉的出现是因为后来者比前驱者更加伟大，他们更加精妙地表现了前驱者的某种特征。就马原而言，也许他还算不上布鲁姆所说的"比前驱者更伟大的诗人"，特别是拿他的成就与博尔赫斯相比。但是当马原在20世纪80年代中期最初向中国文坛献上自己的作品的时候，人们惊讶和叹服的正是作者的创造力，当时也很少有人能够看出在他的作品中有某个西方后现代主义幽灵。因为马原很清楚他这位"儿子"既要像"父亲"也不能完全像"父亲"，若完全像"父亲"，儿子将永无出头之日。这一思想被同时代作家莫言表达得明白无误。① 由于跨文化的效应，使得马原对博尔赫斯的"修正比"产生了因文化间性所带来的陌生化效果也就是说这种审美上的陌生效果得益于马原对博尔赫斯成功的"修正比"——具体的修正方法是马原在其叙事中保留了一些博尔赫斯的形式（见前文的分析），但是使它们别具他义，类似于布鲁姆所说的第二种"修正比"或误读形式，结果是中国先锋文学诞生，无论是在文学形式还是文学理念都给当代中国文学带来冲击和影响，造成独特的文化现象。影响的发生，从心理学上解释，它源于"修正比"；从阐释学上讲，它源于特定时代中读者的期待视野以及与作品的视野融合，它的前提是文化之间的交流和互动。

---

① 因为我们这批作家在文化准备上的先天不足，所以当大批的外国优秀作品铺天盖地地笼罩过来时，的确出现了眼花缭乱的状况，我们大都产生过当年加西亚·马尔克斯在巴黎阅读卡夫卡时的觉悟：他妈的，小说原来可以这样写！当年我读了加西亚·马尔克斯《百年孤独》的最后一个章节后就把书扔掉了，我心中想：这样写，我也会！但是我很快就意识到：尽管这样写我也会，但如果我也这样写，那我就永远也没有出头之日。（莫言：《翻译家功德无量》，载《世界文学》2002年第3期。）

第五章
结　论

　　研究翻译文学在文化交流中的媒介和传播作用可称为翻译文学的中介性研究，本书即为此类研究。它尝试着回答了翻译文学对本土文学产生了什么影响？它们之间的发展关系是什么？影响的发生与翻译文学的本质属性有什么内在联系？影响在目标语文化中的接受形态是怎样的？研究翻译文学产生的影响，既要有事实依据，又要有理论上的阐释。本书在结构安排上分为上下两编，上编是理论探索，下编为实证研究。理论探索是为了搞清楚翻译文学的本质属性，它不同于外国文学和本土文学的特质是什么？在对其本质属性进行充分论证的基础上，揭示它与影响之间的关系，因此文化间性是本研究理论上的立足点。这种间性表明翻译文学内部既存在着本土文学所欠缺的某种异质性同时也存在着对这种异质性进行裁剪、修正或改写后的归化性。异质性是影响发生的动因，归化性是影响发生的条件，缺了任何一方，影响就不会发生。在跨文化交流中，异质性的交流和移植需要适度的归化后才能顺利进行。本书研究了两个阶段的文化间性：第一个阶段的文化间性是翻译过程中产生的文化间性，体现在翻译文学作品中；第二阶段的文化间性是影响过程中产生的文化间性，体现在本土文学作品中。前者是后者的基础和前提，但是二者并非是单一的继承或复制关系，而是一种影响机制。翻译文学的文化间性导致了影响的发生，而影响后的文本形态也体现为文化间性。这可谓跨文化文学交流的基本规律。以下是各章内容的归纳总结。

第五章
结 论

　　翻译文学既区别于外国文学也区别于本国文学。它不是简单的换了语言形式的外国文学。在翻译过程中，伴随着语言转换的同时还发生了十分复杂的转换效应，涉及语言、文化、意识形态和人类的理解活动。第一编第一章提出了翻译文学具有文化间性特质这一基本观点。第二章运用接受美学理论对译者的理解过程进行剖析，挖掘文化间性的潜在构成。人类的阅读过程是一个理解和认知的过程，对这个过程的认识也经历了很长历史时间的探索。到了姚斯和伊瑟尔那里，这个问题已经获得了宽广而深透的认识。作者借用这两个德国人的智慧，对译者的阅读活动进行了考察。姚斯接受美学理论中的重要概念"期待视野"来自德国哲学从现象学到当代解释学的传统。期待视野具有三层意思：一是指读者先行具备的对文学作品进行体验的一种认识框架或理解结构；二是作品中存在的唤醒读者特定感知定向的召唤结构；三是这两种结构的相互作用导致的理解或视界融合，也就是期待视野的修正或更新。姚斯认为，阅读不是要找出什么"客观意义"从而再次走进历史循环主义的误区，而是通过区别过去的文本（产生于过去某个时代的文本）和现时的文本（在当今时代被阅读的文本），把"文本说了什么"的问题转化成"文本对我说了什么"和"我对文本说了什么"这样的问题。这样一来，文本的阐释就具有了开放性的特点，读者在阐释中的作用就得到了承认，文本正是通过读者的阅读由历史进入当代即历史的循环。姚斯称，一部作品很难进入历史循环，只有在读者的期待下，它才造成三方对话。这种对话式关联，构成文学接受的历史链。姚斯的理论可视为接受美学理论的宏观构架，而伊瑟尔则对接受美学进行了更具建设性的微观研究。伊瑟尔认为文本由文本构件组成，而文本构件之间存在着"缺失的环节"，这些缺失的环节就是意义的"空白处"。读者在阅读中必然要对这些"空白处"进行填充，当某些构件之间的"空白处"被成功地填充之后就会形成一个可辨认的结构，这就是一个特定的阅读瞬间，读者从一个瞬间转向下一个瞬间，也就是主题与视野的转换或推进，被称为"视点游移"，读者在视点游移中对各视点的心理综合被称为"一致性构筑"或者"一致性阐释"，这样就完成了对作品的理解。而文本与读者的交互作用还同时表现为一种否定形式。在读者的阅读过程中，读者原有的社会准则和价值观念与作者通过文本的文学形象所表达的社会准则和价值观念不一致或相抵触时，读者就处在新旧立场的选择中，他受到两种立场间张力的制约，这迫使他竭力去实现一种平衡。这种新的发现与习惯倾向的不协调只能在第三尺度产生后才能消除，而第三尺度就是文本建构的意义。这种建构是建立在读者与文本之间的，是交互作用的结果，也是阅读的意义之所在。由此论及翻译，由于译者面临的是一种跨文化阅读，在期待视野的作用下，无论是阅读过程中对"空白处"的填充，还是新旧立场的张力制约下的文本意义的建构，都呈现出更强的读者反应作用，在译者对原著的理解这个问题上，我们应该认识到，不是"源语文本对译者说了些什么"而是"译者从源语文本中发现了什么意义"。对于源语文本而言，译者不仅具有时代性还具有跨文化性，这种跨文化性在"第三尺度"意义的构建中为译作带来了来自另一种文化的东西，这便是另一种文化的视野对原作中主题的阐释。这种新视野中的阐释经过语言转换这个翻译表达过程被具体化了，而且由于语言本身的原因被进一步强化了。

　　第一编第三章为译者的表达研究。理解与表达是翻译的两个环节，表达不仅受制于理解，也受制于语言本身的种种规律。翻译通过语言转换而最终完成。于是我们考察了在具体的语言转换过程中，翻译是怎样抵达其文化间性的存在方式的。这里运用了语言学理论对翻译的新认识，这种认识上的深化使得翻译研究者最终放弃了对译作的等值考量。在基于传统认识的翻译伦理中，译者背负着忠诚的使命。艾柯曾经讲述了一则隐射翻译的寓言故事，一位印度奴隶受主人之命，为他传送一封信和一篮无花果。然而在途中，印度奴隶吃掉了一大半无花果，他把剩下的那一半交给了应该交付的人；后者在读了信之后，发现无花果的数量与奴隶送来的无花果数量不符，于是指责奴隶在途中偷吃，并向他出示了信。但是奴隶矢口否认事实，诅咒那张纸的存在，说那是满纸谎言。接着，他又第二次执行相同的使命，这一次他同样在路上吃掉了一大半无花果，因为吸取了第一次的教训，他将信拿出来藏在一块巨石下，觉得这样无从证明他偷吃，但是，这一次他遭到更强烈的指控。于是他承认了自己的错误，相信那张纸的神性，承诺自己在以后的使命里将

第五章
结 论

绝对恪守忠诚。

奴隶"偷吃"描述了翻译的客观现实，原文经由翻译无法与原来的意义等值，可是"信"的存在却反映了人们对翻译忠实性的信仰和坚持。在实际翻译中，译者的不忠是无可避免的，我们也充分分析了可译性的有限性，分析了翻译作为一种语际书写对意义的建构性。但是，"信"依然是译者无法摆脱的天命——是翻译之途无法抵达的理想彼岸。无论在哪个年代，无论他的实际译作最后距离忠实有多远，每一个译者在翻译这个命数里不得不怀揣着这个理想前行。就译者表达而言，文化间性是译者在两种语言系统、两种文化系统之间为实现意义交流即忠实性追求而不断协调和妥协的结果。间性是一种平衡状态，也唯有达到这种平衡状态，翻译才走上了通途。应该说，这也是译者背负着理想，并在努力实现的过程不断与语言和文化现实达成妥协的结果。

第一编第四章论述了译作的文化间性与影响的关系。文化间性是文化互动中彼此渗透的结果，而影响在这种间性融合时就已经开始了。考察英语词culture、humanism、literature、democracy等与汉语词"文化"、"人文主义"、"文学"、"民主"，它们之间并不具有预先存在的对等关系，它们之间的关系是翻译过程中建构起来的，而每一次建构都是文化的彼此渗透。翻译中的借用或挪用实际上是一种文化侵越，也可用理解的否定过程中"第三尺度的构建"来解释。在理解过程中，对新事物的出现，读者可能会修正原有的期待视野，在新旧之间找到一种平衡，达成对新事物的理解，也有可能维持原有的期待视野，对新事物进行误读。借用或挪用就是误读，而误读即是影响，它使得某一事物在另一文化里被重新言说。本章第三点阐述了解构主义关于译文中存在互补性的思想，该思想彻底解构了翻译的忠实性，这是不同视角的文化间性说。正是由于互补性或间性，原著进入了新的文化系统从而获得新的生命。第四点具体考察了翻译体的直接影响作用。"自由转述体"是西方现代小说的叙事方式，这种叙事方式经过翻译之后，就形成了翻译体的汉语自由转述体，对汉语叙事产生影响。

在完成翻译的文化间性研究之后，我们进入影响的实证研究。考察哪一类

翻译文学对中国先锋小说的叙事影响

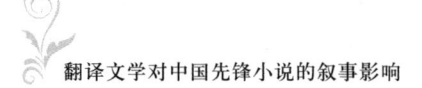

文学流派受到译介活动的重视，它对中国文学的具体影响是什么，这些影响与文化间性之间的关系是什么，对中国文学的意义是什么等问题。

中国文坛有十几位作家在20世纪80年代中期开始了对小说叙事的新探索。他们以一种有别于传统的全新的叙事方式进行创作，他们被后来的批评界称为中国先锋派作家，其作品被称为中国的先锋小说，也被一部分批评者定位为中国的后现代主义文学。它之所以获得先锋这个命名，是因为它以一种叛逆者的姿态出现——对现有的文学体制和文学传统进行反叛。它之所以被定位为中国后现代主义小说是由于这批小说具有明显的后现代主义叙事特征。先锋小说诞生在中国社会的现代化转型期，它所具有的现代主义和后现代主义叙事特征以及与主流叙事的割裂使得研究者自然将其与现代派翻译文学相联系。本书在这一部分对西方现代派翻译文学与中国先锋文学之间的影响关系进行了实证研究。笔者认为，中国社会转型时期西方现代主义和后现代主义翻译文学的集中译介不仅为中国作家提供了新的文学理念而且提供了可借鉴的形式，由此中国先锋小说的诞生具备了两个必要的条件：一是变革的动因；二是变革的方式。两者的结合使得这批作家们的思想和情感诉求找到了确定的表达方式，也因此孕育了中国先锋文学。第一个条件决定了中国先锋小说的本质是不同于西方后现代主义文学的，因为它们产生的历史条件不同，前者产生于一个前现代社会向现代社会过渡的时期，而后者则是西方现代资本主义社会走向后现代资本主义社会的产物。第二个条件解释了为什么中国的先锋小说具有后现代主义的叙事形式。由于现代主义和后现代主义文学的同时译介，先锋作家对它们的借鉴最初是未做区分的。而且奇妙的是，后现代主义的某些文学作品，如博尔赫斯的小说，其形式意味与中国的古典哲学思想存在某种契合，这种契合点引发了中国作家的阅读兴趣，但也造成了中国作家的误读。现代主义和后现代主义叙事形式在中国先锋小说叙事中的杂糅也带来了中国批评界的迷惑和争议。在第二编的四章内容里，作者从影响产生的历史条件、影响在叙事层面的具体存在、影响的形态和意义等方面进行了分析论证。

第二编第一章从发生学的角度研究了先锋小说产生的历史条件。第二章概

第五章
结 论

述了先锋文学与翻译文学的关系。第三章从叙事学的几个层面详细展示了现代主义和后现代主义翻译文学对中国先锋小说的影响,分析了先锋小说所具有的现代主义和后现代主义小说的主要叙事特征。中国的先锋小说不仅具有西方现代主义小说的标志性特征,如心理时间取代物理时间的叙述方式以及人物的碎片化和喜剧性,而且具有后现代主义小说主要特点,如元小说的叙事结构、戏仿、互文性、语言游戏以及人物的符号化。正如朱水涌总结的那样:"他们的叙事既有着西方现代主义精英叙事的痕迹,又弥漫着西方后现代消解精英叙述的影子,在一种对现代主义和后现代主义都含混不清的情况下,体验式地于文化裂缝中进行着先锋叙事的实验,企图建立叙事自身的意义模式,以此对接当代的西方文学和崛起的拉美文学。"(朱水涌2007)中国的先锋作家是在现代性诉求的驱使下进行新的叙事实验的,他们从翻译文学中借鉴了现代主义和后现代主义的叙事方式,但是书写的却是中国当代的文化精神。这种文化间性是翻译文学与本土文学发生互动的产物,是翻译文学在本土文学中被接受的方式。

在译介活动造成的新的接受视野中,存在着作家的个人选择问题。这种选择可以理解成作家作为接受者对外来文学作品进行剔除、选择、消化、改造,将其融入自己的创作之中。但是具体的影响和接受过程是十分复杂的,也是不尽相同的。正如我们在前言中谈到的,20世纪中外文学"关系"存在的形态非常复杂,有明显的模仿、借鉴的直接影响关系,也有受文化语境、文学氛围的带动而造成的间接影响关系,也有创造性转化后无法查证、无迹可寻的模糊关系,还有面对共同的思想资源或现实问题所产生的契合关系。为了尽量清楚地说明这种影响关系,论文专辟一章即第四章"翻译文学的影响个案研究——博尔赫斯小说对马原小说的叙事影响"对影响的形态做进一步的研究。选择马原,因为他具有代表性。马原被称为"中国先锋作家们的作家",他的创作曾影响和带动一大批比他更年轻的作家,形成了中国文学史上的先锋派。而马原与博尔赫斯的师承关系也具有复杂的情形,其中既有直接的模仿,如马原的短篇《康巴人的营地》与博尔赫斯的《玫瑰街角的汉子》,也有创造性的借鉴如马原的"叙事圈套"与博尔赫斯的"叙事迷宫",还有一种契合关系如

翻译文学对中国先锋小说的叙事影响

博尔赫斯对中国古典哲学思想的继承和他的仿东方风格与马原通过小说对西方文化的继承以及他的仿西方风格。但是必须指出的是，马原对博尔赫斯的借鉴主要还是小说形式上的借鉴，而且这种形式在马原的作品中不再体现博尔赫斯的后现代主义世界观而是出于中国的现实需要被挪作他用。这种社会需要就是对"文以载道"的反叛，主张文学与政治的彻底分离，文学必须获得自律。博尔赫斯的"叙事迷宫"在马原的理解中并非呈现为一种世界观而是关于小说本质的全新方法论。他运用这种方法论创造了一种开放型的叙事，小说中的人物经常从一个故事窜到另一个故事，使得同一个事件得到多角度的叙述，他甚至将这种方法扩大化，在一系列小说文本中都有一个以"我"或"马原"或"那个叫马原的汉人"等为主人公的叙事结构，其文本与文本之间有一种可以相互参照的显性或隐性联系，以至于我们可以把马原的所有小说乃至文论看作一部篇幅宏大的互文性作品。博尔赫斯的"叙事迷宫"是他的时空轮回和存在虚无理念的体现（即对真实性的彻底放逐），但是马原并不是这样看世界的，他并不认为世界是不可认识的，他认为认识世界的方式应该是本质直观的方式，他的"叙事圈套"玩的是小说方法论。因此，先锋小说家对外国作品的借鉴往往出于文学叙事的目的而为之。加西亚·马尔克斯和博尔赫斯，对先锋文学来说，他们是两尊现代和后现代之神。前者是用文学介入现实的代表，后者是用文学逃避现实的代表，但无论是介入还是逃避，他们与现实的紧张关系都是昭然若揭的。但是在这一点上，他们都遭到普遍的误读。他们作品中的隐射社会政治问题的叙事目的并没有在受其影响的先锋作家的小说中得到充分体现，影响主要还是体现在叙述技巧上。就拿马原的《康巴人的营地》与博尔赫斯的《玫瑰街角的汉子》来说，《康巴人的营地》在情节的安排，叙述的节奏上都体现了《玫瑰街角的汉子》那种有条不紊地出其不意之风格，通过文本空缺造就一种神秘感和宿命感，追求朴素中的奇崛。但是"玫瑰"这个词语在博尔赫斯那里代表了"纯粹的矛盾"。经常在博尔赫斯的玫瑰街角出现的是捉对厮杀的硬汉，硬汉手中舞动的是带着血槽的匕首。诗人帕斯曾说过："博尔赫斯以炉火纯青的技巧，清晰明白的结构对拉丁美洲的分散、暴力和动乱提出了强烈的谴责。"（转引自李洱 2015）

而这种社会意义在《康巴人的营地》中恐怕是没有的。它的形式意义体现在别处，体现在"叙事应该回归叙事本身"这个中国文化语境下的命题。马原等先锋作家着重形式实验，也是因为先锋作家自认为肩负着创建中国纯文学的使命，他们借后现代主义文学这块"他山之石"来攻中国文学中存在的厚重的功利文化和意识形态的"块垒"。所以尽管先锋文学具备了一些后现代主义的叙事形式，本质上是一种现代性诉求，他们仍然在追寻和确立另一意义深度。

由此可见，影响总是体现为一种文化间性。在第四章的最后一节我们从心理学的层面上探讨了影响的产生，并从另一个角度解释了影响与间性的关系。运用布鲁姆的理论阐释影响的焦虑与诗人创造性的关系，由焦虑所激发的"修正比"是诗人创造性的具体体现，而对翻译文学的影响而言，"修正比"就是一种文化对另一种文化的有意误读，体现在作品中就是文化间性的具体形式。所以翻译文学对本土文学的影响是以误读和"修正"为基础，以文化间性为其存在形式的。

因为文化间性的原因，一个作家的原作和译作可以视为两部不同的作品，换言之，西班牙语中的博尔赫斯与汉语中的博尔赫斯是两个博尔赫斯。虽然译者们的目标如林一安撰写的《博尔赫斯全集》（浙江版）总序的标题所言是要"走近本真的博尔赫斯"，但是我们从赵德民翻译博尔赫斯的感受中得知他理解博尔赫斯的过程是一个改变其"先见"的痛苦过程，那么译者在多大程度上改变了自己，抑或改变了博尔赫斯是难以确定的，走近"本真"只是一种愿望罢了。我们不能肯定博尔赫斯的形式在译者的笔下多大程度上脱离了本真的博尔赫斯，因为本书中没有进行原著与译著的对照，但是我们可以肯定的是走进中国的博尔赫斯不再意味着其虚无的世界观或者对政治暴力的反抗，而是以其貌似后现代主义的叙事带来叙事的独特魅力和玄妙性的大作家被接受的。其他作家亦是如此，译成汉语的米兰·昆叙事的德拉的小说（《生命不能承受之轻》）哲学意味被扩大，性描写被渲染，原著中的政治性大大弱化。马尔克斯的《百年孤独》无论是在译者眼里还是译本读者眼里，最突出的部分就是拉丁美洲独特的文化而不是书中的政治斗争。它点燃的是中国寻根派作家对中

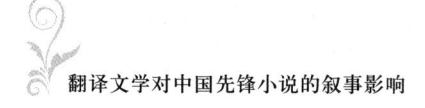

国传统文化的热望，使他们坚信越是传统的就越是现代的。

　　总之，翻译过程产生了译本的文化间性，译本的文化间性是译本进入新的文化系统的依托，它给目标语文化带来新的东西而同时又为这种新的东西在目标语文化中的接受铺平了道路，可以看成目标语文化对源语文化的选择性输入。译本在被阅读的过程中，译本中的文化间性是其对本土文学产生影响的催化剂，而受到翻译文学影响的本土文学作品也同样具有了某种文化间性。

参考文献

一、中文著作

残雪：《解读博尔赫斯》，人民文学出版社2000年版。

陈德鸿、张南峰：《西方翻译理论精选》，香港城市大学出版社2000年版。

陈福康：《中国译学理论史稿》，上海外语教育出版社2000年版。

陈历明：《翻译：作为复调的对话》，四川大学出版社2006年版。

陈平原：《中国小说叙事模式的转变》，北京大学出版社2003年版。

陈凯先：《作家们的作家·前言》，云南人民出版社1997年版。

陈忠诚：《词语翻译丛谈》，中国对外翻译出版公司1999年版。

程工：《语言共性论》，上海外语教育出版社2000年版。

方成：《精神分析与后现代批评话语》，中国社会科学院出版社2001年版。

冯友兰：《中国哲学简史》，赵复三译，新世界出版社2004年版。

高行健：《现代小说技巧初探》，花城出版社1997年版。

葛校琴：《后现代语境下的译者主体性研究》，上海译文出版社2006年版。

格非：《塞壬的歌声》，上海文艺出版社2001年版。

郭春林：《马原源码——马原研究资料集》，同济大学出版社2008年版。

洪治纲：《守望先锋——兼论中国当代先锋文学的发展》，广西师范大学出版社2005年版。

洪子诚：《中国当代文学史》，北京大学出版社1999年版。

胡全生：《英美后现代主义小说叙述结构研究》，复旦大学出版2002年版。

贾植芳：《中国现代文学总书目·序》，福建教育出版社1993年版。

姜秋霞：《文学翻译中的审美过程：格式塔意象再造》，商务印书馆2002年版。

李德恩：《拉美文学流派的嬗变与趋势》，上海译文出版社1996年版。

李永吟：《解释与真理》，上海译文出版社2004年版。

李奭学：《得意忘言》，生活·读书·新知三联书店2007年版。

廖七一：《当代西方翻译理论探索》，译林出版社2000年版。

刘宓庆：《翻译与语言哲学》，中国对外翻译出版公司2001年版。

刘重德：《文学翻译十讲》，中国对外翻译出版公司2003年版。

刘禾：《语际书写——现代思想史写作批判纲要》，上海三联书店1999年版。

柳鸣九：《未来主义超现实主义魔幻现实主义》，中国社会科学出版社1987年版。

吕同六：《卡尔维诺的神奇世界·寒冬夜行人》，安徽文艺出版社1993年版。

罗璠：《残雪与卡夫卡小说比较研究》，人民出版社2006年版。

马原：《马原文集》（卷一），作家出版社1997年版。

马原：《马原文集》（卷二），作家出版社1997年版。

马原：《马原文集》（卷三），作家出版社1997年版。

马原：《马原文集》（卷四），作家出版社1997年版。

马原：《阅读大师》，上海文艺出版社2002年版。

马原：《新阅读大师》，华东师范大学出版社2005年版。

马原：《牛鬼蛇神》，上海文艺出版社2012年版。

孟昭毅、李载道：《中国翻译文学史》，北京大学出版社2004年版。

任淑坤：《五四时期外国文学翻译研究》，人民出版社2009年版。

申丹：《叙述学与小说文体学研究》，北京大学出版社2001年版。

申丹、韩加明、王丽亚：《英美小说叙事学研究》，北京大学出版社2005

年版。

宋学智：《翻译文学经典的影响与接受》，上海译文出版社2006年版。

苏童：《寻找灯绳》，江苏文艺出版社1995年版。

苏童：《桥上的疯妈妈——苏童短篇小说代表作》，春风文艺出版社2005年版。

孙艺风：《视角、阐释、文化——文学翻译与翻译理论》，清华大学出版社2004年版。

王洪岳：《现代主义小说学》，百花洲文艺出版社2004年版。

王柯平：《走向跨文化美学》，中华书局2002年版。

王宁：《文化翻译与经典阐释》，中华书局2006年版。

王汶成：《文学语言中介论》，山东大学出版社2002年版。

王晓东：《西方哲学主体间性理论批判——一种形态学视野》，中国社会科学出版社2004年版。

王岳川：《现象学与解释学文论》，山东教育出版社2003年版。

王佐良：《王佐良文集》，外语教学与研究出版社1997年版。

吴晓东：《从卡夫卡到昆德拉》，生活·读书·新知三联书店2003年版。

吴义勤：《中国当代新潮小说论》，江苏文艺出版社1997年版。

吴家荣：《比较文学新编》，安徽教育出版社2004年版。

吴南松：《"第三类语言"面面观》，上海译文出版社2008年版。

伍蠡甫：《西方文论选》（上卷），上海译文出版社1979年版。

许志英、丁帆：《中国新时期小说主潮》，人民文学出版社2002年版。

谢天振：《译介学》，上海外语教育出版社1999年版。

谢天振：《翻译研究新视野》，青岛出版社2003年版。

谢有顺、于坚：《谢有顺于坚对话录》，苏州大学出版社2006年版。

许钧、袁筱一：《当代法国翻译理论》，湖北教育出版社2001年版。

许钧、郭建中：《当代美国翻译理论》，湖北教育出版社2000年版。

杨柳：《翻译"间性文化"论》，载《中国翻译》2005年第3期。

杨仕章：《文化翻译论略》，军事谊文出版社2003年版。

杨晓荣：《二元·多元·综合——翻译本质与标准研究》，上海外语教育出版社2012年版。

尹昌龙：《中国百年文学总系——延伸与转折》，山东教育出版社1998年版。

尹国均：《先锋实验——八九十年代的中国先锋文化》，东方出版社1998年版。

余华：《我能否相信自己·余华随笔选》，人民日报出版社1998年版。

余华：《余华作品集》，中国社会科学出版社1994年版。

余华：《温暖的旅程——影响我的10部小说》，新世纪出版社1999年版。

乐黛云、王宁：《西方文艺思潮与二十世纪中国文学》，中国社会科学出版社1990年版。

袁可嘉：《现代主义文学研究》（上），中国社会科学院1989年版。

袁可嘉：《外国现代派作品选》，上海文艺出版社1980年版。

曾艳兵：《卡夫卡与中国文化》，首都师范大学出版社2006年版。

章国锋：《二十世纪欧美文论名著博览》，中国社会科学出版社1998年版。

张学军：《中国当代小说中的现代主义》，山东大学出版社2005年版。

赵毅衡：《当说者被说的时候：比较叙述学导论》，中国人民大学出版社1998年版。

赵稀方：《翻译与新时期话语实践》，中国社会科学出版社2003年版。

赵稀方：《翻译现代性——晚清到五四的翻译研究》，南开大学出版社2012年版。

朱栋霖：《中国现代文学史1917—1997》（下），高等教育出版社1999年版。

朱水涌：《叙事与对话——比较视野下的中国现代文学》，南京大学出版社2007年版。

二、中文译著

［法］阿兰·罗伯-格里耶：《快照集·为了一种新小说》，余中先译，人民文学出版社2001年版。

［美］埃里克·H. 埃里克森：《同一性：青少年与危机》，孙名之译，浙江教育出版社1998年版。

［秘鲁］巴尔加斯·略萨：《中国套盒》，赵德明译，百花文艺出版社2000年版。

［法］布吕奈尔：《什么是比较文学》，葛雷、张连奎译，北京大学出版社1989年版。

［英］大卫·科里斯特尔：《剑桥百科全书》，中国友谊出版公司1998年版。

［德］冈·格里姆：《接受史：基本原理》，载《接受美学译文集》，刘小枫译，生活·读书·新知三联书店1989年版。

［美］哈罗德·布鲁姆：《影响的焦虑——一种诗歌理论》，徐文博译，江苏教育出版社2006年版。

［德］汉斯·罗伯特·姚斯：《接受美学与接受理论》，金元浦译，辽宁人民出版社1987年版。

［德］马丁·海德格尔：《通向语言的途中》，孙周兴译，商务印书馆1999年版。

［阿根廷］豪尔赫·路易斯·博尔赫斯：《博尔赫斯文集·文论自述卷》，王永年、陈众议等译，海南国际新闻出版中心1996年版。

［阿根廷］豪尔赫·路易斯·博尔赫斯：《作家们的作家》，云南人民出版社1995年版。

［阿根廷］豪尔赫·路易斯·博尔赫斯：《博尔赫斯全集·诗歌卷》（上），王永年、徐鹤林等译，浙江文艺出版社1999年版。

［阿根廷］豪尔赫·路易斯·博尔赫斯：《博尔赫斯全集·小说卷》，王永年、陈泉等译，浙江文艺出版社1999年版。

[阿根廷] 豪尔赫·路易斯·博尔赫斯：《博尔赫斯全集·散文卷》，王永年、徐鹤林等译，浙江文艺出版社1999年版。

[美] 华莱士·马丁：《当代叙事学》，伍晓明译，北京大学出版社1990年版。

[奥地利] 弗朗兹·卡夫卡：《卡夫卡文集》（第4卷），祝彦、张荣昌等译，上海译文出版社2003年版。

[美] 雷·韦勒克、奥·沃伦：《文学理论》，刘象愚、邢培明、陈圣生、李哲明译，生活·读书·新知三联书店1984年版。

[德] 赫伯特·马尔库塞：《审美之维》，李小兵译，生活·读书·新知三联书店1992年版。

[美] 马泰·卡林内斯库：《现代性的五副面孔》，顾爱彬、李瑞华译，商务印书馆2004年版。

[法] 米歇尔·莱蒙：《法国现代小说史》，徐知免、杨剑译，上海译文出版社1995年版。

[捷] 米兰·昆德拉：《小说的艺术》，唐晓渡译，作家出版社1992年版。

[瑞士] 费尔迪南·德·索绪尔：《普通语言学教程》，高名凯译，商务印书馆1982年版。

[美] W.C.布斯：《小说修辞学》，华明、胡晓苏、周宪译，北京大学出版社1987年版。

[德] 沃尔夫·冈·伊瑟尔：《阅读活动——审美反应理论》，金元浦、周宁译，中国社会科学出版社1991年版。

[法] 伊夫·瓦岱：《文学与现代性》，北京大学出版社2001年版。

[法] 雅克·德里达：《书写与差异》，张宁译，生活·读书·新知三联书店2001年版。

[美] 约瑟夫·弗兰克：《现代小说的空间形式》，周宪主编，秦林芳编译，北京大学出版社1991年版。

[法] 欧仁·尤奈斯库：《法国作家论文学》，王忠琪等译，生活·读书·

新知三联书店 1994 年版。

［爱尔兰］詹姆斯·乔伊斯：《一个青年艺术家的画像》，黄雨石译，外国文学出版社 1983 年版。

［法］阿兰·罗伯-格里耶：《新小说》，工人出版社 1987 年版。

［法］马塞尔·普鲁斯特：《追忆似水年华》（第 7 部：《重现的时光》），徐和瑾、周国强译，译林出版社 1991 年版。

［德］费尔巴哈：《费尔巴哈哲学著作选集》（上卷），荣震华等译，商务印书馆 1984 年版。

［美］弗雷德里克·詹明信：《处于跨国资本主义时代中的第三世界文学——晚期资本主义的文化逻辑》，张京媛译、张旭东编，生活·读书·新知三联书店 1997 年版。

［英］弗吉尼亚·伍尔夫：《论现代小说》，瞿世镜译，上海译文出版社 2000 年版。

三、期刊论文及文集中析出的文章

北村：《我与文学的冲突》，载《中国作家面面观》，华东师范大学出版社 2002 年版。

北村：《我的十种职业》，载《花城》2001 年第 1 期。

北村：《格非与北村的通信》，载《文学角》1989 年第 2 期。

卞之琳、叶水夫、袁可嘉、陈燊：《十年来的爱国文学翻译和研究工作》，载《文学评论》1959 年第 5 期。

蔡熙：《关于文化间性的理论思考》，载《大连大学学报》2009 年第 1 期。

曹顺庆、奏涛：《翻译文学与原有文学的互动性与一体化过程》，载《西华师范大学学报》2003 年第 5 期。

陈凯先：《博尔赫斯作品中的独特见解》，载《外国文学》1992 年第 3 期。

陈平原：《小说的书面化倾向与叙事模式的转变》，载王晓明编：《二十世纪中国文学史论》（第 1 卷），东方出版社 1997 年版。

陈晓明：《笔谈：九十年代中国先锋文学创作与批评》，载《文艺研究》

2000年第6期。

董鼎山：《再谈阿根廷大师博尔赫斯》，载《读书》1988年第3期。

冯全功：《从实体到关系——翻译研究的"间性"探析》，载《当代外语研究》2012年第1期。

高玉：《翻译文学：西方文学对中国现代文学影响关系中的中介性》，载《中国现代文学研究丛刊》2002年第4期。

高玉：《"异化"与"归化"——论翻译文学对中国现代文学发生的影响及其限度》，载《江汉论坛》2001年第1期。

葛红兵、王韬：《先锋之后中国文学的趋向问题——关于"后先锋"写作的对话》，载《探索与争鸣》2000年第9期。

格非：《十年一日》，载《莽原》1997年第1期。

格非：《博尔赫斯的面孔》，载《十月》2003年第1期。

韩子满：《文学翻译与杂合》，载《中国翻译》2002年第2期。

何立伟：《评马原的〈错误〉》，载《漓江》1997年第2期。

胡谷明：《比较文学体系中的翻译评述》，载《外语研究》2002年第2期。

季进：《作家们的作家——博尔赫斯及其在中国的影响》，载《当代作家评论》2000年第3期。

〔美〕雷·韦勒克：《比较文学危机》，载《比较文学译文集》，上海译文出版社1985年版。

吕切：《先锋小说一解》，载《文学评论》1994年第2期。

李平：《余华与先锋小说的变化》，载《中国现代当代文学研究》2005年第2期。

李斌：《后现代文学与中国当代先锋文学》，载《山东师大学报》（社会科学版）1999年第2期。

李克和、张唯嘉：《中西"空白"之比较》，载《外国文学研究》2005年第1期。

李洱：《博尔赫斯的意义》，中国作家网，http://www.chinawriter.com.cn，

访问日期：2015年9月9日。

刘禾：《跨文化研究的语言问题》，载许宝强、袁伟编：《语言与翻译的政治》，中央编译出版社2001年版。

鲁迅：《我怎么做起小说来》，载《鲁迅全集》（第4卷），人民文学出版社1981年版。

［法］罗兰·巴特：《作者之死》，载拉曼·塞尔登编：《文学批评理论——从柏拉图到现在》，刘象愚等译，北京大学出版社2001年版。马原：《冈底斯的诱惑》，载《上海文学》1985年第2期。

马原：《作家与书或我的书目》，载《外国文学评论》1991年第1期。

马原：《马原谈小说》，载《大家》2001年第5期。

马永波：《对线性时间的消解——博尔赫斯的时间循环观念》，载《当代小说》2003年第5期。

［法］米歇尔·福柯：《不同空间的正文与上下文》，载《都市与文化·后现代性与地理学的政治》，上海教育出版社2001年版。

南帆：《再叙事：先锋小说的境地》，载《文学评论》1993年第3期。

南帆：《先锋作家的命运》，载《今日先锋》1995年第3期。

聂茂：《余华的"变节"与塞壬们的歌声》，载《湖南日报》，2002年3月27日；又见《世纪中国》（http：//www.cc.org.cn），访问日期：2002年3月27日。

［法］乔治·穆南：《翻译中的理论问题》，许钧译，载《语言与翻译》1991第（1）（2）（3）期。

施志元：《汉译外国作品与中国文学——不敢苟同谢天振先生的高见》，载《书城》1995年第4期。

宋学智：《法国"新小说"在中国的翻译与研究综述》，载《外国文学研究》2005年第1期。

苏童：《想到什么说什么》，载《文学角》1985年第6期。

唐蓉：《从圆到圆：论博尔赫斯的时空观念》，载《外国文学评论》2004年第1期。

王宁:《现代性、翻译文学与中国现代文学经典重构》,载《文艺研究》2002年第6期。

王宁:《中国比较文学学科的全球本土化发展历程及走向》,载《学术月刊》2006年第12期。

王宁:《接受与变形:中国当代先锋小说中的后现代性》,载张国义编:《生存游戏的水圈》,北京大学出版社1994年版。

王守仁:《现代化进程中的外国文学与中国社会现代价值观的构造》,载《外国文学评论》2004年第4期。

王守仁:《谈后现代主义小说》,载《外国文学评论》2002年第3期。

王树荣:《汉译外国作品是"中国文学"吗?》,载《书城》1995年第2期。

王钦峰:《释博尔赫斯"无穷的后退"》,载《外国文学评论》2002年第1期。

王岳川:《后现代文学:价值平面上的语言游戏》,载《文学评论》1993年第5期。

[丹麦]魏安娜:《一种中国的现实:阅读余华》,吕芳译,载《文学评论》1996年第6期。

魏家海:《文化的流变和兼容与文学翻译》,载《上海交通大学学报》(社会科学版)2000年第3期。

吴亮:《马原的叙述圈套》,载张国义编:《生存游戏的水圈》,北京大学出版社1994年版。

吴元迈:《回顾与思考——新中国外国文学研究50年》,载《外国文学研究》2000年第1期。

谢天振:《从政治的需求到文学的追求——略论20世纪中国文化语境中的小说翻译》,载《翻译季刊》(香港)2000年第(18)(19)期。

谢天振:《比较文学与翻译研究》,载《外语与翻译》1993年第1期。

谢天振:《比较文学的最新走向》,载《中国比较文学》1993年总第18期。

谢信一:《汉语中的时间和意象》,叶蜚声译,载《外国语言学》1991年第 4 期、1992 年第 1 期。

谢有顺：《绝望：存在的深渊处境》，载《文艺评论》1999 年第 6 期。

[法] 雅克·德里达：《论瓦尔特·本雅明：现代性、寓言和语言的种子》，载郭军、曹雷雨编：《围绕巴别塔的争论》，陈永国译，吉林人民出版社 2003 年版。

叶水夫：《中国译协第二次全国代表会议报告》，载《中国翻译》1992 年第 4 期。

[英] 伊丽莎白·鲍温：《小说家的技巧》，载《世界文学》1979 年第 1 期。

余华：《川端康成和卡夫卡的遗产》，载《外国文学评论》1990 年第 2 期。

余华：《卡夫卡和 K》，载《读书》1999 年第 12 期。

[美] 约翰·巴斯：《充实的文学：论后现代主义虚构小说》，载《大西洋月刊》1980 年第 1 期。

查明建：《从互文性角度重新审视 20 世纪中外文学关系——兼论影响研究》，载《中国比较文学》2000 年第 2 期。

张德明：《翻译文学与中国现代文学现代性》，载《人文杂志》2004 年第 2 期。

张清华：《从启蒙主义到存在主义——当代中国先锋文学思潮论》，载《中国社会科学》1997 年第 6 期。

张隆溪：《钱锺书谈比较文学与'文学比较'》，载《读书》1981 年第 10 期。

张旭东：《从"朦胧诗"到"新小说"——新时期文学的阶段论与意识形态》，载《批评的踪迹》，三联书店 2003 年版。

张旭东：《后现代主义与当代中国》，载《批评的踪迹》，三联书店 2003 年版。

赵德明：《走近博尔赫斯》，载郑鲁南编：《一本书和一个世界》，昆仑出版社 2005 年版。

赵毅衡：《非语义化的凯旋——细读余华》，载《生存游戏的水圈》，北京大学出版社 1994 年版。

赵毅衡：《雷纳多·波乔利〈先锋理论〉》，载《今日先锋》1995 年第 3 期。

赵毅衡：《先锋派在中国的必要性》，载《花城》1993 年第 5 期。

赵稀方：《博尔赫斯·马原·先锋小说》，载《小说评论·小说世界随笔》2000 年第 6 期。

赵志敏、陈昕：《Mona Baker 叙事翻译观在国内的引介：回顾与展望》，载《广译》2014 年第 10 期。

查明建：《"影响研究"如何深入——王富仁对中国现代文学模式的置疑所引起的思考》，载《中国比较文学》1997 年第 1 期。

朱乐奇：《沃尔夫冈·伊瑟尔与文本的开放性》，载《外语与外语教学》，2004 年第 7 期。

朱景冬：《当代拉美小说的时间模式》，载《从现代主义到后现代主义》，中国社会科学出版社 1994 年版。

四、英文著作和文章

André Lefevere：*Translation, Rewriting and Manipulation of Literary Fame*, Shanghai Foreign Language Education Press, 2010.

André Lefevere：*Translation, Rewriting, and Manipulation of Literary Fame*, Routledge, 1992.

André Lefevere：*Translation/History/Culture：A Source Book*, Shanghai Foreign Languages Education Press, 2004.

Andrew Chesterman：*Memes of Translation—The Spread of Ideas in Translation Theory*, John Benjamins Publishing Company, 1997.

Anthony Pym：*Method in Translation History*, St. Jerome Publishing, 1998.

Basil Hatim & Ian Mason：*Discourse and the Translator*, Shanghai Foreign Language Education Press, 2002.

Christina Schäffner：*Translation and Norms*, Multilingual Matters LID, 2000.

Dan Shen: *Literary Stylistics and Fictional Translation*, Peking University Press, 1998.

David Seed: In Pursuit of the Receding Plot: Some American Postmodernists, in (J. Edmund, B. T. Smyth ed.) *Postmodernism and Contemporary Fiction*, Batsford Ltd, 1991.

Edward Said: TravellingTheory Reconsidered, in *Reflections on Exile and Other Essays*, Harvard University Press, 2000.

Edwin Gentzler: *Contemporary Translation Theories*, Routledge, 1993.

E. M. Foster: *Aspects of Novel*, Penguin, 1966.

Gideon Toury: *Descriptive Translation Studies and Beyond*, Shanghai Foreign Language Education Press, 2001.

Henry James: *The Art of Novel: Critical Prefaces*, Scribner, 1978.

Henry Remak: Comparative Literature, Its Definition and Function, in (Newton Stallknecht and Horst Frenz eds.), *Comparative Literature: Method and Perspective*, Southern Illinois University Press, 1961.

Homi Bhabha: How Newness Enters the World: Postmodern Space, Postcolonial Times and the Trials of Cultural Translation, in *The Location of Culture*, Routledge, 1994.

Itamar Even-Zohar: The Position of Translated Literature within the Literary Polysystem, in (Lawrence Venuti ed.) *The Translation Studies Reader*, Routledge, 2000.

Jacques Derrida: *Positions* (Trans. Alan Bass), Chicago University Press, 1981.

J. Culler: *Theory and Criticism after Structurism*, Cornel University Press, 1982.

J. Culler: *Structuralist Poetics*, Routledge, 1975.

John C. Catford: *A Lingistic Theory of Translation*, Oxford University Press, 1965.

Julia Kristeva: *Desire in Language: A Semiotic Approach to Literature and Art*,

Columbia University Press, 1980.

Lawrence Venuti: *The Translator's Invisibility—A History of Translation*, Shanghai Foreign Language Education Press, 2004.

Mary Sneil-Hornby: *Translation Studies—An Integrated Approach*, Shanghai Foreign Language Education Press, 2001.

Matei Calinescu: *Five Faces of Modernity*, Duke University Press, 1987.

Marilyn Gaddis Rose: *Translation and Literary Criticism*, St. Jerome Publishing, 1997.

Patricia Waugh: *Metafiction: The Theory and Practice of Selfconscious Fiction*, Methuen, 1984.

Peter Newmark: *Approaches to Translation*, Pergamon Press, 1981.

R. Fowler: *A Dictionary of Modern Literary Terms*, Routledge, 1973.

R. Selden: *A Reader's Guide to Contemporary Literary Theory*, Harvester, 1981.

Roman Jakobson: *On Linguistic Aspects of Translation*, *On Translation*, (R. A. Brower ed.), Harvard University Press, 1959.

Seymour Chatman: *Story and Discourse*, Cornell University Press, 1978.

Susan Bassnet & André Lefevere: *Translation, History, Culture*, Yale University Press, 1990.

Susan Bassnet & André Lefevere: *Constructing Cultures – Essays on Literary Translation*, Shanghai Foreign Language Education Press, 2001.

Susan Bassnett: *Comparative Literature: A Critical Introduction*, Blackwell, 1993.

Theo Hermans: *The Manipulation of Literature: Studies in Literary Translation*, Croom Helm, 1985.

V. Erlich: *Russian Formalism: History-Doctrine*, Yale University Press, 1987.

Walter Benjamin: *Illuminations* (Trans. Harry Zohn), Schocken Books, 1968.

Wenche Ommundsen: *Metafictons? Reflexivity in Contemporary Texts*, Melbourne University Press, 1993.

W. V. O. Quine: *Word and Object*, Technology Press of MIT, 1960.

William Frawley: Prolegomenon to a Theory of Translation, in (Lawrence Venuti ed.) *The Translation Studies Reader*, Routledge, 2000.

Wolfgang Iser: *The Act of Reading*, The Johns Hopkins University Press, 1978/80.

后　记

本书是在我的博士论文的基础上改编而成。6年前我完成了博士论文的答辩，书稿也搁置了6年之久，主要的原因是想把当初被学业所逼硬写出来的某些部分通过时间的沉淀让问题进一步显现出来，以便对其进行再思考后做一些清理工作，将其中的"杂物"清除，空洞之处予以充实，力争去芜存精后以新面貌面世。近年来我断断续续地做了这项工作，心里踏实了许多。

作为翻译学方向的博士研究生，选择翻译文学对本土文学的影响这个论题，觉得很有意义，因为在这个选题里，要从翻译文学的角度研究中国文学，通过考察外来文学和本土文学的互动关系，揭示中国文学的一段发展历程。当笔者第一次以研究者的身份站在翻译文学和中国文学之间，以跨文化的视角面向翻译文学和祖国文学时，一种更深刻的文化体验悄然发生，虽然跨文化交流从未停止，但是文化与民族的关系却不曾改变。为什么接受外来影响的同时并不会失去文化的民族性呢？书中的答案是跨文化影响是以文化间性互动为其基本方式的，并非是一种同化的过程。

由于选题中包含着翻译文学和中国文学这两部分，研究进行得十分艰苦。因为涉及面广，所以必须选好切入点。最终，理论的切入点选择了文化间性，内容的切入点选择了小说叙事。研究从论证翻译文学的文化间性开始到分析中国先锋小说叙事的文化间性结束，揭示了翻译文学影响本土文学的方式和形态。文化间性是翻译文学的特性，也是文化传播和接受的方式，是事物在差异的基础上相互影响的方式。就文学的影响而言，人们没有必要担心民族性阻碍了其传播，怀疑西方人能否真的理解"疏影横斜水清浅，暗香浮动月黄昏"

后　记

这样的诗句就像怀疑中国人是否懂得莎士比亚一样是多余的。哈姆雷特已经深入中国人的心灵，哈姆雷特式的人物有了多样的中国变体。这种变体就是文化间性的产物，间性是文化交流后产生的新的平衡，预示着新事物的诞生，如翻译文学，它是既不同于外国文学又不同于本国文学的第三种文学，再比如中国先锋文学，它是中国某个历史时期在翻译文学影响下的中国文学创造。

在研究过程中，阅读了大量的理论书籍和文学读本，特别是接触了许多当代杰出的中外作家的作品和他们丰富的精神世界，感受他们"以心灵的秩序对抗现实复杂性"的诗性本质，置身这样的世界做一次长途旅行，回来时，虽然风尘仆仆，满身疲惫，但是在阅读中收获了新的自我，犹如采撷了一朵心灵的玫瑰种在自己的精神家园里。

在这个过程中我得到了师长们无私的帮助，所以面对这小小的成果，我怀着绿叶对根的情意写下我的感激之情。我要感谢葛校琴教授、杨晓荣教授、何树教授和方成教授。葛教授以她丰富的经验和严谨治学的作风对论文的撰写做了细致的、扎实的指导。杨晓荣教授、何树教授和方成教授以丰富的学养和敏锐的学术洞察力对论文的修改提出了十分中肯和具体的修改意见。在论文的撰写过程中，还得到了南京大学的张柏然教授、上海外国语大学的谢天振教授、上海交通大学的刘华文教授的帮助，他们为论文的撰写提供了许多有益的思路。我要感谢我的先生、女儿及其他的亲人，还有我的朋友们，是他们让我对生活充满了热爱和眷恋，也因为这份爱，让我所做的一切变得有意义！

作　者

2016 年 5 月 28 日于南京板桥